André Salu

Ein Engel fällt aus allen Wolken

André Salu, geboren 1960, wuchs als ältester Spross einer Adelsfamilie auf einem Schloss im Sauerland auf. Heute lebt er mit seiner Frau und seinen Kindern in Hamburg.

Eigentlich will Amander mit seiner Freundin ein ganz normales Leben führen. Doch das ist nicht einfach als ehemaliger Engel, der wegen verbotener Einmischung in menschliche Angelegenheiten verbannt wurde. Beim Versuch, sich durch gute Taten für eine Rückkehr ins Himmelreich zu qualifizieren, richtet Amander einiges Durcheinander an – und merkt nicht, dass er nur ein Spielball kosmischer Mächte ist, die ganz andere Pläne mit ihm haben. Schon bald geht es auf Erden turbulent zu: eine begehrte Erbschaft, ein schöngeistiger Millionärssohn, eine bezaubernde Hochseilakrobatin sowie eine bösartige Witwe, ein Untergrund-Tierschutzkommando, ein heruntergekommener Zirkus, ein dubioser Zoohändler, zwielichtige Finanzbeamte und nicht zuletzt eine Cockerspanielhündin und eine hochbegabte Promenadenmischung – das sind die Fixpunkte zwischen denen sich André Salus neue romantische Komödie abspielt, in der gleich drei Liebesgeschichten miteinander verwoben sind. Wird es dem tollpatschigen Amander gelingen, diesen Knoten zu entwirren und alles zu einem guten Ende zu führen, oder hat Luzifer doch wieder die besseren Anwälte?

André Salu

Ein Engel fällt aus allen Wolken

Roman

aufbau taschenbuch

ISBN 978-3-7466-2509-6

Aufbau Taschenbuch ist eine Marke der
Aufbau Verlag GmbH & Co. KG

1. Auflage 2009

Umschlaggestaltung Mediabureau Di Stefano, Berlin
unter Verwendung eines Motivs von Diane Diederich/iStockphoto
Druck und Binden CPI – Clausen & Bosse, Leck
Printed in Germany

www.aufbau-verlag.de

Für Carolin

Prolog

Darf ich mich vorstellen? Mein Name ist Amander. Ja genau, der himmlische Heiratsvermittler, ihr wisst schon. Mein Lektor meint, es wäre eine gute Idee, euch eingangs kurz von Mara und Leonas zu erzählen, falls ihr die Vorgeschichte noch nicht kennt. Wobei er das Wort »kurz« unterstrichen und drei Ausrufungszeichen dahinter gesetzt hat. Als ob ich zu Ausschweifungen neigte!

Fangen wir am besten damit an, wie ich auf die Welt kam. Das war im letzten Sommer, an einem Donnerstag. Da stand ich plötzlich nackt, wie Gott mich geschaffen hatte, auf einer Wiese im kleinen Ort Hinnerbach irgendwo im Odenwald. Und neben mir die schärfste Frau jenseits der Hölle, Siraxis heißt sie, und sie hatte auch nicht mehr an als ich. Gerade als wir einander näher kennenlernen wollten, kamen zwei Typen mit weißen Mützen und grünen Uniformen vorbei, nahmen uns mit und stellten uns komische Fragen. Natürlich wollten sie mir nicht glauben, dass ich ein Engel bin, der gerade wegen ein paar läppischer Verstöße gegen himmlische Gesetze auf die Erde verbannt worden war. Ich konnte nur mit Mühe verhindern, dass sie uns länger in Verwahrung nahmen.

Weil sie nicht lockerließen, nannte ich ihnen die einzige Adresse, die mir einfiel. So wurden wir zu Mara Hegel gebracht, die gerade Besuch von Leonas von Hochleben hatte. Nach meiner Theorie der Liebe hätte er eigentlich der perfekte Mann für sie sein sollen. Leider hatte sich da ein kleiner Vorzeichenfehler in meine schon Jahrhunderte andauernden statistischen Berechnungen eingeschlichen, was auch die geringfügigen Schwierigkeiten erklärt, die ich vorher gehabt hatte, die beiden zusammenzubringen. Am Ende hatte ich es trotzdem geschafft! Aber um Mara und Leonas ihrer Bestimmung füreinander zuzuführen, hatte ich leider den einen oder anderen Paragraphen der Nichteinmischungsverordnung, des Gesetzes zur Verhütung von Wundern und der Verwaltungsanordnung zur Umsetzung des Göttlichen Willens recht großzügig auslegen müssen. Etwas zu großzügig, wie einige da oben meinten. Zu denen gehörte leider auch Gabriel, der Höchste Engel. Deshalb wurde ich einer von euch – ein gewöhnlicher Sterblicher.

Siraxis ist es da auch nicht viel besser ergangen. Sie spricht nicht gern darüber, aber scheinbar ist sie einfach zu nett für die Hölle.

Mara Hegel ist übrigens Schriftstellerin. Sie arbeitet an einem großen literarischen Roman, aber sie steckt gerade irgendwo fest und sehnt sich manchmal insgeheim nach den kitschigen Liebesromanen zurück, mit denen sie sich früher hatte über Wasser halten müssen. Offiziell ist sie jetzt als Texterin bei der Highlife-Werbeagentur beschäftigt, die ihrem Leonas gehört. Da arbeiten übrigens auch Siraxis und ich. Siraxis schafft die Kunden ran. Das kann sie gut: Ein Lächeln von ihr, und jeder Mann unterschreibt, was immer sie ihm unter den Füller hält. Anfangs habe ich mir die passenden Werbetexte dazu ausgedacht; immerhin habe ich einige Übung im Frohlocken und Lobpreisen. Aber meine brillanten Einfälle waren offensichtlich zu hoch für euch Sterbliche. Nach zwei Wochen jedenfalls wurde ich in gegenseitigem Einvernehmen von der Highlife-Kreativ- in die Abteilung für technische Texte versetzt, wo ich seitdem Gebrauchsanweisungen verfasse.

Ach ja: Mara hat übrigens einen Hund, Oswald, der in der Geschichte mit ihr und Leonas eine gewisse Rolle spielte. Oswald ist jetzt der Star der neuen Werbekampagne für Fressi, das Futter für kluge Hunde.

Natürlich ist es nicht immer ganz einfach, ein Star zu sein, auch nicht für einen Hund. Womit wir schon fast mitten in meiner Geschichte wären. Die beginnt allerdings erst mal an der Tür einer schicken Frankfurter Stadtwohnung, die eigentlich Leonas gemietet hat, die aber von Siraxis und mir bewohnt wird, weil Leonas zu seiner geliebten Mara nach Hinnerbach gezogen ist.

1.

Es klingelte. Vor der Tür standen zwei Typen mit Sonnenbrillen und schwarzen Anzügen.

»Ja, bitte?«, sagte ich.

Der eine der beiden sah auf ein Klemmbrett. »Wohnt hier eine gewisse … äh … Frau Siraxis?«

Ich zuckte zusammen – es gab nicht viele Menschen, die Siraxis kennen konnten, und noch weniger, die ihren wahren Namen wussten.

Ich beschloss, lieber auf Nummer sicher zu gehen. »Mal angenommen, ich wüsste, von wem Sie reden, was würden Sie dann, rein theoretisch, von ihr wollen?«

»Wir sind, äh, vom … Finanzamt«, sagte jetzt der andere. Und nicht erst als die beiden ihre Sonnenbrillen abnahmen, fiel mir auf, dass sie sich glichen, wie eineiige Zwillinge.

»Ja, genau, vom Finanzamt«, bestätigte der mit dem Klemmbrett.

Ich seufzte. Mit dem Finanzamt ist nicht zu spaßen, das lernt man hier auf der Erde ganz schnell. Aber man soll auch nicht alles glauben, was einem schwefelig riechende Zwillinge in Hochwasserhosen an der Wohnungstür erzählen.

»Kann ich bitte Ihre Dienstausweise sehen?«, fragte ich.

Die beiden schauten sich einen Moment lang an, als wüssten sie nicht genau, wovon ich redete. Dann wandte sich der eine mir zu. Sein schmaler Mund zeigte ein dünnes Lächeln. »Gern. Wenn Sie uns zuerst Ihren Ausweis zeigen!«

»Kommen Sie herein«, sagte ich schnell und machte einen Schritt zur Seite.

Die beiden betraten den schmalen Flur und sahen sich misstrauisch um.

»Liebling, wir haben Besuch!«, rief ich.

Die Küchentür ging auf, und Siraxis blitzte mich mit ihren nachtschwarzen Augen an. »Ich habe dir schon hundert Mal gesagt, du sollst nicht … oh!« Sie verstummte und wurde blass, als sie die beiden Typen sah. Ich hatte vorher noch nie erlebt, dass Siraxis vor irgendetwas erschrocken war. Also mussten die beiden wirklich vom Finanzamt sein.

Ich geleitete unseren Besuch ins Wohnzimmer. »Kann ich Ihnen etwas anbieten?«

»Nein, danke. Wir sind im Dienst«, sagte einer von ihnen mit einem unguten Flackern in den Augen. »Und wir würden Frau Siraxis gern allein sprechen!«

Ich schluckte. Kein Wunder, dass ihr vor dem Finanzamt solchen Respekt habt, wenn da solche Typen arbeiten! Ich räusperte mich und verließ taktvoll das Wohnzimmer.

Ich wollte sie bestimmt nicht belauschen, aber es ließ sich nicht vermeiden, dass ich sie reden hörte, als ich zufällig mit einem Ohr an der Wohnzimmertür lehnte. Leider verstand ich kein Wort. Sie sprachen in keiner der gut dreihundert menschlichen Sprachen, die ich fließend und akzentfrei beherrsche.

Plötzlich ging die Tür wieder auf, und ich wäre beinahe ins Wohnzimmer gefallen. Mit engelsgleicher Geschicklichkeit fing ich mich am Türrahmen ab. Die beiden Besucher warfen mir nur einen desinteressierten Blick zu, verabschiedeten sich höflich und verschwanden.

»Wer war das?«, fragte ich Siraxis. »Was wollten die von dir?«

»Meine Steuererklärung«, sagte sie, ohne mich anzusehen, und verschwand in der Küche.

Von diesem Tag an war unser beider Verhältnis ein wenig angespannt. Nicht, dass vorher echtes Vertrauen zwischen uns geherrscht hätte. Immerhin ist sie eine von den Anderen, oder war es jedenfalls mal, und was wissen wir schon über die? Viele Engel glauben nicht mal, dass es sie gibt, und die, die es doch tun, wissen, dass man niemals, egal warum und wieso, auf absolut gar keinen Fall mit einem von den Anderen in Kontakt treten darf.

Unter »in Kontakt treten« im Sinne dieser Vorschrift fällt vermutlich auch das monatelange Zusammenleben in einer Frankfurter Stadtwohnung, von außerehelichem Sex ganz zu schweigen. Aber das scherte mich wenig. Sie hatten mich ja rausgeworfen, ich war also jetzt ein Mensch und als solcher nur meinem Gewissen und dem Allmächtigen verpflichtet. Ihre ganzen himmlischen Regeln, Vorschriften und Gesetze konnten sie sich getrost unter die Flügel klemmen.

Trotzdem: Ich kam aus dem Himmel und sie von ganz unten. Ich hatte immer geahnt, dass das auf Dauer nicht gutgehen konnte. Die Herkunft eines Menschen ist ja doch prägend für seine politische, soziale und moralische Einstellung, ganz zu schweigen von seinen Umgangsformen.

An diesem Abend saßen wir schweigend vor dem Fernseher, und als ich sie um die Fernbedienung bat, gab es keinen Streit. Nur, um zu überprüfen, wie schlimm es wirklich zwischen uns stand, zappte ich bis zu einem Liebesfilm. Sie zuckte mit keiner einzigen ihrer hübschen, langen Wimpern. Auch der Bibelkanal, der sie sonst immer zum Lachen brachte, konnte ihre eingefrorene Miene nicht auftauen.

Ich schaltete den Fernseher aus. »Was ist eigentlich los?«, fragte ich.

»Nichts«, sagte sie. »Gar nichts!«

Da kann man nichts machen. Wenn Frauen auf so eine Frage »Nichts« sagen, dann meinen sie: Natürlich ist was los, und wie was los ist, aber was, das werde ich dir garantiert nicht sagen, und wenn du es nicht selbst herausfindest, dann bist du genau der unsensible Trottel, vor dem mich meine Mutter immer gewarnt hat.

Nicht, dass Siraxis eine Mutter gehabt hätte: So wie wir Engel spontan aus der Liebe Gottes geschaffen wurden, sind die Anderen nach herrschender Meinung das Produkt Seiner schlechten Laune. Aber im Endeffekt war es doch irgendwie dasselbe. Wir schwiegen eine Weile, gingen zu Bett und hatten keinen Sex.

Am nächsten Morgen ging ich zum ersten Mal, seit ich auf Erden weilte, in die Kirche. Ein freundlicher Herr in schwarzer Kleidung begrüßte mich. »Es tut mir leid, mein Sohn, aber die Beichte ist erst um vierzehn Uhr«, sagte er.

»Ich will nicht beichten«, sagte ich. »Nur kurz mit dem Himmel sprechen.«

Der Mann wies auf die vielen leeren Holzbänke. »Das Haus Gottes steht zu deiner Verfügung.«

Ich sah mich um. Nirgends war ein Telefonhörer oder eine Gegensprechanlage zu entdecken. »Könnten Sie mich bitte verbinden?«, fragte ich.

Der Schwarzgekleidete schüttelte den Kopf. »Nur du selbst kannst mit Ihm sprechen.«

»Aber ich habe kein Telefon dabei!«

Der Mann sah mich nachdenklich an. Dann griff er in eine Tasche seines schwarzen Anzugs und zog ein Mobiltelefon hervor.

»Hier, mein Sohn«, sagte er. »Wenn es dir hilft!«

Das Display zeigte Empfangsbereitschaft. Ich hielt das Handy ans Ohr. »Hallo?«

»Was willst du?«, fragte eine vertraute Stimme.

»Oh, hallo Gabriel. Entschuldige bitte die Störung …«

»Schon gut. Du bist jetzt ein Mensch und hast das Recht, zu beten, wann immer du willst. Was kann ich für dich tun?«

»Hol mich zurück!«

2.

»Das ist nicht so einfach«, sagte Gabriel nach einer langen Pause. »Du kennst die Vorschriften!«

»Komm schon, Gabriel. Lass Gnade walten!« Das zog bei ihm immer.

»Also gut. Ich verkürze die Zeit deiner Verbannung auf fünfzig Jahre.«

Na bitte, das war doch schon mal was. Aber trotzdem: fünfzig Jahre in diesem Gefängnis aus Fleisch und Blut, das war mehr, als ich in diesem Moment glaubte ertragen zu können. Ich schätze, wenn man nie Engel gewesen ist und sich gedankenschnell an jeden Punkt der Welt bewegen konnte, dann kann man sich kaum vorstellen, wie eng es in so einem menschlichen Körper ist.

»Gibt es denn gar keine Möglichkeit, dass ich jetzt sofort zurück darf? Vielleicht wenn ich ganz lieb bin und jeden Tag dreißig Halleluja singe?«

»Nur das nicht!«, entfuhr es ihm. Er seufzte. Mir kam der Gedanke, dass meine Verbannung vielleicht weniger damit zu tun hatte, dass man mich für mein Fehlverhalten bestrafen wollte. Möglicherweise hatte Gabriel einfach mal seine Ruhe vor mir haben wollen. Ich konnte es ihm nicht mal übelnehmen – es stimmt schon, dass ich ihm das eine oder andere Kopfzerbrechen bereitet habe im Laufe der letzten paar tausend Jahre.

»Amander, es tut mir leid, aber …«

In meiner Verzweiflung griff ich nach jedem Strohhalm. Mir fiel ein uraltes Seiner Gesetze wieder ein, das leider nicht sehr oft zur Anwendung kommt.

»Jeder verdient eine zweite Chance!«, rief ich.

Gabriel schwieg einen Augenblick. »Du hast … lass mich nachrechnen … insgesamt vierhundertzwölf zweite Chancen gehabt!«

»Was macht da eine weitere schon aus?« Dann hatte ich eine Idee. Aufs Geratewohl sagte ich: »Außerdem hat Siraxis mit den Anderen auch einen Deal!«

Das wirkte. »Einen Deal? Was für einen Deal? Wer ist Siraxis?«

»Sie ist eine von Ihnen. Du weißt schon, meine Mitbewohnerin. Die, mit der ich damals verbotenerweise geredet habe, als du …«

»Du … du wohnst mit einer von den Anderen zusammen?«

»Keine Sorge, sie ist jetzt eine Sterbliche, genau wie ich. Aber gestern sind zwei merkwürdige Typen aufgetaucht. Sie haben in einer seltsamen Sprache gesprochen, die ich nicht verstand. Ich glaube, sie haben mit ihr einen Deal gemacht. Ihr irgendeine Aufgabe gestellt oder so.«

»Was für eine Aufgabe?«

»Keine Ahnung. So eine höllische Aufgabe eben, du weißt schon. Jedenfalls spricht einiges dafür, dass sie wieder zurückdarf, wenn sie die Aufgabe erfüllt.« Im Grunde sprach nichts für diese Annahme außer meiner blühenden Phantasie, aber ganz unlogisch war es auch nicht.

Gabriel überlegte einen Moment. »Also schön«, sagte er. »Finde heraus, was ihr Plan ist. Vereitle ihn. Und bekehre einen Sünder. Dann darfst du wieder zurück.«

»Gabriel, du bist ein Engel!«, rief ich.

Er seufzte noch einmal. »Möge Gott mit dir sein!« Er legte auf.

Es war eng und stickig in der Kiste. Obwohl Mafaldas gelenkiger Körper Strapazen gewohnt war, sehnte sie sich danach, ihre Glieder zu strecken. Um sich herum hörte sie die kleinen Bestien toben und streiten.

Endlich erlöste sie die Stimme des Mannes, der sie engagiert hatte - ein junger Schnösel namens Fabian Papenheim. »Hokus, Pokus, Fidibus!«, rief er. »Drei Mal schwarzer Kater! Großer Zauberer, komm heraus!«

Mafalda entriegelte den Deckel der Zauberkiste, öffnete sie langsam, streckte zuerst eine Hand hervor, dann die andere und ließ sie einen Moment hin und her wiegen, als seien es die Köpfe zweier Schlangen, die suchend umherblickten. Es wurde still.

Mafalda streckte ihren Kopf mit dem Zauberhut aus der Kiste und sprang mit einem Satz heraus.

»Da ist er ja, der Zaubera!«, versuchte ihr Auftraggeber zu reimen. Wenn Mafalda es richtig verstanden hatte, war er der Halbbruder der kleinen Nina, die heute ihren siebten Geburtstag feierte. Sie musste das Mädchen mit den langen blonden Haaren und dem Schmollmund sein, das in der Mitte der Kinderschar auf dem Boden saß.

»Herzlichen Glückwunsch, liebe Nina«, rief Mafalda mit glockenheller Feenstimme und machte eine tiefe Verbeugung vor dem Mädchen. »Ich wünsche dir einen ganz zauberhaften Geburtstag! Und hier habe ich auch ein Geschenk für dich!« Sie nahm den Zauberhut ab, zog zwei Freikarten für den Zirkus Quattro Stagioni hervor und reichte sie ihr.

»Das ist ja eine Frau!«, stellte Nina fest, nachdem sie Mafalda die Karten aus der Hand gerissen und achtlos auf den Boden geworfen hatte. »Wann kommt denn der richtige Zauberer, Fabian?«

Fabian Papenheim warf Mafalda einen hilflosen Blick zu. Nina, Liebes, der richtige Zauberer ist krank geworden, und da hat er seine Assistentin geschickt, aber die kann auch ganz toll zaubern!«

»Ich will aber einen richtigen Zauberer!«, rief Nina. »Mit einem sooo langen Bart, und der zaubert mir dann ein Pony!«

»Wenn du noch ein Wort sagst, verwandle ich dich in eine hässliche Kröte!« Mafalda murmelte den Satz für die Kinder unhörbar, obwohl sie ihn am liebsten herausgebrüllt hätte. Sie rang sich ein Lächeln ab, beugte sich hinab, griff der Kleinen hinters Ohr und zog eine Münze hervor. »Sieh mal an, was wir da haben!«

»Den Trick kenn ich«, sagte ein kleiner Junge mit Brille, der neben Nina saß und kaum älter als sechs sein konnte. »Hab ich im Fernsehen gesehen, wie das geht. Sie hat die Münze die ganze Zeit in der Hand gehabt und nur so getan!«

Mafalda lächelte ihm mühsam zu. Sie nahm einen roten Schaumgummiball und tat so, als lege sie ihn von der linken in die rechte Hand. Sie hielt dem Jungen mit der Brille die Rechte hin, dann öffnete sie die Hand.

»Kann ich mal die andere Hand sehen?«, fragte der Junge.

Mafalda öffnete die linke. Sie war natürlich leer. Der Junge runzelte die Stirn.

Mafalda griff mit der rechten Hand, die sie die ganze Zeit offen vor den Jungen gehalten hatte, in sein Haar und zog den Schaumgummiball daraus hervor. Jetzt machte der Bengel große Augen.

Plötzlich spürte sie eine Hand in der Tasche ihres schwarzen, mit gelben Sternen verzierten Umhangs. Ein dunkelhaariges Mädchen hatte sich um sie herumgeschlichen und zog nun ihre Zauberutensilien aus der Tasche: Drei rote Schaumgummibälle, ein Dutzend bunte Tücher, von denen einige zusammengeknotet waren, ein magisches Seil und eine Münze.

»Guck mal, was ich gefunden habe!«, rief die Göre.

»Gib das sofort wieder her!«, zischte Mafalda.

»Die schummelt ja!«, sagte ein anderes
ja gar nicht richtig zaubern!«

»Können wir nicht lieber Nintendo sp
Nina.

»Aber natürlich, mein Liebes«, sagte e
ganter Kleidung, die in der Tür zu dem
lehnte und das Treiben beobachtete. Sie s
ßig, obwohl man ihr anmerkte, dass sie sich einige
ihr wahres Alter zu verschleiern. Ihre Lippen waren zu voll, ihre Augen zu weit und ihre Brust zu perfekt, um allein von der Natur geformt worden zu sein.

Nina sprang auf und stürmte aus dem Raum, gefolgt vom Rest der Bande. Die Mutter warf Mafalda einen missbilligenden Blick zu, dann folgte sie den Kindern.

Mafalda schluckte. »Es … es tut mir leid«, sagte sie. »Ich wollte doch noch … jonglieren, und aus Lufballons Tiere knoten, und …«

Fabian Papenheim lächelte ihr zu. Er musste Mitte zwanzig sein, höchstens zwei oder drei Jahre älter als Mafalda. Er hatte ein markantes Kinn mit einem Grübchen darin, genau wie der ältere Mann, dessen Porträt in Öl sie in der großen Eingangshalle der Villa hatte hängen sehen. Seine Augen waren dunkelbraun, mit goldenen Flecken in der Iris. Eine Wärme und Traurigkeit lagen darin, die Mafalda anrührten.

»Machen Sie sich nichts draus«, sagte er. »So sind Kinder nun mal, heutzutage. Es ist nicht Ihre Schuld.«

Sie versuchte, sein Lächeln zu erwidern, obwohl sie mit den Tränen kämpfte. Sie taugte wohl nicht zum Zauberclown. Piotr konnte das viel besser. Wenn er irgendwo auftauchte, brauchte er die Kinder nur anzusehen und hatte sie sofort in seinen Bann gezogen. Aber er hatte gestern wieder mal zu viel getrunken und lag mit dickem Schädel und drei Meter langer Alkoholfahne in seinem Wohnwagen.

»Ich gehe dann jetzt«, sagte sie und klappte die große Zauberkiste zusammen, bis sie einen handlichen Koffer formte.

…enheim hielt ihr ein paar Fünfzigeuroscheine hin. …unf – zwei mehr als das vereinbarte Honorar. »Mir hat …en!«, sagte er. Es klang wie Hohn in Mafaldas Ohren, …wohl sie ihm ansah, dass er nur nett sein wollte.

»Lassen Sie«, sagte sie. »Ich habe ja gar nichts geleistet. Die Show ist ausgefallen. Ich nehme höchstens fünfzig Euro für die Anfahrt!«

Er griff nach ihrer Hand, legte die Geldscheine hinein und schloss ihre Finger darum. »Nehmen Sie das Geld«, sagte er. »Sie brauchen es bestimmt dringender als ich!«

Er hatte es sicher nicht so gemeint, aber die unglaubliche Arroganz dieser Geste raubte ihr den Atem. Tränen schossen ihr in die Augen, und sie wandte sich schnell ab. Bloß weg von hier!

Sie rannte aus dem Haus, ohne sich zu verabschieden. Dort erst betrachtete sie das Bündel Fünfziger in ihrer Hand und überlegte einen Moment, es einfach auf den Gehweg zu schleudern, der von der großen Villa durch einen parkartigen Garten bis zur Straße führte. Doch sie steckte das Geld ein. Dieser Blödmann Papenheim hatte leider recht: Sie brauchte es. Und zwar verdammt dringend.

Eine knappe Stunde später öffnete Mafalda die Tür des Wohnwagens, in dem die kleine Zirkusfamilie Müller, Eigentümer des Zirkus Quattro Stagioni, ihr Wohnzimmer hatte. Ihre »Luxusvilla auf Rädern«, wie Mafaldas Vater es nannte, bestand aus drei Wagen: einem für ihre Eltern, einem, den sie selbst früher gemeinsam mit ihrer jüngeren Schwester Ricarda bewohnt hatte, bevor diese den Zirkus verließ, und dem kombinierten Wohn- und Speisewagen. Dann gab es noch den Wagen von Piotr Malewski, dem letzten verbliebenen Mitarbeiter des Zirkus, einen Wagen als Stall für die zwei altersschwachen Ponys und vier Ziegen und natürlich die zwei Gerätewagen, in denen das Zelt und die Technik transportiert wurden.

Mafaldas Vater beschwor oft die Freiheit und Ungebundenheit, die sie durch ihr rollendes Zuhause angeblich hatten. Dabei hatten sich die Wohnwagen in den letzten Jahren nicht mehr vom Platz bewegt. Die Stellgebühren in anderen Teilen der Stadt waren viel zu hoch, und das Herumtingeln durch die Kleinstädte, wie sie es früher gemacht hatten, lohnte sich einfach nicht mehr. So waren sie hier geblieben, auf der kleinen Wiese neben einer großen Müllverbrennungsanlage, als warte der Zirkus nur darauf, zusammen mit dem anderen Unrat der Großstadt im riesigen Schornstein in Rauch aufzugehen.

Als Mafalda den Wagen betrat, saß ihr Vater mit gerunzelter Stirn über einen großen Haufen Papiere gebeugt, die in heillosem Durcheinander auf dem Esstisch, der Sitzbank und dem Fußboden verstreut waren. Mit einer Hand fuhr er sich durch sein schütteres Haar. Ihre Mutter war vermutlich draußen im Zelt und bereitete die Abendvorstellung vor.

Alexis, die pechschwarze Mischlingshündin, sprang begeistert an ihr hoch. Ihre wachen, dunklen Augen drückten eine solche Wiedersehensfreude aus, dass Mafalda trotz ihrer gedrückten Stimmung lächeln musste. Sie streichelte das struppige Fell an Alexis' Kopf und ließ sich die Hand lecken.

»Hallo, Papa!«, sagte sie.

Er blickte auf. »Oh, hallo Maffy. Schon zurück?« Er sah ihre Miene. »Wie war's?«

Sie zuckte nur mit den Schultern. »Was ist mit Piotr?«

»Mama wird ihn gleich wecken, aber ich glaube, die Badewannen-Nummer kriegt er heute nicht hin. Na, auch egal, es kommt ja sowieso keiner am Donnerstagabend.« Er wandte sich wieder den Papieren zu und zog die Stirn kraus.

Mafalda legte das Geld auf den Tisch. »Hier.«

Er sah überrascht auf. »Das sind – 250! Du scheinst deine Sache ja ziemlich gut gemacht zu haben!«

»Es war schrecklich! So ein reicher Schnösel hat mich engagiert, für seine verzogene Göre von Halbschwester. Eine halbe Stunde habe ich in der engen Kiste gehockt, und dann wollten die lieber Nintendo spielen als mir zusehen. Und der Typ gibt mir auch noch ein fettes Trinkgeld, weil ich das Geld dringender brauche als er. Was für ein arroganter Idiot!«

Ihr Vater beäugte die Fünfziger vor sich. »Wo er recht hat, hat er recht«, sagte er. »Mach dir nichts draus. Ich weiß, du hast was Besseres verdient als das hier.« Er machte eine Geste, die den Wagen und das kleine Zirkuszelt, das durch das Fenster zu sehen war, einschloss. »Du könntest längst auf der Bühne eines großen internationalen Zirkus stehen oder in Las Vegas auftreten. Wir haben kein Recht, dich hier festzuhalten!«

»Du weißt, dass ich das nicht will, Papa«, sagte Mafalda. »Quattro Stagioni ist meine Heimat!« Sie hätte sicher die Möglichkeit gehabt, woanders als Artistin zu arbeiten, aber ohne sie war der kleine Familienzirkus nicht mehr funktionsfähig, das wusste sie. Er war der Lebensinhalt ihrer Eltern. Wenn sie ihn ebenso im Stich ließ wie ihre kleine Schwester Ricarda, würde sie den beiden das Herz brechen.

Ihr Vater seufzte. »Ich weiß, dass du dich für uns aufopferst. Aber ich fürchte, es ist vergebens.« Er deutete auf die Rechnungen vor sich. »Ich weiß nicht, wie es weitergehen soll! Alles wird teurer: Strom, Gas, Tierfutter. Die Einnahmen reichen kaum noch aus, um die Kosten für die Beheizung und Beleuchtung des Zelts abzudecken. Die Stadtwerke haben gedroht, uns den Strom abzudrehen, wenn wir nicht innerhalb der nächsten zehn Tage den ausstehenden Betrag überweisen. Dann können wir unsere Vorstellung im Dunkeln geben!«

»Das wäre doch mal eine neue Idee«, sagte Mafalda. »Zirkus im Dunklen! Wir könnten mit leuchtenden Kostümen auftreten, mit Fackeln jonglieren und so!«

Ihr Vater lächelte, unsicher, ob Mafalda den Vorschlag ernst gemeint hatte. »Ich fürchte, wir werden die Winterpause diesmal nicht überstehen. Und außerdem ist heute das hier gekommen.« Er hielt ihr ein Schriftstück hin.

Ein gewisser Oberamtsrat Gernhaber bedauerte darin, mitteilen zu müssen, dass das Gelände, das ihnen die Stadt als Stellplatz zur Verfügung gestellt habe, inzwischen an eine Immobiliengesellschaft verkauft worden und für eine anderweitige Nutzung vorgesehen sei. Er müsse sie daher auffordern, das Grundstück binnen einer Frist von sechs Wochen zu räumen. Alternativ könne man einen Stellplatz auf einer Wiese am Stadtrand anbieten – zu einer Gebühr, die dem Dreifachen des bisherigen Betrages entsprach. Der Oberamtsrat drückte seine Hochachtung aus, indem er es vorzog, den Brief »i. A.« von seiner Sekretärin unterschreiben zu lassen.

»Die spinnen doch!«, rief Mafaldas Vater. »Welcher Zirkus kann sich denn einen solchen Betrag leisten?«

Sie versuchte, es leicht zu nehmen. »Dann gehen wir eben woandershin. Nach Ostdeutschland vielleicht. Dresden, Leipzig, Berlin. Ich wollte schon immer mal nach Berlin!«

Ihr Vater schüttelte langsam den Kopf. Er wirkte plötzlich so alt und zerbrechlich, dass Mafalda ein Schreck durchfuhr. Als er aufsah, waren seine Augen glasig. »Ich habe schon den ganzen Tag herumtelefoniert«, sagte er. »Niemand hat Platz für uns! Die Leute interessieren sich kaum noch für den Zirkus. Außerdem kommt seit der EU-Erweiterung immer mehr Konkurrenz aus dem Osten nach Deutschland. Ich habe Gerüchte gehört, dass man inzwischen in den Großstädten ein ordentliches Schmiergeld zahlen muss, um überhaupt noch einen Stellplatz zu ergattern, und dann ist er so teuer, dass es einfach keinen Sinn hat. Nein, Maffy, ich fürchte, deine kleine Schwester hatte recht. Die Tage des Zirkus Quattro Stagioni sind gezählt. Wir werden das Zelt verkaufen. Das reicht vielleicht, um die Miete für eine kleine Wohnung für ein, zwei Jahre zu bezahlen. Und du gehst nach Las Vegas und machst endlich die Karriere, die du verdient hast!«

Mafalda schüttelte energisch den Kopf. »Nein, Papa! Wir dürfen jetzt nicht aufgeben!«

Ihr Vater lächelte traurig. »Ich bewundere deinen Mut und bin sehr stolz auf dich, Maffy«, sagte er. »Aber diesmal gibt es keine Rettung mehr. In sechs Wochen gehen hier endgültig die Lichter aus!«

3.

Man kann sagen, wir belauerten uns, Siraxis und ich. Sie muss mitbekommen haben, dass ich in der Kirche gewesen bin. Eigentlich sollte man ja meinen, es sei für einen ehemaligen Engel nichts Ungewöhnliches, ein Gotteshaus zu besuchen. Aber ich hatte es wohl nicht besonders raffiniert angestellt, ausgerechnet am Tag nach dem Besuch der Zwillinge zum ersten Mal in meiner Menschengestalt an diesen Ort zu gehen – der Zusammenhang war irgendwie offensichtlich.

Wie Frauen nun mal sind, versuchte Siraxis auf subtile Weise herauszufinden, was los war.

»Sag mal, Schaahaatz?«

Bei Frauen kann man nie wissen, was sie bezwecken, wenn sie »Schahatz« zu einem sagen. Ich war also auf der Hut.

»Ja?«

»Du verheimlichst mir doch nichts, oder?«

»Verheimlichen? Was sollte ich dir verheimlichen?«

Sie sah mich mit ihren schwarzen Augen auf diese Weise an, bei der einem heiß und kalt wird. Tief im Dunkel ihrer Pupillen konnte ich ein schwaches Glimmen sehen. »Komm schon, mein Lieber, sag es mir!« Sie presste sich ganz eng an mich und gab mir einen Kuss, so einen richtigen mit Zunge und so, und dann lagen wir auch schon auf dem Bett. Auf dem Weg dahin stand nicht nur ich plötzlich nackt da.

»Sag mir, was du mir verheimlichst!«, hauchte sie, als wir wieder etwas zur Ruhe kamen.

»Ich verheimlich dir wirklich nichts. Wie kommst du darauf?«

Sie stieß mich von sich, hockte auf der Bettkante und weinte herzzerreißend. »Die besten Monate meines Lebens habe ich an diesen treulosen Nichtsnutz verschwendet! Und dann rennt er einfach so in die Kirche und wirft sich irgendeiner Nonne an die Rockschöße!«

»Nonne? Was für eine Nonne? Ich war doch bei einem Priester!«

Sie schluchzte noch lauter. »Das ist ja ekelhaft!«

»Nein, nein, doch nicht so! Ich habe nur telefoniert!«

»Telefoniert? Mit wem denn?«

»Mit … äh, mit dem Pizzaservice! Ich hatte einfach Hunger, und da hab ich gedacht, ich bestell mir eine Pizza!«

»Und dazu gehst du in die Kirche!« Sie heulte jetzt noch lauter.

Ich bin natürlich standhaft geblieben. So leicht kriegt man mich nicht rum. Mich nicht! Ich hab ihr nur noch verraten, dass ich den Auftrag habe, sie auszuspionieren und einen Menschen zum Guten zu bekehren. Wer mir diesen Auftrag gegeben hat, darüber schwieg ich mich aus. Kein Wort kam mehr über meine Lippen!

»Was war das denn für eine Idee!«, sagte Pamela. »Wo hast du diese Tussi bloß aufgegabelt? Dein Vater hätte sich mit so einer niemals zufriedengegeben. Er hätte dafür gesorgt, dass der beste Zauberer Deutschlands zu Ninas Geburtstag kommt und nicht irgendeine dahergelaufene Amateurin!«

Fabian machte einen halbherzigen Versuch, sich zu verteidigen. »Die Adresse hab ich aus dem Branchenbuch. Und außerdem ist sie keine Amateurin! Sie ist Artistin in einem kleinen Zirkus, glaube ich. Eigentlich sollte ja ein richtiger Zauberer kommen, aber der ist kurzfristig krank geworden, und da ist sie eben eingesprungen. Ich kann nichts dafür!«

»Ich kann nichts dafür, ich kann nichts dafür! Das ist alles, was ich von dir höre! Dein Vater hätte niemals eine so klägliche Entschuldigung benutzt!« Sie wandte sich um und verließ das große, modern eingerichtete Wohnzimmer.

Dein Vater hätte dies nicht, dein Vater hätte niemals das. Wie Fabian es hasste, wenn seine Stiefmutter in diesem herablassenden Tonfall mit ihm sprach! Natürlich würde er niemals so werden wie Gustav Papenheim, der große Unternehmer, der Ehrenbürger der Stadt und Träger des Bundesverdienstkreuzes. Er war schon zu Lebzeiten eine Legende gewesen, aber nach seinem Tod schien er zum Heiligen geworden zu sein. Pamela ließ keine Gelegenheit aus, um Fabian darauf hinzuweisen, dass er unter keinen Umständen an seinen Vater heranreichen würde.

Er wollte das auch gar nicht. Sein Vater war ihm immer fremd gewesen mit seiner überzogenen Strenge und seinem »Was dich nicht umbringt, macht dich härter«-Gebaren. Er hatte ihn ohnehin nicht oft zu sehen bekommen – Gustav Papenheim hatte seine Zeit lieber auf Empfängen des Bürgermeisters, auf dem Golfplatz oder dem Rücken eines Pferdes verbracht als daheim bei seiner Familie. Fabian hatte seiner Mutter viel näher gestanden, einer bekannten Schauspielerin und Sängerin. Kurz nach seinem zwölften Geburtstag war die Ehe seiner Eltern zerbrochen. Es hatte einen blutigen Scheidungskrieg gegeben, den die Medien damals genüsslich sezierten. Sein Vater hatte natürlich die besseren Anwälte gehabt, und so war seine Mutter nach Hollywood gegangen und hatte Fabian in Frankfurt zurückgelassen. Er hatte ihr das nie ganz verziehen, obwohl er wusste, dass sie im Grunde nichts dafürkonnte.

Kurz nach der Scheidung war Pamela in die große Villa der Papenheims eingezogen. Sein Vater hatte sie vermutlich als eine Art Statussymbol betrachtet – Pamela Reiser, das bekannte Fotomodell, das zuvor mit einem russischen Millionär liiert gewesen war. Es hatte kaum ein Jahr gedauert, bis sie heirateten.

Nach seinem Tod waren böse Gerüchte aufgekommen. Wie hatte der exzellente Reiter Gustav Papenheim, der drei Mal Deutscher Meister im Vielseitigkeitsreiten gewesen war, bei einem Ausritt einfach vom Pferd fallen und sich das Genick brechen können? Aber die Polizei hatte weder Indizien für ein Verbrechen noch ein Motiv für einen Mord gefunden, denn kurz zuvor hatte Gustav Papenheim sein gesamtes Vermögen einer Stiftung vermacht. Die Stiftung wurde von einem unabhängigen Management verwaltet und von einem Aufsichtsrat kontrolliert, dem zurzeit Pamela vorsaß und dem angesehene Mitglieder der Finanzwelt angehörten.

Fabian hatte das musikalische Talent seiner Mutter geerbt und wäre gern Musiker geworden. Doch natürlich hatte sein Vater von dieser Idee gar nichts gehalten. In seiner Vorstellung waren Musiker bettelarm und drogenabhängig, und wenn nicht, führten sie zumindest ein gottloses Lotterleben. Fabian hatte als Kind nie ein Musikinstrument haben dürfen. Sein Vater hatte sogar testamentarisch verfügt, dass Fabian keinerlei finanzielle Unterstützung mehr von der Stiftung bekommen sollte, falls er jemals öffentlich als Musiker auftrat.

Drei Jahre noch. Dann, an seinem achtundzwanzigsten Geburtstag, würde er endlich direkten Zugriff auf sein Erbe haben. Er würde Vorsitzender des Aufsichtsrats der Papenheim-Stiftung und damit Herr über das Chemie- und Finanzimperium seines Vaters werden. Dann konnte er die Satzung der Stiftung ändern und endlich tun und lassen, was er wollte. Wenn er erst die Kontrolle über das Familienvermögen erhielt, würde Pamela ihn nicht mehr so herablassend behandeln. Dann würde er es sein, der über ihre finanziellen Zuwendungen entschied, und nicht umgekehrt. Doch bis dahin war er auf Pamelas Wohlwollen angewiesen und musste gute Miene zum bösen Spiel machen.

Er musste immer wieder an den Auftritt der jungen Zauberin denken. Ihr sanfter und doch stolzer Blick hatte irgendetwas mit ihm angestellt. Sie war vielleicht nicht so atemberaubend schön wie das eine oder andere Fotomodell, das Fabian zu seinem Bekanntenkreis zählte. Doch sie hatte eine innere Stärke, die in seltsamem Kontrast zu ihrer Zartheit zu stehen schien. Er hatte das Gefühl gehabt, dass sie seine Hilfe brauchte, doch er ahnte, dass er sie mit seinem großzügigen Trinkgeld verletzt hatte. Er hatte beinahe erwartet, die Scheine auf dem Kiesweg der Villa wiederzufinden, im Zorn verschmäht.

Die Frauen, mit denen sich Fabian gelegentlich traf, waren nicht so. Sie umgarnten ihn, schmeichelten ihm, boten sich ihm an. Er wusste, dass er gut aussah, aber vor allem war ihm klar, dass sie alle es nur auf sein Geld abgesehen hatten. Nichts erschreckte ihn mehr als die Vorstellung, eines Tages in den Armen einer Frau zu landen, die so war wie Pamela. Deshalb hielt er sich, so gut es ging, von Frauen fern.

Die Geburtstagsgäste kamen aus der Bibliothek, wo der Großbildfernseher stand. »Wo ist denn die Zauberfrau?«, fragte Nina. Obwohl sie Pamelas Tochter war, betrachtete er sie ohne irgendwelche Abstriche als seine kleine Schwester.

Er zuckte mit den Schultern. »Sie hat sich in Luft aufgelöst, als ihr rausgelaufen seid«, sagte er und grinste.

»Hat sie nicht!« Nina sah ihn mit gerunzelter Stirn an, und ihr kindlicher Ernst berührte ihn. Sie bewunderte ihn, weil er groß war und Dinge wusste, die sie nicht wusste, und er liebte sie für ihre naive Aufrichtigkeit. Zwar wusste auch Nina den Charme zu nutzen, den sie von ihrer Mutter geerbt hatte, aber sie tat es noch mit der Unbekümmertheit einer Siebenjährigen, ohne jede Berechnung.

»Und? Bist du bisher zufrieden mit deinem Geburtstag?« Fabian wies auf den Gabentisch, der auf einer Kommode unter einem abstrakt-scheußlichen, aber wertvollen Ölgemälde aufgebaut war. Dort stand ein großes Puppenschloss aus Holz, das Fabian für sündhaft viel Geld von einem Tischler hatte anfertigen lassen, daneben die leere Verpackung des Videospiels, außerdem ein neuer CD-Player, das Kleid einer Märchenprinzessin aus einem Disney-Film, ein Kinder-Schminkset, ein elektronischer Feen-Zauberstab, ein Bastelkasten zum Selbermachen von Modeschmuck, zwei Lego-Packungen mit einer Menge von Bausteinen in Rosa, drei neue Puppen und ein Webrahmen aus Holz.

Nina zog eine Schnute. »Ich hatte mir ein Pony gewünscht!«

Fabian beugte sich zu ihr hinab. »Du weißt doch, dass Mami das nicht möchte. Immerhin ist Papa vom Pferd gefallen und dabei gestorben!«

»Ich falle ganz bestimmt nicht vom Pferd! Und außerdem ist ein Pony nicht so hoch!«

Fabian lächelte. »Du hast recht. Trotzdem, ich fürchte, ein Pony wirst du so schnell nicht bekommen.«

Die anderen Kinder, es waren insgesamt fünf, hatten sich inzwischen über Ninas Geschenke hergemacht. Zwei Jungs spielten mit dem Holzschloss »Ritter« und bewarfen die Puppen, die sie darin aufgestellt hatten, mit Legosteinen. Die drei Mädchen stritten sich lautstark darum, wer zuerst das Prinzessinnen-Kleid anziehen durfte.

Agathe, die Haushälterin, kam herein. Sie war an die sechzig, mit kurz geschnittenen grauen Haaren und hellblauen Augen, die auf wundersame Weise gleichzeitig liebevoll und streng blicken konnten. Sie war ein Teil der Familie, solange Fabian sich erinnern konnte, und war für ihn immer wie eine zweite Mutter gewesen.

»Kinder, könntet ihr bitte etwas leiser sein?«, sagte sie mit jener sanften, aber gleichwohl ernsten Stimme, die Fabian noch heute sofort in ihren Bann zog. »Frau Papenheim hat Migräne und benötigt Ruhe.«

Fabian warf ihr einen Blick zu. Täuschte er sich, oder hatte sie das Wort Migräne leicht ironisch betont? Doch ihr Gesicht blieb eine Maske der Professionalität – nie hätte sie sich zu offener Kritik an der Hausherrin hinreißen lassen.

»Okay. Kommt, Kinder, wir gehen fernsehgucken«, sagte er.

Die Kinder murrten, legten jedoch Ninas Spielsachen weg und folgten Fabian zurück in die Bibliothek. Er schaltete den Kinderkanal ein, der einen alten Märchenfilm zeigte. »Den kenn ich schon«, sagte der Junge mit der Brille. »Der ist langweilig. Am Ende knutschen sie nur rum und so.« Die Mädchen kicherten.

Fabian zappte durch die Kanäle, bis er einen Zeichentrickfilm fand, in dem eine Gruppe muskelbepackter Helden mit tragbaren Raketenwerfern und Laserwaffen eine Armee von außerirdischen Robotern pulverisierte. Die computergenerierten Explosionen waren eindrucksvoll. Als er sah, dass das die Kinder ruhigstellte, legte er die Fernbedienung aus der Hand.

Der Film lief natürlich auf einem Privatsender und wurde

nach einer Minute von Werbung unterbrochen. Das schien die Kinder aber nicht weiter zu stören. Gebannt starrten sie auf die Plastikspielzeuge, die im Fernsehen viel größer und farbenprächtiger wirkten als in Wirklichkeit. Den größten Teil der beworbenen Produkte für Mädchen hatte Nina bereits.

»Der ist ja süß!«, rief Nina auf einmal.

Fabian sah auf den Bildschirm. Dort lief gerade ein Werbespot für Hundefutter. Ein struppiger Hund mit einem großen, schwarzen Fleck auf der Seite stellte sich erstaunlich geschickt dabei an, über eine Reihe von Hindernissen an eine Dose mit der Aufschrift »Fressi« zu kommen. Zum Schluss war die Dose in Großaufnahme zu sehen. Der Hund aus dem Spot prangte auf dem Etikett und bellte dort drei Mal. »Kluge Hunde wollen Fressi!«, sagte eine Stimme aus dem Hintergrund.

Fabian hatte die Sache mit dem Werbespot längst vergessen, als er abends an Ninas Bett saß, das ein Himmel aus rosa Seide überspannte. Er gab ihr einen Gutenachtkuss. »Schlaf gut, meine große kleine Schwester«, sagte er.

Sie sah ihn ernst an. »Schade«, sagte sie.

»Schade? Was ist schade?«

»Dass wir nicht so einen Hund haben!«

»Hund? Was für ein Hund?«

»Na, den aus der Werbung! Den Fressi-Hund. Genau so einen möchte ich haben! Mit einem großen, schwarzen Fleck!«

»Nina, du weißt, dass Mami keine Haustiere möchte.«

Nina nickte. Ihre Augen füllten sich plötzlich mit Tränen.

Er streichelte ihre Wange. »Sei nicht traurig«, sagte er. »Denk an die vielen schönen Sachen, die du heute bekommen hast.«

Sie nickte, schniefte aber immer noch leicht. Tränen kullerten über ihre Wangen.

In diesem Moment betrat Pamela das Zimmer. Fabian stand auf und machte ihr Platz, damit sie ihrer Tochter einen Gutenachtkuss geben konnte.

»Sie weint ja!«, sagte sie zu Fabian, als sie sich aufrichtete.

Er zuckte nur mit den Schultern.

Pamela warf ihm einen finsteren Blick zu. »Komm mal mit!«

Er folgte ihr aus dem Raum und die große Holztreppe hinab, die die Eingangshalle beherrschte, bis ins Wohnzimmer.

»Sie ist unglücklich! Ich will nicht, dass meine Tochter an ihrem Geburtstag unglücklich ist!«, rief Pamela. Sie warf theatralisch die Hände in die Luft. Es fehlte nur noch, dass sie in Tränen ausbrach und sich die Haare raufte.

»Pamela, ich habe mir wirklich alle Mühe gegeben …«

»Ich hatte mich darauf verlassen, dass du ihren Geburtstag schön machst! Wie du weißt, wollte ich eine Agentur mit der Organisation beauftragen, aber du wolltest es ja selbst machen. Und jetzt haben wir die Bescherung!«

»Pamela, ich …«

»Komm mir jetzt nicht wieder mit Ausflüchten! Nina ist sieben geworden. In dem Alter ist es doch wirklich nicht so schwer, ein Mädchen glücklich zu machen! Aber auch dieser Aufgabe scheinst du ja nicht gewachsen zu sein.«

»Aber was sollte ich denn machen? Ich kann doch nichts dafür, wenn …«

»›Ich kann doch nichts dafür!‹ Jetzt fängst du schon wieder damit an! Ausflüchte, nichts als Ausflüchte! Aus dir wird nie ein richtiger Mann werden, so wie dein Vater einer war!« Sie wandte sich um und stakste aus dem Raum.

Fabian sah ihr fassungslos nach und fragte sich, wie sie es immer wieder schaffte, ihn zu kränken, obwohl er sich doch jedes Mal fest vornahm, auf ihre Meinung nichts zu geben. Er hatte sich wirklich Mühe mit der Vorbereitung von Ninas Geburtstag gegeben. Die Dekoration, die er sich ausgedacht hatte – Papierservietten mit aufgedruckten Monden und Sternen, Papier-Zauberhüte und Umhänge für alle, Harry-Potter-Girlanden an den Wänden und Keksstangen mit Schokoladenspitzen, die an Zauberstäbe erinnerten –, lag verstreut und zerbröselt auf dem roten Tischtuch wie die Trümmer einer Schlacht. Die Torte mit den Wunderkerzen war längst vertilgt, die Gummibärchen in

Froschform, die natürlich verzauberte Prinzen darstellen sollten, klebten an den Stühlen und auf dem Boden.

Nach dem missglückten Auftritt der Zauberfrau hatte sich niemand mehr die Mühe gemacht, die Illusion eines »zauberhaften Geburtstags« aufrechtzuerhalten. Die gezinkten Würfel, die Fabian als Geschenk an die Kinder verteilt hatte, würden diese vermutlich ahnungslos zum Mensch-ärgere-dich-nicht-Spielen benutzen.

Er ging zu dem alten Eichenschrank mit den Wappenschnitzereien, nahm ein Glas heraus und goss sich einen Cognac ein. Der Alkohol erfüllte ihn mit Wärme und beruhigte seine Nerven etwas. Er setzte sich auf die große, weiße Ledergarnitur, starrte eine Weile ins Leere und bemitleidete sich selbst. Dann wurde ihm klar, dass er gegenüber Pamela nur ein noch schwächeres Bild abgeben würde, wenn er hier herumsaß wie ein begossener Pudel.

Er setzte sich kerzengerade auf. Beinahe wäre ihm der Cognacschwenker aus der Hand gefallen. Wie ein Pudel!

Ein dünnes Grinsen stahl sich auf seine Lippen. Pamela wollte also, dass er Nina glücklich machte? Das konnte sie haben! Und was wäre besser geeignet, um diesem Anspruch gerecht zu werden, als Nina ihren soeben unter Tränen geäußerten Herzenswunsch zu erfüllen – und ihr einen Hund zu schenken?

Pamela hasste alle Haustiere, aber Hunde hasste sie ganz besonders, seit sie einmal von einem Yorkshireterrier gebissen worden war. Das Tier hatte nicht viel mehr als ihren Seidenstrumpf ruiniert, aber Pamela reagierte seitdem beim Anblick jedes kleinen Kläffers hysterisch.

Wenn er Nina einen Hund schenkte, würde Pamela ihn ihr nicht einfach wegnehmen können. Sie würde das Vieh so schnell nicht wieder loswerden. Aber es musste der richtige Hund sein – so ein struppiger Brauner mit einem frechen Gesicht und einem runden, schwarzen Fleck auf der Seite. Er hatte keine Ahnung von Hunden und wusste nicht, wie diese spezielle Rasse hieß, aber das würde er schon herausfinden.

4.

Ich hatte mir das Ganze einfacher vorgestellt. Ich musste nur in Siraxis' Nähe bleiben, dachte ich, dann würde ich schon mitkriegen, was sie vorhatte. Ganz nebenbei würde ich noch einen armen Sünder bekehren und fertig. Was war schon dabei? So was hatte ich in den letzten paar tausend Jahren doch dauernd gemacht. Ein Klacks.

Nur, dass ich bis vor kurzem ein Engel gewesen war. Das hat in puncto Sünderbekehrung durchaus ein paar Vorteile: Erstens, man ist unsichtbar. Zweitens, man kann sich in Sekundenschnelle an jeden beliebigen Ort begeben. Drittens, man kann die Gedanken der Menschen lesen und weiß sofort, ob jemand gut oder böse ist und was er vorhat. Viertens, man kann diese Gedanken beeinflussen, zwar nur auf subtile Weise, aber immerhin. Man kann einen psychopathischen Massenmörder nicht zum Sozialarbeiter machen, aber man kann die guten Gefühle – Liebe, Reue, Dankbarkeit – verstärken und die bösen – Neid, Eifersucht, Wut – zumindest ein bisschen abschwächen.

Vor allem aber können einem diejenigen, die man zu bekehren versucht, keine reinhauen.

»Wollen wir nicht ein bisschen im Park spazieren gehen?«, fragte ich Siraxis eines Abends. Ich wusste ja, dass die meisten Sünden im Schutz der Dunkelheit begangen werden.

Sie knipste das Licht wieder an. »Jetzt?«

»Ich habe gerade irgendwie das Bedürfnis nach frischer Luft.«

»Dann mach das Fenster auf und lass mich schlafen. Es ist Viertel vor zwei!«

»Manche Menschen machen das aber so, dass sie nachts im Park spazieren gehen. Sie finden das romantisch.«

Siraxis sah mich lange an. Dann seufzte sie. »Na schön. Gehen wir also einen Sünder bekehren!«

Ich war einen Moment baff, weil sie mich mal wieder durchschaut hatte und meinem Vorschlag trotzdem zustimmte. Dann wurde mir klar, dass sie nur eingewilligt hatte, damit sie meine Pläne sogleich durchkreuzen konnte. Ich hätte natürlich ohne sie gehen können, aber wer weiß, was sie dann während meiner Abwesenheit angestellt hätte. Ich hielt es daher für besser, wenn sie mich begleitete. Es würde ein Duell geben – Gut gegen Böse. Die besseren Argumente würden siegen, und ich zweifelte keine Sekunde daran, wer die hatte.

Wir gingen also in den Park, und es dauerte nicht lange, bis wir zwei Sünder fanden. Sie lagen hinter einem Gebüsch und trieben Unzucht.

»Lasst ab von eurem schändlichen Tun!«, rief ich.

Die Sünderin stieß einen spitzen Schrei aus. Der Sünder sprang auf und bedeckte seine Blöße. Doch statt aufrichtige Reue zu zeigen, fuhr er mich an: »Sag mal, spinnst du, du alter Spanner? Verschwinde, aber ein bisschen plötzlich!«

»Aber es steht geschrieben: Du sollst nicht Sex haben vor der Ehe, und schon gar nicht in der Öffentlichkeit, oder so ähnlich!«

Der Mann zog seine Hose hoch. »Verpiss dich, Alter, oder es gibt eins auf die Gurke, kapiert?«

Ich legte all die Inbrunst in meine Stimme, deren ich fähig war. »Glaube mir, mein Freund, du solltest deine Taten bereuen, bevor deine Seele der Unterwelt verfällt!«

»Der Einzige, der hier gleich was bereut, bist du, du taube Nuss!«

Kurz darauf saß ich im Gras und hielt mir die Nase, und dann noch die Wange, nachdem mir auch die Frau noch eine schallende Ohrfeige verpasst hatte.

Siraxis stand die ganze Zeit daneben, hielt sich den Mund zu und wurde von Zuckungen geschüttelt. Sie begann zu glucksen wie die Heizung in unserem Badezimmer, dann brach sie in Gelächter aus.

Ich blieb noch eine Weile leicht pikiert sitzen und fragte mich, mit welchem höllischen Trick sie es angestellt hatte, meinen Bekehrungsversuch so tragisch misslingen zu lassen.

Mafalda stand kerzengerade auf der kleinen Plattform etwa zwei Meter über der Manege. Vor ihr spannte sich das dünne Stahlseil bis zu einer zweiten Plattform, etwa acht Meter entfernt. Der CD-Player, den Piotr bediente, spielte einen langgezogenen Tusch. Mit übertrieben langsamen Bewegungen legte sie sich das schwarze Tuch über die Augen und verknotete es hinter ihrem Kopf.

Wahrscheinlich glaubte kaum jemand im Publikum, dass sie wirklich nichts mehr sehen konnte. In der Tat wäre es ein Leichtes gewesen, es so locker umzubinden, dass sie am unteren Rand vorbeilinsen konnte. Doch sie schnürte es fest, so dass nicht der kleinste Lichtstrahl ihre Augen erreichte. Sie tat es nicht für die Zuschauer, sondern für sich selbst. Sie war Artistin, und das bedeutete, stets das Maximum dessen zu geben, wozu sie fähig war – egal, ob das Publikum es wahrnahm oder nicht.

Die Leute auf den Bänken hatten keine Ahnung, wie schwierig das war, was sie zu tun vorhatte. Zwar verfügte der Mensch über ein Gleichgewichtsorgan im Innenohr, doch die Augen waren für das Gehirn ein unverzichtbares Hilfsmittel dabei, den Körper in der Senkrechten zu halten. Die meisten Menschen konnten mit verbundenen Augen gehen, aber nicht lange auf einem Bein stehen. Es gab kaum jemanden auf der Welt, der mit verbundenen Augen auf einem Seil balancierte. Und niemand hatte je mit verbundenen Augen einen Salto auf dem Hochseil gewagt. Niemand außer Mafalda.

Natürlich gab sich ihr Vater alle Mühe, das Sensationelle an ihrem Auftritt herauszustellen. »Sähr geärrte Damen und Härren, liebe Kindärr«, schnarrte er mit aufgesetztem italienischen Akzent ins Mikrofon. »Sie sähen jetzt eine Sännsazione von die ganze Welt. Die großartige, die unglaubliche Mafalda Rigatoni wird Ihnen eine Salto auf die Hochseil zeigen. Eine Salto, die kein andärre Artist auf die Welt behärrscht. Eine Salto mit die Augen verbunden! Applaus, Applaus!«

Die höchstens drei Dutzend Besucher im Zirkuszelt klatschten höflich.

Mafalda blendete die Geräusche um sich herum aus, das Hüsteln und Rascheln der Menschen, das Knattern der Zeltplanen im Wind. Sie entspannte sich, kontrollierte ihre Atmung. Ihr Vater bat das Publikum um absolute Ruhe, damit ihre Konzentration nicht gestört wurde. Das war unnötig, denn Mafalda beherrschte die Kunst, sich vollständig in sich selbst zu versenken, seit sie ein Kind war. Doch es steigerte immer die Aufmerksamkeit der Zuschauer.

Sie lehnte ihren Rücken an den Pfahl, an dem das Seil verankert war, und betastete mit den Händen die Markierungen. Dann machte sie ein, zwei große Schritte nach vorn. Das Seil unter ihr schwankte stärker als notwendig – Piotr hatte den Greifzug wiedermal nicht ordentlich festgezogen. Aber sie hatte keine Zeit, darüber nachzudenken. Noch im Lauf spannte sie ihre Muskeln, sprang, rollte sich in der Luft ein, streckte Arme und Beine und landete Sekundenbruchteile später mit beiden Füßen gleichzeitig auf dem Seil. Sie schwankte bedrohlich hin und her, doch sie wusste, wie sie ihre Arme bewegen musste, um die Unsicherheit rasch auszugleichen. Sie ärgerte sich ein wenig über den kleinen Patzer, obwohl es nicht ihre Schuld war, und sie wusste, dass das Publikum ihn nicht als solchen erkennen würde.

Zögerndes Klatschen erklang, als seien sich die Zuschauer nicht sicher, ob die groß angekündigte Sensation wirklich schon vorbei war. Es war ihnen natürlich viel zu schnell gegangen. In einem Hollywoodfilm hätten sie jede Bewegung von Mafaldas durchtrainiertem Körper in Zeitlupe sehen können, die Präzision ihrer Schritte, die perfekte Symmetrie ihrer Armbewegungen, die elegante Drehung ihres Körpers. Doch all das war ihnen entgangen.

Mafalda blieb still stehen, dann knotete sie das Tuch auf, nahm es ab, ließ es hinunterfallen wie eine verliebte Dame im neunzehnten Jahrhundert ihr Taschentuch, schien plötzlich auszurutschen und vom Seil zu stürzen, griff in letzter Sekunde mit beiden Armen danach, machte einen langgestreckten Überschwung und einen weiteren Salto und landete mit beiden Füßen auf dem Boden. Als sie sich verbeugte, war der Applaus deutlich lauter. Obwohl diese Übung im Vergleich zu ihrem blinden Salto lächerlich einfach gewesen war, hatte sie für das Publikum eindrucksvoller ausgesehen.

»Verärrtes Publikum, Lady Mafalda Rigatoni!«, rief ihr Vater. Er zwinkerte ihr kurz zu – sein seit langem zwischen den beiden geltendes Zeichen des Lobes.

Mafalda verbeugte sich noch einmal unter dem Applaus, dann verschwand sie mit ein paar Flickflacks aus der Manege. Gelächter ertönte, als Piotr in seinem Clownkostüm damit beschäftigt war, ein paar Wäschestücke auf das Seil zu spannen, und dabei immer wieder von der zu kurzen Trittleiter fiel. Rasch zog sich Mafalda um, setzte sich Perücke, Clownsnase und die viel zu große Plastikbrille auf, und watschelte zurück in die Manege, um Piotr bei seiner scheinbar unlösbaren Aufgabe zu helfen und ihn dabei noch tiefer in die Verzweiflung zu stürzen.

»Du warst wieder großartig, Maffy!«, sagte ihr Vater später, als sie zusammen im Wohnzimmer saßen und wie üblich nach der Vorstellung zu Abend aßen.

Ihre Mutter nickte. Trotz der silbergrauen Streifen in ihrem dunklen Haar war sie immer noch eine stattliche Erscheinung. Sie stammte aus einer italienischen Zirkusfamilie. Mafaldas Vater hatte sie auf einem Zirkusfestival kennengelernt. Wie Mafalda war sie Hochseilartistin gewesen und hatte ihre Tochter von klein auf trainiert. Heute konnte sie natürlich nicht mehr auftreten, aber sie hatte immer noch einen drahtigen, muskulösen Körper. Ganz im Gegensatz zu Mafaldas Vater, der sich einen seiner Rolle als Dompteur und Zirkusdirektor durchaus angemessenen Bierbauch zugelegt hatte.

»Du vergeudest hier dein Talent«, sagte Mafaldas Mutter. »Du musst endlich eine internationale Karriere machen, bevor es zu spät ist!«

Sie führten diese Diskussion nicht zum ersten Mal. Mit ihren dreiundzwanzig Jahren war Mafalda auf der Spitze ihrer Leistungsfähigkeit angekommen. Wenn sie nicht bald zu einem internationalen Zirkus wechselte, war es zu spät, das wusste sie.

Anders als früher bekräftigte ihr Vater das Argument. »Mama hat recht. Wir dürfen dich nicht länger hier festhalten. Deine Auftritte bei uns sind Perlen vor die Säue!«

Ihre Mutter runzelte die Stirn. »So redet man nicht über sein Publikum, Alfonso!«

»Wenn Mafalda geht, dann ist es vorbei mit dem Zirkus«, sagte Piotr und schüttelte seinen rothaarigen Wuschelkopf, der immer ein bisschen aussah, als habe er vergessen, die Clownsperücke abzunehmen. »Dann muss ich als Lagerarbeiter ran.«

Mafaldas Vater nickte. »Ich kann es nicht ändern, Piotr. Du siehst doch selbst, wie das Zirkuszelt von Saison zu Saison leerer wird. Seit Polly tot ist, schaffen wir es einfach nicht mehr, das Publikum anzuziehen.«

Piotr nickte. Alle schwiegen einen Moment im Gedenken an ihren früheren Star. Polly war eine Mischlingshündin gewesen, das größte Talent, mit dem ihr Vater als Dompteur jemals gearbeitet hatte. Sie hatte eine überragende Intelligenz und eine für Hunde ungewöhnliche, beinahe katzenhafte Geschicklichkeit besessen und dazu mit ihren großen, schwarzen Augen und dem weißen, lockigen Pudelfell einfach niedlich ausgesehen. Mit ihren Kapriolen hatte sie Kinder und Erwachsene gleichermaßen begeistert und Mafaldas Vater dreimal hintereinander den Titel »Dompteur des Jahres« eingebracht. Sie war der Publikumsmagnet des kleinen Zirkus gewesen – bis zu jenem rabenschwarzen Freitag vor etwas mehr als vier Jahren, als ihre Karriere unter den Rädern eines Lastwagens ein jähes Ende gefunden hatte.

Polly hatte nur einmal Junge bekommen. Sie hatte sich mit irgendeinem dahergelaufenen Straßenköter eingelassen, den niemand aus dem Zirkus je zu Gesicht bekommen hatte. Bis Polly plötzlich trächtig wurde, hatte keiner geahnt, dass die

Hündin sich nachts gelegentlich selbst aus ihrem Zwinger befreit und Streifzüge in die Umgebung unternommen hatte.

Natürlich hatte Polly während ihrer Trächtigkeit nicht auftreten können. Deshalb hatte Mafaldas Vater sie anschließend sterilisieren lassen. Zu spät war ihm der Gedanke gekommen, dass er Pollys Talent durch eine Zucht noch viel besser hätte nutzen können. So waren ihnen nur die beiden Welpen geblieben: Alexis und Jean-Paul. Alexis hatte in der Manege wenig Talent gezeigt. Sie war fröhlich, aber eigenwillig und nicht sehr gelehrig. Nur Jean-Paul schien die Intelligenz und Geschicklichkeit seiner Mutter geerbt zu haben. Doch bevor Mafaldas Vater sein Talent zu Höchstleistungen hatte entwickeln können, war er eines Nachts aus dem Zirkus verschwunden und nie zurückgekehrt. Das war ein halbes Jahr vor Pollys Tod gewesen, und so hatte zu diesem Zeitpunkt noch niemand geahnt, dass sich mit Jean-Paul in jener Nacht auch die Zukunft des kleinen Zirkus davongestohlen hatte.

»Ich werde nicht gehen!«, sagte Mafalda. »Was wollt ihr denn machen, wenn ich nicht mehr da bin? Von der Sozialhilfe leben und in irgendeinem Hochhaus den ganzen Tag vor dem Fernseher hocken?«

»Wir kommen schon klar«, sagte ihr Vater. »Du musst an dich selber denken! Du hast eine großartige Zukunft vor dir. Du darfst sie nicht für uns verschleudern!«

»Aber ich will nicht weg!«, sagte Mafalda. Tränen drängten sich in ihre Augen. »Ich will bei euch bleiben!« Alexis, die ihre Aufregung spürte, kam schwanzwedelnd näher und legte ihren Kopf auf Mafaldas Bein. Mafalda kraulte sie hinter den Ohren. »Es muss doch eine Möglichkeit geben, dass wir die Menschen wieder zu uns holen!«

Ihre Mutter deutete auf den Fernseher in einer Ecke des schmalen Wohnwagens. »Die Leute gucken heutzutage eben lieber Fernsehen.«

»Das kann doch nicht wahr sein!«, rief Mafalda. »In der Flimmerkiste läuft doch nur Blödsinn!« Sie schaltete das Gerät ein und zappte durch die Kanäle. »Dämliche Quizshows, langweiliges Gequassel, zum achtzehnten Mal wiederholte Spielfilme und Werbung, Werbung, Werbung! Wer will denn so ...« Sie stockte. Die Fernbedienung fiel ihr aus der Hand. »Das ... das gibt's doch nicht!«

Ihre Eltern und Piotr sahen Mafalda verblüfft an. »Was hast du denn?«, fragte ihre Mutter.

»Da!«, sagte Mafalda und zeigte auf den Fernseher.

Sie wandten sich alle um und starrten auf das Gerät. Eine strahlend schöne Frau pries gerade die Vorzüge eines Waschmittels, das auch hartnäckige Flecken problemlos entfernte.

»Waschmittel?«, fragte ihr Vater.

»Nein, nein. Es ist schon vorbei. Da war gerade Jean-Paul. In einer Werbung für Hundefutter!«

»Nun komm schon, Maffy. Das bildest du dir ein. Nur, weil wir gerade über Polly geredet haben ...«

»Nein, ehrlich! Ich bin ganz sicher, das war Jean-Paul! Er war sogar auf der Dose abgebildet. Das struppige braune Fell, der runde schwarze Fleck auf der Seite ...«

»Aber wie sollte Jean-Paul in eine Werbung für Hundefutter gekommen sein? Das mit dem runden Fleck ist bestimmt nur Zufall.«

Mafalda schüttelte heftig den Kopf. »Er war es! Da war so eine Oma in der Küche. Jean-Paul hat mit den Pfoten an der Haustür geklingelt. Als die Oma aufstand, hat er den Teppich, auf dem ihr Stuhl stand, mit der Schnauze ein Stück weggezogen. Dann ist er auf den Stuhl und von da auf einen Tisch gesprungen, wo eine Dose mit diesem Zeug stand. Fressi, glaub ich. So was kann man nur einem Hund wie Jean-Paul beibringen!«

»So was machen die heute am Computer«, sagte Piotr.

»Das war keine Computeranimation, das war ein echter Hund!«

»Wenn das stimmt ...«, begann ihr Vater.

»... dann gehört der Hund aus der Werbung uns!«, vollendete Mafalda den Satz. »Wir können ihn uns zurückholen und die alten Nummern von Polly mit ihm einstudieren! Wir hätten wieder einen echten Star! Stellt euch doch nur mal vor, wir könnten sagen: ›Jean-Paul, bekannt aus dem Fernsehen!‹«

Ihre Mutter schüttelte langsam den Kopf. »Das wäre einfach zu schön, um wahr zu sein«, sagte sie.

»Es ist wahr, Mama!«, sagte Mafalda. »Ich werde Jean-Paul zu uns zurückholen, und dann wird alles wie früher! Verlasst euch darauf!«

5.

Am folgenden Tag gingen wir in den Supermarkt. Siraxis nannte es »Store Check«. Während sie unsere Einkäufe erledigte, stand ich vor dem Regal mit Hundefutter und zählte die Dosen. Neben mir bemerkte ich eine junge, zierliche Frau mit dunklen Haaren, die eine Dose Fressi in der Hand hielt und sie ganz genau betrachtete. Sie schien sich nicht recht zum Kauf entschließen zu können.

»Das können Sie ruhig kaufen«, riet ich ihr. »Schmeckt wirklich gut!«

Die Frau sah mich mit großen Augen an. Dann ging sie pikiert mit der Dose zur Kasse. Ich war stolz darauf, den Umsatz des besten Kunden unserer Agentur gesteigert zu haben. Doch Siraxis, die in diesem Moment mit dem Einkaufswagen hinzukam, schüttelte nur den Kopf. »Lass mich das hier lieber machen. Hol du noch ein paar Tiefkühlgerichte. Für mich Pizza Diavolo, bitte. Und achte auf das Haltbarkeitsdatum!«

Während ich den Einkaufswagen durch die Regale schob, fiel mir ein kleiner Junge auf, vielleicht fünf oder sechs Jahre alt, der vor dem Regal mit Billigspielzeug stand. Er blickte sich nach links und rechts um, dann griff er blitzschnell in einen Korb mit kleinen Autos aus Metall und steckte eines davon in seine Hosentasche.

Das war meine Chance, eine verlorene Seele zu retten! Ich ging zu dem Jungen und hockte mich vor ihn.

»Was hast du denn da gerade in die Hosentasche gesteckt?«, fragte ich.

Der Junge machte ein erschrockenes Gesicht, doch er leugnete die Tat. »Ich? Gar nichts!«

Er wollte sich abwenden, aber ich hielt ihn am Arm fest. »Das wollen wir doch mal sehen!«, sagte ich und griff in seine Hosentasche.

»Was tun Sie denn da!«, rief eine ältere Frau. »Lassen Sie doch den Jungen los!«

Ich zog das Spielzeugauto hervor und hielt es triumphierend in die Höhe. »Da!«, sagte ich.

Der Junge fing an zu weinen. »Mein Auto!«, rief er. »Der Mann hat mir mein Auto weggenommen!«

Eine dicke Frau mit hochrotem Kopf kam auf mich zu. »Was fällt Ihnen ein!«, rief sie. »Lassen Sie gefälligst meinen Sohn in Ruhe!«

»Was ist denn hier los?«, fragte ein Mann im weißen Kittel.

»Der da hat dem Jungen sein Spielzeug weggenommen!«, sagte die ältere Frau.

»Aber … ich … ich wollte doch nur …«, stellte ich klar.

»Gib mir mein Auto wieder!«, rief der Junge.

»Das ist ja wohl eine Unverschämtheit, sich an kleinen Kindern zu vergreifen! Einsperren sollte man den Kerl!«, kreischte die Dicke, offenbar die Mutter des Jungen.

»Ich rufe den Sicherheitsdienst!«, sagte der Mann mit dem Kittel. Er holte ein Handy hervor.

In diesem Moment kam Siraxis hinzu. »Ach hier bist du, Manfred!« Sie wandte sich an den Mann im Kittel. »Verzeihen Sie, mein Bruder ist etwas zurückgeblieben. Er spielt so gern mit kleinen Autos.« Sie nahm mir das Spielzeugauto aus der Hand und gab es dem Jungen. »Ich habe dir doch schon erklärt, dass du anderen Kindern ihr Spielzeug nicht einfach wegnehmen darfst«, sagte sie mit einer Stimme, als spreche sie mit einem Kleinkind. Sie nahm mich an der Hand und zog mich fort.

Ich hielt es für klüger, das Missverständnis bezüglich meines Geisteszustands vorerst nicht aufzuklären. »Ga, ga!«, machte ich. »Auto, brmm brmm, ga ga!«

Es funktionierte. Der Mann im Kittel klappte sein Handy wieder zu. Die Leute tippten sich an die Stirn, aber sie kümmerten sich nicht mehr um mich. Nur der kleine Junge streckte mir die Zunge raus.

»Ich wäre dir dankbar, wenn du weitere Bekehrungsversuche

in Zukunft unterlassen würdest, solange ich dabei bin«, sagte Siraxis später auf dem Weg nach Hause.

»Das könnte dir so passen!«

Ich schmollte ein wenig. Was mir Sorgen machte, war nicht, dass meine Bekehrungsversuche bisher nicht von Erfolg gekrönt waren. Was mir Sorgen machte, war, dass ich immer noch keine Ahnung hatte, was Siraxis im Schilde führte.

Fabian stellte die Dose auf den Kassiertisch. »So einen hätte ich gern«, sagte er.

Die Frau tippte den Preis der Dose in die Registrierkasse. »Macht eins achtzig, bitte.«

»Nein, nein, ich will nicht das, was in der Dose ist«, sagte Fabian. »Ich will das, was auf der Dose ist!«

Die Frau sah ihn verständnislos an und fuhr sich durch ihre weißen Locken. »Also, wollen sie jetzt dieses Hundefutter kaufen oder nicht?«

»Nein. Ich möchte so einen Hund kaufen, wie er auf der Dose abgebildet ist.«

»Wir haben Kanarienvögel, Wellensittiche, Zwergkaninchen, Hamster, Meerschwein…«

»Ich will keinen Kanarienvogel, sondern diesen Hund!«

»Wir führen keine Hunde. Hunde gehören nicht in ein Zoogeschäft. Die brauchen Auslauf, wissen Sie.«

Fabian nickte. »Und wo bekomme ich dann so einen Hund?«

»Hören Sie, sind Sie bald fertig mit Ihrer Diskussion?«, sagte ein dicker Mann mit einem großen Kauknochen in der Hand. »Hier sind nämlich noch ein paar mehr Leute, die etwas kaufen wollen.«

Fabian fuhr herum. »Was fällt Ihnen ein, sich da einzumischen? Warten Sie gefälligst, bis Sie dran sind!«

»Also, das ist doch die Höhe!«, sagte eine Frau mit kurzen Haaren, die drei oder vier Leute hinter dem Dicken in der Schlange an der Kasse stand. »Erst hält der Kerl den ganzen Laden auf, und dann wird er auch noch frech!«

Fabian seufzte und wandte sich wieder an die Verkäuferin. »Würden Sie mir *bitte* sagen, wo ich so einen Hund bekommen kann?«

»Bei einem Züchter natürlich«, sagte der Dicke. »Hier jedenfalls nicht. Also verschwinden Sie, und schauen Sie ins Telefonbuch!«

»Wo finde ich denn so einen Züchter?«, fragte Fabian die Kassiererin.

»Kommt drauf an.«

»Worauf?«

»Welche Rasse Sie wollen.«

Fabian zeigte auf die Dose. »Na, so einen wie den hier! So einen struppigen mit schwarzem Fell. Können Sie mir vielleicht freundlicherweise weiterhelfen?«

»Zeigen Sie mal her«, mischte sich der Dicke wieder ein.

Fabian beäugte den Mann misstrauisch. Dann reichte er ihm die Dose.

Der betrachtete die Dose eine Weile, wobei er seine Unterlippe umklappte. »Hm. Das ist eindeutig ein Princetonterrier. Die gibt es nur in England.«

»Quatsch«, rief ein dürrer Mann mit Brille, der hinter dem Dicken stand. »Das ist ein Lu-Psi-Spitzpudel aus Tibet. Ich kenn mich da aus. Ich war letztes Jahr mit meiner Frau …«

»Unsinn. Das ist ein neuseeländischer Schäferhund!«, sagte die Kurzhaarige, woraufhin unter den Wartenden eine lebhafte Diskussion entbrannte.

»Also, ich halte das eindeutig für eine Zwergdogge!«

»Nein, nein, ich würde sagen, das sieht eher wie ein mexikanischer Nackthund aus.«

»Meinen Sie? Aber die haben doch eigentlich gar kein Fell …«

»Hören Sie, gute Frau, Sie haben ja gar keine Ahnung. Die heißen zwar Nackthunde, aber …«

Fabian nahm dem Dicken die Dose aus der Hand, bezahlte und verließ den Laden. Mit Zoogeschäften kam er offensichtlich nicht weiter. Er ging in eine Buchhandlung, kaufte drei

Bücher über Hunderassen und setzte sich in ein Café der Einkaufspassage. Er blätterte alle drei Bücher durch, fand aber keinen Hund, der dem auf der Dose glich.

Er bezahlte seinen grünen Tee, verließ das Café und warf die Bücher entnervt in einen Mülleimer. Vielleicht war der Hund ein Mischling, oder er existierte nur in der Phantasie irgendeines Werbers und war mit Hilfe von Computeranimation realisiert worden. Jedenfalls war sein kleiner Racheplan nicht so leicht umzusetzen, wie er sich das vorgestellt hatte. Er betrachtete die Dose in seiner Hand, dann warf er sie zu den Büchern in den Müll.

Plötzlich hatte er eine Idee. Er griff in den Abfall und holte die Dose wieder hervor.

»Hier, nehmen Sie!«, sagte jemand.

Er wandte sich um. Eine ältere Dame mit einem abgewetzten schwarzen Mantel stand hinter ihm und hielt ihm einen Fünfeuroschein hin. »Kaufen Sie sich was Anständiges zu essen, junger Mann. Ein hungriger Mensch sollte nicht im Müll wühlen und Hundefutter essen müssen!«

Fabian starrte die Dame fassungslos an. Dann begriff er: Sie konnte nicht wissen, dass er für seine zerrissene Designerjeans von Etienne Zafou in einer Edelboutique über fünfhundert Euro bezahlt hatte. Obwohl sie selbst nicht viel zu besitzen schien, schenkte die Frau ihr Geld Leuten, von denen sie glaubte, dass es ihnen noch schlechter ging als ihr. Beschämt sah er zu Boden. Er selbst hatte noch nie Geld gespendet.

»Sie müssen sich nicht schämen, junger Mann«, sagte die Frau. »Nehmen Sie es ruhig. Sie können es bestimmt besser gebrauchen als ich.«

Er lächelte und nahm den Fünfeuroschein an. Es erschien ihm nicht richtig, die Frau über ihren Irrtum aufzuklären. Sollte sie sich doch freuen, etwas Gutes getan zu haben. »Vielen Dank!«

Die Frau lächelte zurück und ging weiter.

Er wandte sich wieder der Dose zu. Die Adresse des Herstellers war aufgedruckt: Fressi-Werke, ein Unternehmen der

United Global Industries, Höchst/Odenwald. Die Telefonnummer des Kundenservice war ebenfalls angegeben.

Fabian klappte sein Handy auf und wählte die Nummer.

»Fressi Kundenservice, mein Name ist Daniela Weichsel. Was kann ich für Sie tun?«

»Guten Tag. Ich hätte gern gewusst, welcher Rasse der Hund aus Ihrer Werbung angehört.«

»Ja, der ist richtig süß, nicht wahr?« Man hörte das Lächeln in der Stimme der jungen Frau. »Leider weiß ich auch nicht, was für eine Rasse das ist. So einen würde ich mir sofort kaufen!«

»Können Sie mir vielleicht jemanden nennen, der mir weiterhelfen kann?«

»Augenblick, ich verbinde Sie mit der Marketingabteilung.«

Doch auch dort kannte niemand die Rasse des Hundes. Immerhin gab man ihm nach einigem Hin und Her die Telefonnummer der Highlife-Werbeagentur, die den Werbespot gedreht hatte.

Die freundliche Dame in der Telefonzentrale der Agentur konnte Fabians Frage nicht beantworten, versprach aber, ihn mit jemandem aus dem Fressi-Team zu verbinden. Popmusik erklang, während das Gespräch weitergeleitet wurde. Dann meldete sich eine männliche Stimme undefinierbaren Alters. »Manfred?«, fragte sie.

»Ich bin nicht Manfred. Mein Name ist Fabian Papenheim.«

»Natürlich sind Sie nicht Manfred. Das bin ja ich.«

»Aha. Nun, ich hätte gern gewusst, was für einer Rasse der Hund aus der Fressi-Werbung angehört.«

»Warum wollen Sie das wissen? Ist denn die Rasse so wichtig? Sind nicht alle Hunde vor Gott gleich?«

Einen Moment lang fiel Fabian darauf keine Antwort ein. »Ja, vielleicht, schon«, sagte er schließlich, »aber sie sehen nicht alle gleich aus, oder?«

»Beurteilen Sie andere immer nur nach dem Äußeren?«

»Natürlich nicht, aber ...«

»Ihr Mensch… ich meine, wir Menschen sind viel zu oberflächlich. Wir lassen uns täuschen und blenden, und das nutzen die Anderen aus, um uns zum Bösen zu verführen!«

»Die anderen? Welche anderen?«

»Das ist jetzt vielleicht ein bisschen kompliziert zu erklären. Aber glauben Sie, ich kenne mich da aus. Ich wohne nämlich mit einer von den Anderen zusammen. Genau genommen ist sie jetzt eine von uns, ein Mensch, meine ich, aber davor, da war sie eine von ihnen. Und ehrlich gesagt habe ich das Gefühl, sie steckt immer noch mit denen unter einer Decke, verstehen Sie? Ist ja auch egal. Jedenfalls sind Seine Wege unergründlich, aber das heißt nicht, dass man nicht seinen Willen befolgen soll, denn der ist ja nicht unergründlich. Er hat alle Wesen nach seinem Wohlgefallen gemacht, die schönen und die hässlichen gleichermaßen. Daher sollten wir andere nicht nach dem Augenschein beurteilen, denn im Unterschied zu Ihm und einigen meiner früheren Freunde können wir ja nicht ihre Gedanken lesen und in ihre Seelen schauen, oder?«

Fabian starrte sein Handy an. In der Werbung arbeiteten offenbar tatsächlich nur Verrückte, wie sein Vater immer behauptet hatte. Zögernd hob er es wieder zum Ohr. »Ich will doch nur einen Hund kaufen, für meine kleine Schwester, die ist gerade sieben geworden und wünscht sich eben so einen wie aus der Fressi-Werbung …«

»Kaufen?« Dieser Manfred kam jetzt scheinbar erst richtig in Fahrt. »Müsst ihr …, ich meine, müssen wir immer alles kaufen? Wo bleibt da der freie Wille? Hat vielleicht jemand den Hund gefragt, ob er überhaupt gekauft werden will? Was würden Sie denn sagen, wenn ein Hund käme, sagen wir mal, ein Rehpinscher, und der würde sagen: ›Was kostet denn der Mensch da?‹, und der Menschenverkäufer würde sagen: ›Den haben wir gerade im Angebot, der kostet 49,90, und der Rehpinscher, der würde dann sagen: ›Gut, den nehm ich, aber packen Sie ihn bitte als Geschenk ein, er ist für meine kleine Schwester zum Geburtstag!‹«

»Vielen Dank. Sie haben mir sehr geholfen!« Fabian legte auf. Dieser Manfred war offensichtlich vollkommen durchgeknallt, aber irgendwie hatte er es trotzdem geschafft, Fabian ein schlechtes Gewissen einzureden.

6.

Leonas von Hochleben sah uns der Reihe nach an. »Denkt dran, Leute: Dieser Etat kann der ganz große Durchbruch für uns sein. Das letzte Jahr war mit Abstand das Beste in der Geschichte der Agentur. Ihr alle habt einen tollen Job gemacht, besonders Sigrid.« Er nickte Siraxis zu. »Ihr ist es zu verdanken, dass wir jetzt um den Etat von Pfeiffer Pharma pitchen dürfen. Wenn wir diesen Etat gewinnen, sind wir unter den Top Ten der deutschen Agenturen!« Er machte eine kurze Pause. »Und du, Manni, halt dich diesmal ein bisschen mit deinen kreativen Ideen zurück, ja? Ich meine, nicht, dass ich deine Ideen schlecht fände. Aber manchmal brauchen die Kunden erst einen Augenblick, um sich daran zu gewöhnen. Du weißt schon, was ich meine. Also, Leute, strengt euch an!«

Manni, das war ich. Leonas war mit Siraxis und mir übereingekommen, dass unsere Namen selbst für Kreative in einer Werbeagentur etwas ungewöhnlich waren. Deshalb hatten wir beschlossen, uns gegenüber Fremden Sigrid und Manfred zu nennen.

Die Tür ging auf, und eine atemlose Teamassistentin kam herein. »Sie sind da!«

Ein Ruck ging durch das versammelte Team. Außer Leonas, Siraxis und mir waren Silke, die Grafikerin, und Katja, die Kreativdirektorin der Agentur, anwesend. Eigentlich hätte auch Krause, der Texter, dabei sein sollen, aber der war krank, und ich war für ihn eingesprungen. Alle waren hoch konzentriert und motiviert. Das Team hatte zwei Wochen an der Präsentation gearbeitet, und jetzt war der große Moment gekommen.

Dr. Schrink war der Marketingleiter von Pfeiffer, ein untersetzter Mann mit Glatze, über die er die letzten verbliebenen Haarsträhnen gekämmt hatte. Er war in Begleitung einer jungen, gutaussehenden Frau und eines jungen Mannes, die er als die

Produktmanager für »Komatin«, ein Beruhigungsmittel, und »Euphorin«, ein Mittel gegen Depressionen, vorstellte.

Leonas hielt eine kurze Begrüßungsrede, dann präsentierten wir unseren Entwurf. »Euphorin, Komatin, damit kriegst du alles hin«, war der Slogan. Ich fand ja, Krause hatte schon bessere Einfälle gehabt. Aber dem Kunden gefiel die Idee. Dr. Schrink war voll des Lobes darüber, wie wir den Zusammenhang der beiden Produkte für »ein ausgewogenes Lebensgefühl« herausgestellt hatten. Die Präsentation lief perfekt, und der Etat im zweistelligen Millionenbereich war uns so gut wie sicher.

Gerade noch rechtzeitig fiel mir der Auftrag von Gabriel wieder ein. »Was ist eigentlich mit Tierversuchen?«, fragte ich.

Bleiernes Schweigen senkte sich über den Raum. Siraxis rollte mit den Augen. Leonas zog die Augenbrauen herab. Katja und Silke guckten angestrengt auf die Tischplatte. Die Leute von Pfeiffer sahen mich mit großen Augen an.

»Was soll damit sein?«, fragte Dr. Schrink.

»Ich meine ja nur«, sagte ich.

»Natürlich machen wir Tierversuche«, sagte Dr. Schrink. Seine Stimme war eisig geworden. »Oder wollen Sie, dass wir neue Medikamente zuerst an Menschen ausprobieren?«

»Aber was ist mit der Achtung des Menschen vor Gottes Schöpfung?«, fragte ich. »Wer gibt euch das Recht, euch über Seine anderen Geschöpfe zu stellen und sie zu quälen, nur damit ihr gute Laune habt?«

»Was heißt hier ›euch‹?«, rief Dr. Schrink. Sein Gesicht war rot angelaufen. »Sind Sie etwa kein Mensch, oder was?«

»Nun ja, doch«, sagte ich.

»Wir müssen Tierversuche machen, um die Zulassung für unsere Medikamente zu bekommen. Das ist gesetzlich vorgeschrieben! Außerdem finden sie unter tierärztlicher Kontrolle statt.«

»Dr. Schrink, wir wissen das natürlich«, sagte Leonas und warf mir einen scharfen Blick zu. »Unser Kollege wollte ja nur darauf hinweisen, dass das Thema in der Öffentlichkeit ein Problem ist und dass wir es in der Kampagne berücksichtigen müssen.«

Dr. Schrink nickte. »Aha. Nun, da hat er wohl recht. Können wir jetzt fortfahren?«

»Aber es ist nicht Gottes Wille!«, warf ich ein. »Wer sich so an wehrlosen Geschöpfen vergreift, der sündigt! Ich meine, wenn es wenigstens ein Medikament gegen Krebs wäre. Aber ein Mittel, mit dem man seine Stimmung verbessert, also wirklich!«

»Was soll das jetzt?«, fragte Dr. Schrink. »Wollen Sie den Auftrag, oder was?«

»Es ist unser Auftrag, die Welt besser zu machen«, sagte ich. »Wir müssen uns um das Wohl der Geschöpfe auf diesem Planeten bemühen. Als Er sagte: ›Wachset und mehret euch‹, da hat Er nicht gemeint ...«

»Also, mir reicht's!«, sagte Dr. Schrink. »Ich habe keine Lust, mir hier eine Moralpredigt anzuhören. Wir gehen!« Er stand auf und verließ den Raum, gefolgt von seinen beiden Produktmanagern. Alle anderen seufzten.

»Fressi Kundenservice, mein Name ist Daniela Weichsel. Was kann ich für Sie tun?«

»Ich hätte gern ... also, es ist so«, sagte Mafalda. Sie schluckte. »Der Hund in der Werbung ...«

»Sie sind jetzt schon die Fünfte, die danach fragt. Ich kann Ihnen leider nicht sagen, was das für eine Rasse ist.«

»Nein, nein, das weiß ich selbst. Er ist ein Mischling. Seine Mutter ist zur Hälfte Pudel gewesen.«

»Das ist interessant. Woher wissen Sie denn das?«

»Es ist eigentlich mein Hund. Unser Hund, meine ich.«

»Aha.«

»Wirklich! Er ist uns fortgelaufen, vor vier Jahren etwa. Und jetzt ist er in Ihrer Werbung!«

»Ich kann verstehen, dass sie unseren Hund süß finden. Ich finde ihn ja auch niedlich. Aber Sie sollten sich da nicht so reinsteigern. Warum gehen Sie nicht einfach ins Tierheim und holen sich selbst einen? Sie werden sehen, auch wenn er nicht so aussieht wie der Fressi-Hund, werden Sie ihn bald liebhaben!«

Tierheim. Das war es! Irgendwie musste Jean-Paul im Tierheim gelandet sein. Dort hatte ihn jemand abgeholt. Sie hatten natürlich damals alle Tierheime der Gegend abgesucht, zuletzt sechs Wochen nach Jean-Pauls Verschwinden. Aber es war gut möglich, dass sich der kleine Ausreißer länger versteckt gehalten hatte und erst viel später in ein Tierheim gekommen war. Wenn sie in alle Tierheime fuhr und herausfand, wer damals den Hund geholt hatte ... aber das war Jahre her, und es war zweifelhaft, ob man den neuen Besitzer noch ermitteln konnte.

»Woher haben Sie denn eigentlich den Hund in der Werbung?«, fragte sie.

»Das kann ich Ihnen leider nicht sagen.«

»Wer kann mir das denn sagen?«

»Das weiß sicher jemand in der Marketingabteilung.«

»Können Sie mich dann bitte dahin verbinden?«

»Es tut mir leid, aber ich fürchte, die Kollegen in der Marketingabteilung haben keine Zeit, sich mit solchen Dingen zu beschäftigen.«

»Ich verstehe. Vielen Dank.« Mafalda legte auf. Sie überlegte einen Moment. Dann wählte sie noch einmal die Nummer des Kundenservice.

»Fressi Kundenservice, mein Name ist Friedhelm Schulze. Was kann ich für Sie tun?«

»Hier ist Mafalda Müller vom Zirkus Quattro Stagioni. Ich hätte gern die Marketingabteilung gesprochen.«

»Worum geht es denn bitte?«

Mafalda improvisierte. Von Marketing hatte sie nicht die geringste Ahnung. »Wir möchten Ihnen eine Werbekooperation anbieten. Sie wissen schon, Fressi-Werbung auf unseren Zirkusplakaten, auf den Eintrittskarten und so weiter.«

»Ich verstehe. Einen Augenblick bitte.« Die fröhliche Melodie aus der Werbung ertönte, und ein Chor sang: »Kluge Hunde wollen Fressi – jeden Tag.«

Nach einer Weile meldete sich eine tiefe, männliche Stimme. »Bösenberg?«

Mafalda schluckte. Sie versuchte, ihrer Stimme Autorität zu verleihen. »Mein Name ist Mafalda Müller. Ich hätte gern gewusst, woher Sie den Hund in Ihrer Werbung haben.«

»Er ist sehr niedlich, nicht wahr?«, sagte der Mann freundlich. »Ich fürchte allerdings, einen solchen Hund können Sie nirgendwo kaufen. Oswald ist einzigartig.«

Oswald. Was für ein bescheuerter Name für einen Hund. »Er heißt in Wirklichkeit Jean-Paul«, sagte Mafalda, ohne nachzudenken.

»Wer heißt Jean-Paul?«

»Der Hund in Ihrer Werbung.«

»Wie kommen Sie darauf?« Die Stimme war immer noch freundlich, aber ein wenig kühler.

»Es ist so, dass Jean-Paul der Sohn von Polly ist, das ist eine Zirkushündin. Mein Vater ist Dompteur, und er hat mit Polly mehrere Preise gewonnen und auch Jean-Paul trainiert. Leider ist uns Jean-Paul vor ein paar Jahren weggelaufen. Vermutlich ist er in einem Tierheim gelandet, und dort muss ihn jemand abgeholt haben.«

Einen Moment schwieg der Mann namens Bösenberg. Seine Stimme war überhaupt nicht mehr freundlich, als er schließlich sagte: »Hören Sie zu! Wenn Sie glauben, mit einer so lächerlichen Geschichte Geld von uns erpressen zu können, liegen Sie völlig falsch. Wir haben eine hervorragende Rechtsabteilung, die wird Ihnen die Hölle heiß machen, darauf können Sie sich verlassen!«

Mafalda sog erschrocken die Luft ein. »Was … nein, nein, Sie haben mich falsch verstanden! Ich will kein Geld! Ich möchte nur unseren Hund zurückhaben! Wissen Sie, wir sind ein kleiner Zirkus, und wir brauchen dringend eine neue Attraktion …«

»Verkaufen Sie mich nicht für dumm. Mit dieser rührseligen Geschichte werden Sie niemanden beeindrucken. Am Ende geht es doch immer nur um Geld! Auf Wiederhören.« Er legte auf.

Mafalda starrte auf ihr Handy. »Blöder Idiot!«

»Was ist denn?«, fragte ihre Mutter, die das Gespräch mit angehört hatte, während sie dabei war, das Mittagessen vorzubereiten.

»Der Typ hat gedacht, ich will ihn erpressen!« Nur mit Mühe konnte Mafalda die Tränen zurückhalten. »Sie wollen uns Jean-Paul nicht zurückgeben! Er hat gesagt, seine Rechtsabteilung wird uns die Hölle heiß machen!«

Ihre Mutter nickte. »Was hast du denn gedacht? Dass sie dir den Hund, der das zentrale Element ihrer Werbekampagne ist, so mir nichts, dir nichts geben? Auf die simple Behauptung hin, dass es dein Hund ist? Da könnte ja jeder kommen!«

Mafalda senkte den Kopf. »Ich weiß auch nicht, was ich gedacht habe.«

»Zunächst müssen sie dir glauben, dass Jean-Paul wirklich uns gehört. Wie willst du das hinkriegen?«

Mafalda seufzte. Ihre Mutter hatte natürlich recht: Wenn sie nicht beweisen konnte, dass Jean-Paul ihr Hund war, dann würden die Fressi-Leute sie einfach ignorieren. Aber wie sollte sie das anstellen?

Ihr fiel ein, dass sie irgendwo noch eine Kiste mit alten Fotos hatten. Sie wühlte eine Weile in einer der unteren Schrankschubladen und fand ein paar Aufnahmen von ihrem Vater, der versuchte, Polly und ihre zwei Welpen in einer gemeinsamen Nummer auftreten zu lassen. Das hatte nie funktioniert, weil Alexis immer aus der Reihe getanzt war. Auf den Bildern war auch Jean-Paul zu erkennen. Er hatte noch den pummeligen Körperbau eines Welpen mit krummen Beinen und einer zu kurzen Schnauze. Deutlich sah man den runden schwarzen Fleck in seinem Fell. Die Bilder waren ein wenig unscharf und aus einiger Entfernung aufgenommen. Egal, es würde reichen müssen.

»Hier!«, rief sie und hielt triumphierend das Foto hoch.

Ihre Mutter betrachtete nachdenklich das Bild. »Ich weiß nicht. Sehr deutlich erkennt man ihn nicht. Aber selbst wenn sie dir glauben, dass der Hund auf dem Foto derselbe ist wie in der Werbung, heißt das noch lange nicht, dass sie uns Jean-Paul zurückgeben! Ich kenne mich mit juristischen Fragen nicht aus, aber soviel ich weiß, sind Hunde vor dem Gesetz Sachen. Wenn du etwas findest, und der Eigentümer meldet sich nicht innerhalb einer bestimmten Frist, dann darfst du es behalten, glaube ich.«

Nun schossen die Tränen doch in Mafaldas Augen. »Das ist doch einfach nicht gerecht!«, rief sie. »Jean-Paul ist unser Hund! Papa hat ihn trainiert! Wenn er nicht der Sohn unserer Polly wäre, könnte er nie und nimmer all die Sachen, die er in der Werbung macht!«

»Das kann schon sein«, sagte ihre Mutter. »Aber du kennst ja den alten Spruch: Recht haben heißt nicht recht bekommen.«

»Wir brauchen einen Anwalt!«, sagte Mafalda.

Ihre Mutter schüttelte den Kopf. »Den können wir uns nicht leisten, das weißt du doch!«

Mafalda schlug mit der flachen Hand auf den Tisch. »Es muss einen Weg geben, wie wir Jean-Paul zurückbekommen! Und ich werde ihn finden!«

Ihre Mutter sagte nichts.

Mafalda stand auf und verließ den Wohnwagen. Sie wanderte über das kleine Areal, auf dem der Zirkus nun schon so lange festsaß. Der trübe Himmel und der dunkle Rauch der Müllverbrennungsanlage spiegelten ihre gedrückte Stimmung wider.

Sie ging an Piotrs Wohnwagen vorbei, aus dem dumpfes Schnarchen zu vernehmen war. Der Stall für die Ziegen und Ponys war leer. Ihr Vater war dabei, die Tiere zu trainieren.

Sie betrat das Zirkuszelt. Am Tag, in dem trüben Licht, das durch die Zeltbahnen drang, wirkte es klein und schäbig. Das Sägemehl in der Manege musste dringend erneuert werden, aber selbst dafür war kein Geld da.

Ihr Vater stand in der Mitte und dirigierte die beiden Ponys und vier Ziegen, die folgsam hintereinander im Kreis herumtrotteten. Seine lange Peitsche nutzte er ähnlich wie ein Dirigent seinen Taktstock; es wäre ihm nie eingefallen, eines der Tiere damit zu schlagen. »Hopp, Nelly, hopp!«, machte er, und das zweite Pony stellte seine Vorderhufe auf den Rücken des ersten und stolperte auf zwei Beinen hinter ihm her. »Alez!« Die Ponys und die Ziegen drehten sich zur Seite und stellten ihre Vorderbeine auf die niedrige Einfassung der Manege. Das war der Teil, bei dem die Kinder auf den Logenplätzen die Tiere streicheln durften. »Bonjour!« Die beiden Ponys neigten die Köpfe und hoben den rechten Vorderhuf zum Gruß in Richtung der leeren Bänke.

Die Dressurnummer war nur ein trauriger Schatten der Kunststücke, die ihr Vater mit Polly einstudiert hatte. Sie war gerade gut genug, um kleinere Kinder zu beeindrucken. Aber Mafalda wusste, dass der beste Dompteur ohne talentierte, intelligente Tiere nichts machen konnte. Keines der Tiere, die ihnen noch verblieben waren, hatte auch nur ansatzweise Talent. Sie bekamen hier im Zirkus ihr Gnadenbrot und waren eigentlich nur geeignet, von den Kindern gestreichelt und geritten zu werden. Obwohl sie die armseligen Übungen längst beherrschten, trainierte ihr Vater täglich mit ihnen. Es war sein Beruf, sein Lebensinhalt. Er klammerte sich daran. Ohne den Zirkus würde er verzweifeln.

Einen Moment lang stellte sich Mafalda vor, wie es wäre, wenn er Jean-Paul trainieren könnte. Der Hund musste jetzt fünf Jahre alt sein, eigentlich viel zu alt, um ein Zirkushund zu werden. Aber er war ja schon trainiert worden, und er hatte ein außergewöhnliches Talent. Wenn selbst irgendwelche dahergelaufenen Werbefritzen ihm Kunststücke beibringen konnten, würde er in den sanften, geschickten Händen ihres Vaters zum Star werden. Sie lächelte bei dem Gedanken.

«Brav, meine Mädchen, brav!« Die Ponys und Ziegen sprangen von der Einfassung herab und trabten auf Mafaldas Vater zu, der ihnen die erwartete Belohnung gab: welke Salatblätter und Stücke von alten Karotten, die er beim Gemüsehändler auf dem Wochenmarkt erbettelt hatte. Er tätschelte die Hälse der

Ponys und kraulte die Ziegen hinter den Ohren. Jetzt erst bemerkte er seine Tochter, die sich auf einem der Stühle am Rand der Manege niedergelassen hatte. »Oh, hallo Maffy!«

»Hallo Papa!«

»Hast du Erfolg gehabt, mit Jean-Paul, meine ich?« Es lag keine Hoffnung in seiner Stimme. Er fragte das nur höflichkeitshalber.

»Nicht direkt«, sagte Mafalda. »Aber ich habe jedenfalls dieses Foto hier gefunden. Damit können wir beweisen, dass Jean-Paul unser Hund ist!«

Ihr Vater betrachtete das Bild mit gerunzelter Stirn. »Ich weiß nicht. Ich kann mir nicht vorstellen, dass sie uns den Hund einfach so geben. Sie haben ihre ganze Kampagne darauf aufgebaut. Es wäre sicher teuer, wenn sie alles auf einen anderen Hund umstellen müssten.«

»Wär doch gar nicht notwendig! Wir könnten Jean-Paul doch weiterhin Werbung machen lassen! Das wäre eine zusätzliche Einnahmequelle. Und für die Fressi-Leute wäre es sogar ein Vorteil. Ich kann mir niemanden vorstellen, der besser geeignet wäre, Jean-Paul Kunststücke für die Werbespots beizubringen, als du!«

Ihr Vater grinste. »Da hast du wohl recht!«

Mafalda fasste einen spontanen Entschluss. »Lass uns zusammen hinfahren!«

»Wohin?«

»Na, zu Fressi! Die sitzen in Höchst, nicht weit von hier. Wenn Jean-Paul uns sieht, wird er uns wiedererkennen. Dann müssen sie uns glauben, dass es unser Hund ist!«

Ihr Vater zuckte mit den Schultern. »Also, ich weiß ja nicht, ob das eine gute Idee ist ...«

»Aber ich! Wir müssen es wenigstens versuchen, ja?«

Der Zirkusdirektor lächelte. »Du bist ganz schön hartnäckig. Also schön! Aber erst essen wir zu Mittag, sonst kriegen wir Ärger mit deiner Mutter!«

7.

Als die Typen von Pfeiffer Pharma gegangen waren, starrten mich Leonas, Katja, Silke und Siraxis an.

»Toll!«, sagte Leonas. »Ganz toll, Manfred, wirklich! Wenn wir dich nicht hätten …«

»… dann hätten wir jetzt einen Auftrag mehr!«, warf Siraxis ein. »Weißt du eigentlich, wie lange ich daran gearbeitet habe, diese Typen hier in die Agentur zu holen?«

Ich zuckte mit den Schultern. Die Tatsache, dass sich Siraxis ärgerte, bestärkte mich irgendwie darin, das Richtige getan zu haben.

»Ich weiß wirklich nicht, welcher Teufel mich geritten hat, als ich zugestimmt habe, dass du bei diesem Meeting dabei bist, Manfred!«, sagte Leonas.

»Ich glaube eher nicht, dass Luzifer etwas damit zu tun hatte«, entgegnete ich.

Leonas warf mir einen finsteren Blick zu. »Ist ja egal. Jedenfalls will ich dich ab sofort in keinem Kundenmeeting mehr sehen, kapiert? Du kannst wirklich von Glück sagen, dass ich dich nicht sofort auf die Straße setze!«

»Ich finde, Manfred hat recht«, sagte Katja. »Das mit den Tierversuchen ist doch wirklich eine Sauerei! Und im Grunde habe ich sowieso keine Lust, für eine Firma zu arbeiten, die bewusstseinsverändernde Pillen herstellt. Von dem Zeug wird man nur meschugge. Gefühle auf Bestellung – ist doch eine perverse Idee!«

Leonas warf die Hände in die Luft. »Leute, wenn wir jetzt nur noch für Firmen arbeiten wollen, die euren moralischen Ansprüchen genügen, dann bleibt eigentlich nur noch die Kirche übrig!«

»Ha!«, rief Siraxis. Sie konnte es wohl immer noch nicht verwinden, dass sie bei diesem einen Kunden abgeblitzt war. Dabei war der Bischof von Siraxis' Präsentation begeistert gewesen. Gerüchten zufolge hatte man erst an ganz hoher Stelle und in letz-

ter Minute die Kampagne mit dem Slogan: »Katholische Kirche – verdammt gut für dich« verhindert.

»Mal ehrlich«, sagte Leonas. »Wir sind eine Werbeagentur, keine Sittenwächter. Ich will nicht für einen Kunden arbeiten, der etwas Illegales tut. Aber was legal und was illegal ist, müssen andere entscheiden. Es ist die Aufgabe einer Werbeagentur, Produkte und Botschaften perfekt zu inszenieren, und nicht, die Produkte und Botschaften zu kritisieren. Wenn wir nicht mehr für Kunden wie Pfeiffer Pharma arbeiten, die mit ihren Medikamenten Millionen Menschen helfen, dann können wir den Laden gleich dichtmachen!«

»Du meinst wohl, die Millionen Menschen in eine Abhängigkeit von Glückstabletten treiben! Ich bleibe dabei: Wir dürfen unser moralisches Gewissen nicht über Bord werfen!«

Ich grinste breit, während Leonas und Siraxis mich wütend anfunkelten.

Doch die Enttäuschung ließ nicht lange auf sich warten. »Das zählt nicht«, sagte Gabriel, als ich ihm etwas später von meinem Erfolg berichtete.

»Was heißt hier ›Das zählt nicht‹?«

»Du sollst einen Sünder bekehren! Katja Mehrkorn ist aber keine Sünderin. Ich habe hier ihre Akte vor mir liegen. Sie hat eine blütenweiße Seele!«

»So ein Mist!«

»Also, streng dich ein bisschen an. Und vor allem: Finde endlich heraus, was die Andere vorhat. Wir haben Hinweise, dass sie mehrfach Kontakt mit Elementen der Unterwelt hatte. Das macht uns einige Sorgen. Da ist irgendwas Großes im Busch!«

Mehrfach? Hatte ich da etwas verpasst? »Okay, ich kümmere mich darum!«

»Möge der Herr mit dir sein!«

»Würden Sie jetzt bitte endlich Ihr Handy ausmachen, junger Mann? Mitten im Gottesdienst, das ist doch wirklich die Höhe!«, zischte eine Stimme von links neben mir.

»Entschuldigen Sie, meine Dame, aber draußen habe ich keinen Empfang!«, war alles, was ich darauf antworten konnte.

»Ich schaff's nicht!«, keuchte Willi. Sein massiger Körper steckte in dem gezackten Loch fest, das Bernd in den Maschendrahtzaun geschnitten hatte. Sein schwarzer Trainingsanzug war von einem der scharfen Drahtenden aufgeschlitzt worden, so dass das schwabbelige Fleisch seiner Hüfte im Mondschein leuchtete.

Gerda wurde natürlich sofort hysterisch. »O Gott! Willi steckt fest! Ich hab's ja gleich gewusst, dass das wieder schiefgeht! Was machen wir bloß! Wenn uns jetzt einer sieht!«

»Jetzt beruhig dich mal«, sagte Bernd. Er wischte sich eine Strähne seiner langen braunen Haare aus der Stirn, die eigentlich mit dem Gummiband an seinem Hinterkopf hätte fixiert sein sollen. »Jetzt beruhig dich aber mal, Gerda, echt jetzt!«

»Immer sagst du das! Immer! Dabei bin ich gar nicht hysterisch! Es ist bloß, dass ich es nicht leiden kann, wenn mich jemand bei einem Einbruch erwischt und ich dann ins Kittchen wandere und alt und grau bin, wenn ich wieder rauskomme und all die vielen Tiere tot sind, die ich bis dahin hätte retten können und … und …« Sie schniefte.

»Mann!«, sagte Bernd. »Mann, echt jetzt! Jetzt reiß dich mal zusammen!«

»Könnte vielleicht mal irgendwer irgendwas *machen*?«, fragte Willi höflich. »Ich stecke hier nämlich fest, und es pikt, und außerdem habe ich Hunger.«

»Du denkst immer nur ans Essen!«, sagte Gerda. »Und dann … dann isst du auch noch *Fleisch*! Ich frage mich wirklich, wieso du überhaupt Mitglied in unserer Gruppe geworden bist!«

»Momentan denke ich eher daran, was passiert, wenn uns der Wachmann sieht. Der mit dem Schäferhund.«

Bernd analysierte die Lage. »Wir müssen Willi befreien!«, sagte er.

»Na gut«, sagte Gerda.

»Los, komm!«, sagte Bernd. Er bückte sich und griff Willis linkes Bein. Gerda nahm das rechte.

»Zieh!«, sagte Bernd und zog.

»Au!«, sagte Willi.

»O Gott, es geht nicht!«, rief Gerda, der schon wieder Tränen über die schmalen Wangen liefen. »O Gott, gleich kommt der Wachmann, und dann sieht er uns, und dann …«

»Jetzt halt aber mal die Klappe, echt jetzt«, zischte Bernd. »Uns sieht schon keiner!«

»Entschuldigung, darf ich fragen, was Sie da machen?«

Bernd und Gerda sahen sich erschrocken an. Dann ließen sie Willis Beine los und drehten sich langsam um.

Vor ihnen stand ein Mann mit langen blonden Locken. Er wirkte auf Bernd nicht wie ein Polizist, was wohl in erster Linie daran lag, dass er einen Schlafanzug trug.

»Och, nichts«, sagte Bernd.

»Für mich sieht es aber so aus, als wenn Sie hier etwas machen«, sagte der Typ im Schlafanzug.

»Es ist nur, wir befreien nämlich gerade Willi«, sagte Gerda. Sie zeigte auf Willi, der sich vergeblich bemühte, den Kopf zu drehen, um den Fremden anschauen zu können.

»Er ist im Zaun stecken geblieben«, erklärte Bernd.

Der Blonde zog eine Augenbraue hoch. »Ihnen ist sicher bewusst, dass es gegen das Gesetz verstößt, fremdes Eigentum zu beschädigen und unbefugt auf fremde Grundstücke vorzudringen, insbesondere, wenn an dem Zaun ein Schild mit der Aufschrift ›Betreten für Unbefugte verboten‹ steht.«

Bernd senkte den Kopf.

»Ja, aber …«, schluchzte Gerda.

»Ist Ihnen auch klar, dass das, was Sie hier tun, Ihre Seele gefährdet?«, fuhr der Blonde fort. Er hob einen Zeigefinger und deutete gen Himmel. »Haben Sie schon mal darüber nachgedacht, was es bedeutet, Gottes Gebote zu missachten? Zum Beispiel das achte: ›Du sollst nicht stehlen‹?«

»Aber … aber wir stehlen doch gar nichts«, sagte Gerda.

»Echt jetzt«, sagte Bernd.

»So?«, sagte der Blonde. Er zog das Wort in die Länge, als wolle er es auseinanderreißen.

Gerda konnte natürlich wieder nicht die Klappe halten. »Wir ... wir wollten doch nur ...«, schluchzte sie, »... die Tiere ...«

»Gerda!«, zischte Bernd. »Du weißt, was wir besprochen haben!«

Aber sie ließ sich nicht bremsen. »Wir wollten doch nur die Tiere befreien!« Sie deutete auf das flache Gebäude hinter dem Maschendrahtzaun. »Die Versuchstiere. Da drin. Wir können doch nicht tatenlos zusehen, wie sie gequält werden, und ... und da haben wir beschlossen ...«

Der Blonde machte große Augen. »Im Ernst?«

»Ehrenwort!«, sagte Gerda. Bernd nickte.

»Mist!«, sagte der Blonde. »Äh, ich meine, gut. Das ist dann natürlich was anderes!«

»Sie werden uns doch nicht verraten?«, fragte Gerda.

»Natürlich nicht«, sagte der Blonde. »Das mit den Tierversuchen ist wirklich eine Sauerei!«

»Finden Sie?«, fragte Bernd.

Der Blonde nickte.

»Und ich?«, rief Willi. »Was ist mit mir? Holt mich jetzt jemand hier raus, oder was?«

»Wir müssen ihm helfen«, sagte Gerda.

Der Blonde nickte. Ohne ein weiteres Wort griff er Willis rechtes Bein. Bernd nahm das linke, und gemeinsam zogen sie.

»Au«, rief der. »Aua, nicht so fest!« Aber sein massiger Körper bewegte sich ein Stück, und dann schafften sie es, ihn aus dem Loch herauszuziehen. Er rappelte sich auf und zog das Oberteil seines Trainingsanzugs zurecht, das während der Aktion hochgerutscht war.

»Danke«, sagte Bernd. »Das war echt nett von Ihnen.«

»Sie sind ein echter Engel«, sagte Gerda. Sie lächelte.

»Nicht mehr, leider«, sagte der Typ im Schlafanzug.

»Danke«, sagte Willi. »Ich bin übrigens Willi. Wie in ›Free Willy‹, ha ha.«

Der Blonde ergriff Willis fleischige Hand. »Aman… ich meine, Manfred.«

»Gerda.«

»Bernd. Danke nochmal, dass Sie uns geholfen haben, Manfred. Ich glaube, wir müssen dann jetzt.«

»Tschüs dann«, sagte Gerda. Sie sah auf die Uhr. »Wenn wir uns beeilen, dann kriegen wir noch den Hundertneuner um 23.35 Uhr.«

»Und die Tiere?«, fragte der Blonde. Er wies auf das Gebäude.

»Die Tiere?«, fragte Gerda.

»Na, wir müssen doch die Tiere befreien!«, sagte der Blonde.

Bernd sah ihn einen Moment lang an. Der Typ schien es ehrlich zu meinen. Sicherheitshalber fragte er trotzdem nochmal nach. »Echt jetzt?«

»Also, ich geh da nicht noch mal rein«, sagte Willi.

»Na gut, dann stehst du Schmiere«, sagte Gerda. »Wenn der Wachmann kommt, pfeifst du einfach.«

Willi sah betreten zu Boden. »Ich kann aber nicht pfeifen«, sagte er.

»Dann mach einfach ›Wuff, Wuff‹, okay?«

»Okay!«

Bernd war ein wenig mulmig bei der Sache. Er war sich nicht sicher, ob es eine gute Idee war, bei dieser Aktion einen Typen dabeizuhaben, der mitten in der Nacht draußen im Schlafanzug herumlief. Aber er konnte jetzt nicht kneifen. Immerhin war er der Gründer und Anführer der »Aktionsgruppe Bambi«.

»Also, los jetzt!«, sagte er und krabbelte als Erster durch den Zaun. Gerda und Manfred folgten.

Zwischen dem Zaun und dem flachen Gebäude mussten sie eine asphaltierte Fläche von etwa fünfzehn Metern Breite überqueren. Die Außenbeleuchtung war abgeschaltet, aber der Mond strahlte hell genug, dass man die drei auf weite Entfernung sehen konnte. Bernd hockte sich in den Schatten eines Busches und lauschte. Er hörte nur das Zirpen der Grillen, sein eigenes, wild klopfendes Herz und den erschrockenen Ausruf von Manfred, der gegen eine Konservendose getreten war, die mit lautem Scheppern über den Asphalt kollerte.

Er huschte über die freie Fläche und presste sich an die hölzerne Wand der Baracke, direkt neben der breiten Schiebetür, die mit einem Vorhängeschloss gesichert war. Gerda und Manfred folgten ihm.

»Seid ihr sicher, dass das hier richtig ist?«, fragte Manfred.

»Wieso?«, fragte Gerda.

»Na, wegen der Aufschrift ›Alfred Moser Import Export‹ über der Tür.«

»Ist doch nur Tarnung«, erklärte Bernd.

»Ach so.«

»Gib mal den Bolzenschneider, Gerda«, sagte Bernd.

»Ich dachte, den hast du.«

»Ey Mann, echt jetzt!« Bernd lief zurück zu dem Loch im Zaun, wo der Bolzenschneider im Gras lag. Keuchend erreichte er die Tür. Sie hatten wirklich unglaubliches Glück, dass der Wachmann immer noch nicht vorbeigekommen war, obwohl das ganze Grundstück nicht besonders groß war.

Er durchtrennte die Eisenkette, die die beiden Flügel der Schiebetür verband, und schob sie auf. Im Inneren war es stockdunkel. Der Geruch von Holz und etwas Undefinierbarem, aber irgendwie Unnatürlichem empfing ihn. Er machte einen Schritt nach vorn und stieß mit dem Fuß gegen eine große Kiste. »Hat mal jemand eine Taschenlampe?«, fragte er.

»Also ich, ich benutze nie Taschenlampen«, sagte Gerda. »Wegen der Batterien und der Umwelt und so.«

»Ihr macht einen Einbruch ohne Taschenlampe?«

Der Typ ging Bernd allmählich auf den Geist. »Jetzt fang bloß nicht an rumzumosern!«

»Ich meine ja nur.«

»Sagt mal, findet ihr nicht, dass es hier ziemlich leise ist?«, fragte Gerda.

»Nur, solange du die Klappe hältst«, sagte Bernd.

Gerda schwieg beleidigt.

»Nein, wirklich«, sagte Manfred. »Ich meine, die Versuchstiere müssten doch irgendwelche Geräusche machen!«

»Ja genau«, ergänzte Gerda.

»Seid mal still«, sagte Bernd. »Ich glaube, ich höre was.«

Sie schwiegen. Tatsächlich war in der Ferne ein schwaches Bellen zu hören. Es klang irgendwie unnatürlich.

»Klingt irgendwie unnatürlich«, sagte Manfred.

»Gar nicht wie richtiges Hundegebell«, sagte Gerda.

»Eher wie ein Mensch, der ›Wuff, Wuff‹ macht«, sagte Manfred.

»Willi!«, sagten Gerda und Bernd gleichzeitig.

Grelles Licht umhüllte sie, und jetzt war das Hundegebell plötzlich ganz echt.

Nachdem sich Bernds Augen an die Helligkeit gewöhnt hatten, sah er, dass sie sich in einer großen Halle befanden. Kisten und Plastikbehälter für irgendwelche Flüssigkeiten waren an den Wänden gestapelt. Die meisten trugen die Aufschrift »Papenheim Spezialchemie«.

Ein Wachmann in schwarzer Ledermontur kam auf sie zu. Er hatte enorm breite Schultern und einen kahl rasierten Schädel. Ein großer Schäferhund bellte und zerrte an seiner Leine. »Aus, Arko!«, sagte der Wachmann. »Und ihr bleibt schön, wo ihr seid, oder ich hetze Arko auf euch!«

Gerda und Bernd hoben die Hände.

»Ich habe keine Angst vor Hunden«, sagte Manfred.

»Erst hier einbrechen und dann noch ’ne große Klappe riskieren!«, sagte der Wachmann. »So Junkies wie euch hab ich wirklich gerne!«

»Junkies? Wir sind keine Junkies!«, sagte Gerda.

»Echt jetzt!«, sagte Bernd.

Manfred ging auf den Wachmann zu. »Hier liegt ein Irrtum

vor«, sagte er. »Wir sind nur hier, um Gottes Willen zu befolgen!«

»Gottes Willen, soso!« Der Wachmann tippte sich an die Stirn.

»Wir wollten doch nur die Tiere befreien!«, sagte Gerda.

»Versuchstiere!«, erklärte Bernd. »Die hier gefangen gehalten werden!«

»Versuchstiere? Ich sehe hier keine Versuchstiere!«, sagte der Wachmann.

»Aber das ist doch hier die Schädlerstraße 92, oder?«, fragte Bernd.

»92? Wieso 92?«, fragte Gerda. »Das Versuchslabor von Pfeiffer Pharma ist in der Schädlerstraße 29! Das hab ich jedenfalls auf den Zettel geschrieben, den ich Willi heute Morgen gegeben habe!«

»Na, das ist ja wieder mal typisch!«, sagte Bernd. »Echt jetzt!«

»Was kann ich denn dafür!«, sagte Gerda.

»Könnt ihr vielleicht mal die Klappe halten, ihr schrägen Vögel«, sagte der Wachmann. »Und du da im Schlafanzug, bleib gefälligst stehen, sonst wird dir Arko Manieren beibringen!«

Manfred ging unbeeindruckt weiter.

»Stehen bleiben, hab ich gesagt!«

Manfred ignorierte den Wachmann und kraulte den Schäferhund hinter den Ohren.

Der Wachmann machte große Augen. »Fass, Arko, fass!«, rief er. Doch der Hund wedelte mit dem Schwanz und leckte Manfreds Hand.

In diesem Moment wusste Bernd, dass Manfred etwas ganz Besonderes war.

8.

Später, auf der Polizeiwache, wurden wir einzeln befragt.

»Name?«

»Manfred.«

»Und?«

»Was, und?«

»Der Nachname!«

»Äh … Amander.«

»Manfred Amander. Wohnhaft?«

»Ja.«

Der Polizist sah mich an. »Hören Sie zu, wenn Sie so weitermachen, kann ich auch ungemütlich werden!«

»Ach so, Sie wollen wissen, wo ich wohne?«

»Ja, ich will wissen, wo Sie wohnen, nicht, ob!«

Ich nannte ihm die Adresse von Leonas' Apartment.

»Geboren?«

»Wie, geboren?«

Der Polizist seufzte. »Wann Sie auf die Welt gekommen sind!«

»Ach so. Das war letztes Jahr, im August, glaube ich.«

»Jetzt reicht's mir! Sie kommen in die Zelle, bis wir Ihre Identität geklärt haben!«

Ich wurde also eingesperrt. Der Raum hatte vier Betten, von denen drei von meinen neuen Freunden besetzt waren. Auf dem vierten lag ein schlanker Mann mit langen Haaren, Bartstoppeln und Tätowierungen an den Unterarmen. Er hatte die Augen geschlossen.

»Hallo, Manfred«, sagte der Typ namens Bernd. Er lächelte breit. »War echt stark, Mann, wie du mit dem Schäferhund umgegangen bist. Echt jetzt!«

»Warum trägst du eigentlich einen Schlafanzug?«, fragte Willi.

Ich zuckte mit den Schultern.

Wir unterhielten uns eine Weile, und ich erfuhr von der Aktionsgruppe Bambi und ihrem Kampf für die Befreiung unterdrückter Tiere. Mir war längst klar, dass es hier nichts zu bekehren gab.

Ich wandte mich also dem Unbekannten zu und rüttelte ihn an der Schulter. »Entschuldigung, mein Freund, aber ich würde gern wissen, welche Irrwege des Schicksals Sie in diese Lage gebracht haben.«

Der Mann schlug seine blutunterlaufenen Augen auf. Er roch, als habe er größere Mengen Alkohol zu sich genommen. »Was?«, nuschelte er. »Wassn' los?« Er packte meine Hand. »Sachma, hasse ein anner Waffel, mich hier einfach anzutatschen, du Schwuli? Willsse ein auffe Fresse, oa was?«

»Entschuldigung«, sagte ich. »Ich war nur besorgt um Ihr Seelenheil.«

Leider konnte ich meinen Bekehrungsversuch nicht fortsetzen, denn in diesem Moment öffnete sich die Stahltür, und ein Uniformierter steckte seinen Kopf herein. »Ihr da, mitkommen«, sagte er. »Nein, du nicht. Nur die Bekloppten.«

Der Tätowierte legte sich wieder schlafen. Wir anderen folgten dem Polizisten in den Wachraum, wo Siraxis auf uns wartete. Sie trug einen weißen Kittel und eine Brille. »Da sind ja meine kleinen Ausreißer!«, sagte sie mit strenger Miene. »Wenn ihr so was noch mal macht, muss ich euch wieder in die Geschlossene stecken, das ist euch doch wohl klar!«

»Aber, wieso …«, sagte Bernd.

»Wer sind Sie überhaupt?«, sagte Gerda.

»Ich glaube, wir sollten jetzt alle mit der Frau Doktor gehen«, sagte ich. »Sie meint es ja nur gut mit uns!« Ich zwinkerte den anderen zu.

»Äh … ach so, ja natürlich«, sagte Gerda. »Wir gehen jetzt also mit der Frau Doktor!«

»Ich will aber nicht in die Klapsmühle!«, sagte Bernd. »Echt jetzt!«

»Das klären wir besser unterwegs«, sagte ich und schob ihn aus der Tür.

»Passen Sie in Zukunft besser auf Ihre Patienten auf, Doktor!«, sagte der Polizist zu Siraxis. Sie lächelte ihm zum Abschied zu, und ich konnte sehen, wie die letzten Zweifel in seinem Gesicht dahinschmolzen.

Draußen wartete Mara mit ihrem klapprigen Ford. Wir quetschten uns alle hinein, was nicht ganz einfach war. Willi beanspruchte den Beifahrersitz für sich, so dass Manfred, Gerda, Siraxis und ich uns auf die Rückbank zwängten. »Was machst du nur für Sachen!«, sagte Mara, während wir meine neuen Freunde in Willis Wohnung brachten. Die anderen waren ziemlich erleichtert, als sie erfuhren, dass Siraxis keine echte Irrenärztin war.

Als ich mich von der Aktionsgruppe Bambi verabschiedete, drückte Gerda mir ein Faltblatt von einer früheren Unterschriftenaktion gegen Tierversuche in die Hand. »Da steht unsere Telefonnummer drauf«, sagte sie. »Meld dich mal. Jemanden wie dich können wir immer gebrauchen!«

»Okay, mach ich!«, sagte ich.

Zu Hause gab es dann mit Siraxis noch einiges Theater. Sie habe sich ernsthaft Sorgen gemacht, was mir denn einfiele, mich dauernd lächerlich zu machen, und ob ich mich nicht mal wie ein normaler Mensch benehmen könne.

Ich versprach, mir Mühe zu geben, obwohl ich ahnte, dass Siraxis' Zorn nur gespielt war. Sie wollte ganz offensichtlich von etwas ablenken. Der Schwefelgeruch, der mir beim Betreten der Wohnung entgegenwehte, war jedenfalls kaum zu ignorieren.

»Zoo Mauser« stand über dem Eingang des Geschäfts. Fabian hatte es in einer Seitenstraße entdeckt, durch die er gefahren war, um dem Berufsverkehr auf den Hauptadern Frankfurts auszuweichen. Einer spontanen Eingebung folgend, hatte er angehalten. Er konnte Nina ja ein Meerschweinchen schenken! Wenn Pamela deswegen Theater machte, würde er es notfalls mit in sein Apartment nehmen – dann konnte sie es dort jederzeit besuchen. Es war nur eine sehr schwache Form der Rache an seiner Stiefmutter, aber wenigstens würde er seiner kleinen

Schwester damit eine Freude machen. Vielleicht gab es sogar ein Tier mit struppigem Fell und einem schwarzen Fleck an der Seite.

Der Laden lag in einer eher ärmlichen Wohngegend mit großen Wohnblocks aus grauem Beton, die sicher überwiegend alte Leute und Sozialhilfeempfänger beherbergten. Außer dem Zoogeschäft gab es in der Straße einen kleinen Lebensmittelladen, einen Friseur, einen Waschsalon und zwei Apotheken. Normalerweise wäre Fabian nicht auf die Idee gekommen, in einer so trostlosen Gegend einzukaufen. Aber ein Meerschweinchen war nun mal ein Meerschweinchen. Noch einmal zurück zu dem Zoogeschäft in der Einkaufspassage zu fahren, hätte sich dafür kaum gelohnt.

Er parkte seinen dunkelblauen Porsche auf dem Seitenstreifen, genau vor dem Eingang des Geschäfts. Beim Aussteigen sah er einen silbergrauen Mercedes, der ein paar Parklücken weiter einparkte. Er runzelte die Stirn. War das Fahrzeug nicht schon vorhin im Stadtverkehr hinter ihm gewesen? Der Mann am Steuer, mit dem grauen Anzug und dem Dreitagebart, kam ihm irgendwie bekannt vor. Er beobachtete, wie der Mann ausstieg und eine der beiden Apotheken betrat. Sicher bildete er sich nur ein, den Mann mehrmals gesehen zu haben. Typen in silbergrauen Autos gab es schließlich jede Menge.

Fabian betrat das Zoogeschäft. Der Verkäufer war Mitte dreißig, mit gegeltem Haar. Er warf einen langen Blick auf Fabians Porsche vor dem Schaufenster. Sein breites Lächeln wirkte aufgesetzt, als er Fabian begrüßte. »Guten Tag! Was kann ich für Sie tun?«

Fabian sah sich in dem Laden um. Er war winzig, kaum fünfzig Quadratmeter groß. An den Wänden standen ein paar veralgte Aquarien, in denen graue Fische ihr trostloses Dasein fristeten. Daneben Käfige mit Wellensittichen, Ratten und Mäusen. Ein Terrarium beherbergte eine Vogelspinne, die Fabian einen kalten Schauer über den Rücken jagte. Dazwischen standen Regale mit allerlei Utensilien für Hunde- und Katzenhalter. Auch einige Dosen Fressi waren im Angebot. Meerschweinchen entdeckte Fabian nicht.

»Ich suche ein Geschenk für meine kleine Schwester«, sagte er. »Ich hatte an ein Meerschweinchen gedacht.«

Der Verkäufer verzog den Mund. »Ein Meerschweinchen? Sind Sie sicher?« Er sagte es auf eine Weise, die Fabian klarmachte, dass das eine absolut bescheuerte Idee war.

»Was … wieso?«, fragte Fabian.

»Na ja«, sagte der Verkäufer, »Meerschweinchen nimmt heute eigentlich niemand mehr. Die machen eine Menge Dreck und sind ziemlich blöd.«

»Meinen Sie, ein Hamster wäre besser?«

Der Mann schüttelte den Kopf so heftig, dass selbst seine Gelfrisur ins Wackeln geriet. »Auf keinen Fall! Die sind nachtaktiv. Tagsüber sieht man sie nicht, und nachts machen sie Radau. Da hat man keinen Spaß dran. Außerdem sind sie vollkommen degeneriert. Wussten Sie, dass alle heute lebenden zehn Millionen Heimtier-Hamster von nur drei Jungtieren abstammen, die um 1930 in Syrien gefangen wurden? Außerdem hab ich sowieso keine da. Darf ich fragen, wie alt die junge Dame ist?«

»Sie ist gerade sieben geworden.«

»Sieben, aha. Da kann ich Ihnen eine Ratte empfehlen. Die sind momentan sehr in bei Kindern im Grundschulalter.« Er ging zu einem Käfig, in dem sich einige schwarz-weiß gefleckte Exemplare mit nackten rosa Schwänzen drängten, und holte eines der Tiere heraus. Die Ratte starrte Fabian aus schwarzen Knopfaugen an. »Ratten sind außerordentlich kluge Tiere, müssen Sie wissen. Außerdem sehr sauber und zutraulich.« Die Ratte kletterte am Arm des Verkäufers hoch, hockte sich auf seine Schulter und begann, an seinem Ohrläppchen zu schnüffeln.

Fabian schüttelte es innerlich. Er stellte sich die hysterischen Anfälle vor, die Pamela haben würde, wenn er so ein Vieh ins Haus brachte. Nein, das wäre ein Schritt zu weit. Das würde sie ihm niemals verzeihen, und einen offenen Konflikt mit ihr konnte er sich nicht erlauben. Noch nicht. »Vielen Dank, aber ich glaube, eine Ratte ist nicht das Richtige«, sagte er. »Wissen Sie, eigentlich wünscht sie sich ja auch eher einen Hund. Aber so was führen Sie ja wohl nicht.«

»Einen Hund!«, sagte der Verkäufer und grinste breit. »Selbstverständlich kann ich Ihnen einen Hund besorgen. Wir haben sie natürlich nicht hier im Laden. Das wäre ja nicht artgerecht, hahaha. Aber ich kenne mich sehr gut mit Hunden aus und kann Ihnen jede Rasse beschaffen. Was darf es denn sein? Ein Westhighlandterrier vielleicht? Oder ein Afghane?«

»Das ist ja das Problem«, sagte Fabian. »Sie will einen ganz bestimmten Hund.« Er ging zum Regal mit Hundefutter und holte eine Fressi-Dose hervor. »Genau so einen, mit einem struppigen Fell und einem runden schwarzen Fleck auf der Seite.«

Der Verkäufer nickte. »Verstehe. Die junge Dame hat einen exquisiten Geschmack. Das ist ein nämlich ein ostindischer Choso Muku.«

Fabian sah den Mann überrascht an. »Sie kennen die Sorte?«

Der Mann nickte. »Ziemlich selten. Aber wenn man sich auskennt … Es ist tatsächlich eine uralte Rasse, die von hinduistischen Mönchen zu Ehren der Göttin Kali gezüchtet wurde.«

»Und Sie können mir so einen besorgen?«, fragte Fabian.

Der Mann nickte wieder. »Wird allerdings nicht ganz billig.«

»Wie viel kostet denn so ein Tier?«

Der Verkäufer überlegte einen Moment. »Da müssen Sie mindestens 10000 Euro rechnen«, sagte er. »Dann kommt noch der Transport aus Indien dazu, und die Einfuhrgenehmigung kostet auch was. Insgesamt so an die 12500, würde ich sagen.«

Fabian schluckte. Über 10000 Euro. Nicht, dass er so viel Geld nicht gehabt hätte, aber es erschien ihm doch ein bisschen happig, nur, um sich an Pamela zu rächen.

»Es sind wirklich ganz besondere Hunde«, sagte der Verkäufer. »Sehr kinderlieb und hochintelligent. Sie werden viel Freude daran haben!«

»Also gut, einverstanden.«

Der Mann lächelte. »Ich bräuchte allerdings eine Anzahlung«, sagte er. »Wegen der Formalitäten und meinem Aufwand, Sie wissen schon. Sagen wir, zehn Prozent?«

Bei Fabian schrillten sämtliche Alarmglocken. Der Typ war ihm von Anfang an komisch vorgekommen. Jetzt wollte er 1250 Euro, einfach so. Und dann würde es hinterher heißen, so einen Hund könne er doch nicht bekommen, aber die Anzahlung war futsch. Nein, so leicht ließ sich Fabian nicht übers Ohr hauen.

»Selbstverständlich stelle ich Ihnen eine Quittung aus«, sagte der Mann, als er Fabians Zögern bemerkte. »Und sollte ich aus irgendeinem Grund keinen Hund liefern können, erhalten Sie natürlich den vollen Betrag zurück. Das gebe ich Ihnen gern schriftlich.«

Fabian blieb hart. »Ich gebe Ihnen 300 Euro«, sagte er. »Den Rest bei Lieferung.«

Der Mann nickte. »Also schön. Darf ich bitte Ihren Namen und Ihre Anschrift notieren?«

Fabian bemerkte ein unmerkliches Zögern des Mannes, als er den Namen Papenheim hörte. Er warf einen kurzen Seitenblick durch das Schaufenster auf Fabians Porsche, wie um sich zu vergewissern, dass er hier wirklich ein Mitglied der Industriellenfamilie vor sich hatte. Dann schrieb er alles auf einen Zettel, über den er »Kaufvertrag« gekritzelt hatte. »Bitte hier unterschreiben«, sagte er.

Der Mann hatte mit »Mauser« unterschrieben, war also der Besitzer des Ladens. Fabian überprüfte die Angaben, zögerte kurz, dann setzte er seine schwungvolle Unterschrift auf das Papier.

Mauser gab Fabian die Hand. »Ich melde mich, sobald ich das Tier habe. Ich denke, es wird so etwa vier bis sechs Wochen dauern.«

»So lange?«

Mauser zuckte mit den Schultern. »Ich sagte ja schon, Choso Mukus sind sehr selten. Ich kenne nur drei Züchter weltweit, und die Hunde sind sehr begehrt. Ich habe Beziehungen, aber ich kann nicht versprechen, dass es schneller geht.«

Fabian nickte. »Also schön. Rufen Sie mich an.« Er gab Mauser seine Handynummer, verabschiedete sich und fuhr in sein Apartment.

Bingo!

Roland Mauser sah dem armen reichen Trottel nach, wie er in seinen Porsche stieg. Ein Choso Muku! Mauser hatte sich zusammennehmen müssen, um nicht über seinen spontanen Einfall in schallendes Gelächter auszubrechen. Diesen Schnöseln konnte man wirklich jeden Schwachsinn andrehen! Hauptsache, sie glaubten, es sei etwas Besonderes. Er rieb sich die Hände. Dreihundert als Anzahlung, das war schon mal nicht schlecht. Aber er würde dem Typen noch wesentlich mehr abknöpfen. Der hatte kaum mit der Wimper gezuckt, als Mauser 12500 Euro aufgerufen hatte. Er würde sicher Verständnis haben, dass es bei der Einfuhr des Hundes Schwierigkeiten gab, und problemlos noch mal fünf oder sechs Riesen lockermachen.

Fast 20000 Euro, das war mehr, als Mauser mit dieser Bruchbude von Zoogeschäft an Jahresumsatz machte. Aber natürlich war es nicht das Zoogeschäft, von dem er lebte. Nicht die Omis aus der Nachbarschaft, die ihren Enkelkindern mal eine Ratte zum Geburtstag schenkten, waren seine guten Kunden. Geld konnte man mit denen wirklich nicht verdienen. Geld machte man mit Leuten, die nicht mit Tieren kuschelten, sondern für die sie Verbrauchsmaterial waren.

Auf den Handel mit Labortieren war Mauser über Umwege gekommen. Aufgewachsen in einer Sozialwohnung, allein mit seinem alkoholkranken Vater, hatte der kleine Roland früh gelernt, sich im Leben zu behaupten. Er hatte ein gewisses Talent für Geschäfte entwickelt. Begonnen hatte er damit, seinen Mitschülern Zigaretten zu stehlen und sie an einer anderen Schule in der Pause zu verkaufen. Natürlich war er irgendwann erwischt worden und hatte ordentlich was auf die Schnauze gekriegt, aber das hatte ihn nicht abgehalten. Im Gegenteil: Er hatte begriffen, dass die Profite umso größer waren, je riskanter das Geschäft wurde. Er hatte mit geschmuggelten Zigaretten gehandelt, mit gefälschten Kraftfahrzeugbriefen, mit EU-Einreisedokumenten. Auch an Waffen hatte er sich versucht, war aber der russischen Mafia zu nahe gekommen und beinahe um die Ecke gebracht worden.

Irgendwann hatte er dann einen Markt entdeckt, der für jemanden wie ihn genau richtig war – jemanden, der nicht zimperlich war, der sich nicht zierte, für andere die Drecksarbeit zu erledigen. Der keine unangenehmen Fragen stellte und kein Interesse hatte, mit seinem Wissen an die Presse zu gehen. Ein zuverlässiger Lieferant eben von Dingen, die man brauchte, aber nicht so leicht bekam.

Versuchstiere zum Beispiel.

Mauser pflegte ein Netz von Leuten, die streunende Hunde und Katzen auf der Straße einsammelten und ihn damit belieferten. Damit war allen geholfen: Die Stadt wurde von solchen Kreaturen befreit, und die Pharma- und Kosmetikindustrie konnte die vorgeschriebenen Tests für ihre Medikamente, Salben und Puder machen. Die notwendigen Papiere zu fälschen, war für Mauser ein Leichtes, zumal ohnehin keiner seiner Kunden ganz genau hinsah. Tierversuche waren nun mal ein notwendiges Übel, und Roland Mauser war bereit, zu tun, was getan werden musste. Im Grunde war er ein Wohltäter der Menschheit. Dass hin und wieder auch mal ein ausgerissenes Haustier in den Käfigen der Labors landete, musste man in Kauf nehmen. Schließlich konnte Mauser nichts dafür, wenn der eine oder andere seiner Lieferanten es mit den Vorschriften nicht so genau nahm und die Hundemarke entsorgte oder den Identifikationschip aus der Schulter entfernte.

Die Einzigen, die ihm gelegentlich Ärger machten, waren diese Spinner, die sich für Tierfreunde hielten. Auch deshalb hatte Mauser sich diesen Laden als Tarnung zugelegt.

Die Türglocke riss ihn aus seinen Gedanken. Ein Typ im

grauen Anzug mit Dreitagebart kam herein. Er sah nicht so aus, als wolle er eine Ratte kaufen.

»Guten Tag. Was kann ich für Sie tun?«, fragte Mauser.

Der Typ musterte ihn einen Moment, dann zog er sein Portemonnaie und legte einen Fünfziger auf den Tisch. »Der Mann, der eben hier bei Ihnen war. Was wollte er?«

So also lief der Hase. »Ich weiß nicht, wen Sie meinen«, sagte Mauser.

Der Mann holte einen zweiten Fünfziger hervor. »Hilft das Ihrer Erinnerung auf die Sprünge?«

Mauser beschloss, sich dumm zu stellen. Der Typ war offensichtlich ein Privatdetektiv, der von irgendjemandem auf Fabian Papenheim angesetzt worden war. Wenn er herausfand, von wem, konnte das sehr nützlich sein. »Hören Sie, ich weiß nicht, was Sie von mir wollen. Es ist nicht meine Art, über meine Kunden Auskunft zu geben!«

Der Typ steckte die beiden Scheine wieder in sein Portemonnaie. »Verstehe!«, sagte er und wandte sich um.

»Moment!«, sagte Mauser. »Sie meinen vielleicht Herrn Papenheim, der gerade einen Choso Muku bei mir bestellt hat.«

Der Detektiv wandte sich langsam um. »Einen was?«

Mauser lächelte und wartete.

Der Mann zog die beiden Scheine wieder hervor und legte sie auf den Tisch.

»Ein ostindischer Mönchshund. Das habe ich ihm jedenfalls erzählt.« Er zeigte auf die Dose Fressi, die immer noch auf der Theke neben der Kasse stand. »Er wollte genau so einen Hund haben.«

Der Detektiv betrachtete die Dose mit gerunzelter Stirn. »Er wollte einen Hund? Warum das denn?«

Mauser steckte die beiden Geldscheine ein. »Ich kann mich nicht genau erinnern, was er gesagt hat.«

Der Detektiv zog einen weiteren Fünfziger aus der Tasche.

»Jetzt fällt es mir wieder ein. Er wollte ihn seiner kleinen Schwester schenken, die gerade sieben Jahre alt geworden ist.«

»Und?«

»Ich habe gesagt, dass ich ihm einen besorgen werde. Gegen Zahlung eines angemessenen Betrags selbstverständlich.«

»Sie haben einen Beleg darüber?«

»Na hören Sie mal! Das sind vertrauliche Unterlagen! Und Kopien anzufertigen ist auch nicht gerade billig!«

Der Detektiv zog noch zwei Fünfziger aus dem Portemonnaie. »Ich will das Original!«, sagte er mit scharfem Tonfall.

Mauser schüttelte den Kopf. Er hatte genug Konfrontationen mit wirklich großen Kalibern gehabt, um genau einschätzen zu können, wie weit dieser Typ gehen würde. Er hatte nichts zu befürchten. »Für 100 kriegen sie eine Kopie. Das muss reichen.«

Der Mann nickte.

Mauser ließ den Beleg durch das Faxgerät laufen, reichte dem Detektiv die Kopie und steckte das Geld ein. »Hat mich gefreut, mit Ihnen Geschäfte zu machen. Übrigens, ich denke, es ist in niemandes Interesse, dass Herr Papenheim erfährt, dass es eine Hunderasse namens Choso Muku gar nicht gibt, oder?«

»Eine was?«, fragte der Detektiv. Dann verließ er ohne ein Wort des Abschieds den Laden.

Mauser betrachtete nachdenklich den von Fabian Papenheim unterzeichneten Beleg in seiner Hand. Die Sache versprach interessant zu werden. Äußerst interessant.

9.

»Ich will jetzt endlich wissen, wieso es in der Wohnung immer so komisch riecht!«, rief ich.

Siraxis sah mich merkwürdig an. »Hat dir eigentlich schon mal jemand gesagt, dass normale Menschen gelegentlich ihre Unterhose wechseln?«

»Lenk nicht ab! Ich spüre doch genau, dass hier was hinter meinem Rücken läuft!«

Siraxis wurde ernst. Sie machte einen Schritt auf mich zu, und ich spürte die Wärme, die von ihrem Körper ausging. Mein Zorn und mein Misstrauen schmolzen dahin. »Du musst mir vertrauen, Amander«, sagte sie. »Bitte!«

»Wie kann ich das, wenn du nicht offen zu mir bist?«

Sie senkte den Blick. »Ich weiß. Ich würde es dir gern erklären, aber es geht nicht. Noch nicht.«

»Warum?«

Sie sah mich an. »Ich würde alles zerstören, wenn ich darüber redete. Eines Tages wirst du es verstehen. Bitte glaub mir!« Glitzerten dort Tränen in ihren Augenwinkeln? Und waren sie echt? Ich hatte wenig Übung darin, die Aufrichtigkeit menschlicher Emotionen zu beurteilen. Wie konnte ich sicher wissen, woran ich mit ihr war?

Sie lügt, dachte ich.

Nein, sie sagte die Wahrheit, das spürte ich irgendwie.

Sie lügt, dachte ich wieder.

Nein, tat sie nicht.

Und ich sage, sie lügt!

Ich stutzte. Warum hatte ich das gerade gedacht? Dass ich mir nicht sicher war, ob sie log, das war ja noch nachvollziehbar. Aber dieses Streitgespräch in meinem Kopf war schon ein bisschen seltsam, oder?

Ist es nicht, dachte ich. Das ist ganz normal. Kein Grund zur Beunruhigung. Kein Grund, darüber nachzudenken. Du solltest dich lieber wieder auf die Andere konzentrieren.

Aber Siraxis war keine von den Anderen mehr. Sie war ein Mensch wie ich.

Einmal eine Andere, immer eine Andere, sagte meine innere Stimme.

Da begriff ich endlich, und die Zornesröte stieg mir ins Gesicht.

Mafalda drückte den Klingelknopf mit der Aufschrift »Highlife Werbeagentur«. Es dauerte nur einen Augenblick, bis der Türsummer ertönte. Gemeinsam mit ihrem Vater stieg sie zwei Treppen hinauf und betrat ein modernes Büro. Hinter dem eleganten Empfangstresen hing ein großes Werbeplakat von Fressi. Jean-Paul blickte sie von der Dose aus mit seinen hellwachen Hundeaugen an. Der Anblick versetzte Mafalda einen Stich.

»Ja, bitte?«, sagte die Empfangsdame, eine hübsche Blondine in Mafaldas Alter.

»Wir ... also, wir kommen vom Zirkus Quattro Stagioni«, stotterte Mafalda. Sie zeigte auf das Plakat. »Wir, äh, wollen, na ja, das da ist unser Hund, und wir wollen ihn gern wiederhaben.«

Die Blondine machte große Augen. Sie drehte sich zu dem Plakat um, dann wieder zu Mafalda. »Sie meinen Oswald? Sie sagen, Oswald sei Ihr Hund?«

»Er heißt Jean-Paul«, sagte Mafaldas Vater. »Er ist vor viereinhalb Jahren aus unserem Zirkus ausgerissen. Wir haben ihn in dem Fressi-Spot wiedererkannt. Und jetzt möchten wir ihn gern zurück.«

Die Blondine nahm den Hörer der Telefonanlage ab und drückte einen Knopf. »Leonas, kommst du mal nach vorn? Hier sind zwei Leute vom Zirkus, die behaupten, Oswald gehöre ihnen!«

Es dauerte nicht lange, und ein gutaussehender Mann mit schwarzem Anzug, weißem Hemd und knallbunter Krawatte kam ihnen entgegen. Er musterte Mafalda und ihren Vater abschätzend, dann zog er die Mundwinkel herab. »Was kann ich für Sie tun?«, fragte er in kühlem Tonfall.

»Äh, mein Name ist Mafalda Müller«, sagte Mafalda. »Das ist mein Vater, Alfons Müller.«

»Leonas von Hochleben«, sagte der Mann. Er reichte ihnen nicht die Hand.

»Wir sind gekommen, weil wir Jean-Paul zurückholen wollen«, sagte Mafaldas Vater. Er zeigte auf das Plakat.

»Das soll wohl ein Witz sein!«

»Das ist absolut kein Witz. Ich bin Dompteur. Der Hund, den Sie Oswald nennen, heißt eigentlich Jean-Paul und ist der Sohn von Polly, einer berühmten Zirkushündin, die leider vor ein paar Jahren gestorben ist. Ich habe Jean-Paul selbst trainiert. Warum wohl, glauben Sie, kann Ihr Werbehund all die Sachen, die er in dem Werbespot macht?«

Leonas von Hochleben wurde kreidebleich, wie Mafalda nicht ohne Genugtuung feststellte. Seine Stimme war vorsichtig, als er sagte: »Und was wollen Sie jetzt von mir? Wollen Sie Geld?«

»Ja«, sagte Mafaldas Vater.

»Nein«, sagte Mafalda.

Sie sahen sich an. Mafalda zog die Augenbraue hoch. Dann wandte sie sich an von Hochleben. »Wir sind keine Erpresser. Wir wollen nur unser Eigentum zurück!«

»Ihr Eigentum!«, sagte von Hochleben. »Sie sehen den Hund also als eine Sache an? Einen Gebrauchsgegenstand, wie einen alten Mantel, ja?«

»Nein … das heißt, doch, in gewisser Hinsicht schon … er ist eben unser Zirkushund. Wir brauchen ihn, damit wieder Zuschauer in unseren kleinen Zirkus kommen!«

»Können Sie denn beweisen, dass Oswald Ihr Hund ist?«, fragte von Hochleben.

Mafalda zog triumphierend die Fotos heraus. »Hier, das ist seine Mutter, Polly. Sie hat eine Menge Preise gewonnen.« Ein

Räuspern. »Ich meine natürlich, mein Vater hat eine Menge Preise gewonnen mit ihr. Und das da ist Jean-Paul.«

»Der Kleine da? Der sieht Oswald aber gar nicht ähnlich!«

»Da war er noch ein Welpe. Aber sehen Sie mal, der runde schwarze Fleck auf der Seite, und das struppige Fell.«

»Es gibt sicher eine Menge Hunde mit einem schwarzen Fleck auf der Seite!«

»Ja vielleicht, aber trotzdem, das ist eindeutig Jean-Paul auf Ihrem Plakat. Wenn Sie uns nicht glauben, holen Sie ihn doch einfach her. Er wird uns wiedererkennen und den Kommandos meines Vaters gehorchen. Dann werden Sie sehen, dass es stimmt!«

Von Hochleben zögerte. Er schien nicht zu wissen, wie er reagieren sollte. Er glaubte ihr!

Mafalda versuchte, versöhnlich zu lächeln. »Sie könnten den Hund ja weiterhin in Ihrer Werbung einsetzen«, sagte sie.

»Gegen ein entsprechendes Honorar natürlich«, sagte ihr Vater.

»Gegen ein angemessenes Honorar, das nur ein Bruchteil Ihrer Einnahmen wäre«, sagte Mafalda. »Mein Vater könnte Jean-Paul wieder trainieren. Ich bin sicher, er kann ihm Kunststücke beibringen, die …«

Von Hochlebens Gesicht wurde ausdruckslos. »Es tut mir leid, aber ich kann nichts für Sie tun!«

»Was soll das heißen?«, fragte Mafaldas Vater. »Wollen Sie uns etwa unser Eigentum vorenthalten?«

»Diese Fotos sind kein Beweis. Vor Gericht haben Sie damit keine Chance!«, sagte von Hochleben. »Außerdem, selbst wenn ich Ihnen glauben würde, ich könnte Ihnen den Hund gar nicht geben. Er gehört nicht mir.«

»Wem denn dann?«, fragte Mafalda.

Von Hochleben zögerte nur den Bruchteil einer Sekunde. »Einem Hundetrainer. Aus Las Vegas. Er ist für den Werbespot nach Deutschland gekommen, aber er ist längst wieder dort.«

Mafaldas Vater sah von Hochleben in die Augen. »Dann geben Sie uns bitte die Adresse dieses Mannes«, sagte er.

»Tut mir leid, das kann ich nicht tun. Ich muss Sie jetzt bitten, die Agentur zu verlassen. Ich habe zu tun.«

Mafalda spürte, wie ihr die Tränen in die Augen stiegen. Sie wurden hier abserviert wie Bittsteller. Dabei war es ihr Jean-Paul, mit dem die Agentur Geld verdiente. Eine Menge Geld wahrscheinlich.

»Wir kommen wieder«, sagte ihr Vater. »Und zwar mit einem Anwalt. Verlassen Sie sich darauf!« Er wandte sich um und verließ die Agentur ohne ein weiteres Wort. Mafalda folgte ihm zerknirscht.

»Der lügt wie gedruckt«, sagte Mafaldas Vater, als sie wieder in ihrem uralten Mercedes saßen.

»Er will nicht teilen«, sagte Mafalda. »Typen wie dieser von Hochleben sind einfach gierig. Der Hund ist ihm vollkommen egal, aber er gibt lieber eine Menge Geld für Anwälte aus, als uns etwas abzugeben!« Ihre Unterlippe zitterte.

Ihr Vater schüttelte den Kopf. »Irgendwie glaube ich das nicht«, sagte er. »Er hat von sich aus das Thema Geld angesprochen.«

»Er dachte, wir wollen ihn erpressen.«

»Vielleicht. Aber vielleicht wollte er uns einfach schnell wieder loswerden. Vielleicht hätten wir darauf eingehen und mit ihm über eine Abfindung verhandeln sollen.«

»Und darauf verzichten, unseren Zirkus zu retten?«

»Maffy, Jean-Paul ist seit viereinhalb Jahren nicht mehr bei uns. Ich müsste ganz von vorn anfangen. Wer weiß, ob er sich überhaupt noch richtig dressieren ließe.«

»Aber die Kunststücke im Fernsehen …«

»Das ist doch Kinderkram, verglichen mit dem, was ein richtiger Zirkushund leisten muss. Außerdem gibt es andere Wege, den Zirkus zu retten. Mit Geld könnten wir erst mal unsere Schulden bezahlen und dann vielleicht ein paar neue Tiere kaufen …«

»Was sollen wir jetzt machen? Noch mal zurückgehen und mit ihm verhandeln?«

»Ich fürchte, das würde nichts nützen. Er würde uns nur hinauswerfen. Außerdem hat er vermutlich recht: Die Agentur hat sicher irgendjemanden engagiert, der Jean-Paul jetzt hat. Den müssen wir finden.«

»Den Typ aus Las Vegas?«

»Ich glaube nicht, dass der in Las Vegas ist. Wenn das stimmte, hätten wir keine Chance, jemals an den Hund zu kommen, das weiß von Hochleben. Dann hätte er uns einfach die Adresse gegeben und seine Ruhe gehabt. Nein, ich bin sicher, Jean-Paul ist nicht weit von hier. Wir müssen nur noch herausfinden, wo.«

10.

»Nein, nein«, sagte meine innere Stimme, »du täuschst dich. Es ist niemand hier, der deine Gedanken manipuliert. Kein Grund, weiter darüber nachzudenken. Entspanne dich und konzentriere dich wieder auf die Andere!«

Ich hätte mich selbst ohrfeigen können. Ich war ja so naiv gewesen! Hunderttausend Jahre lang hatte ich die Gedanken von Menschen manipuliert – zwar nicht immer mit dem gewünschten Resultat, aber trotzdem. Und jetzt, wo ich selbst ein Mensch war, hatte ich die Tatsache, dass auch ich ein Opfer solcher Manipulationen werden konnte, komplett verdrängt.

»Raus!«, brüllte ich.

Siraxis sah mich erschrocken an. »Wie, raus?«

»Nein, nicht du! Ich meine den Typ in meinem Kopf!«

Siraxis schüttelte langsam ihr hübsches Haupt und ging in die Küche, um das Mittagessen zuzubereiten.

»Schon gut, schon gut, ich gehe ja gleich«, sagte meine innere Stimme. »Ich habe da nur eine klitzekleine Frage.«

»Wer bist du?«, dachte ich.

Meine innere Stimme druckste ein bisschen herum. »Ich heiße Tobias.«

»Was fällt dir ein, dich in meine Gedanken zu drängen!«

»Na ja, das … das ist mein Job. Das solltest gerade du doch wissen!«

»Du bist mein Schutzengel?«

»Also, nicht direkt. Ich bin der Schutzengel von jemand anderem. Ich hab da ein kleines Problem, und ich hab dein Buch gelesen, und da dachte ich …«

»Du hast mein Buch gelesen?«

»Na ja, wir haben es alle gelesen. Gabriel hat es verteilt, als abschreckendes Beispiel dafür, was herauskommt, wenn Engel sich

zu sehr in das Leben der Menschen einmischen. Ich muss sagen, ich habe ziemlich gelacht!«

»Gelacht? Wie, gelacht?«

»Na ja, äh … also … das sollte gar nicht lustig sein, oder?«

»Nein!«

»Aha. Jedenfalls fand ich deine Theorie eigentlich ganz plausibel. Bis auf den Vorzeichenfehler.«

Ich muss zugeben, ich war ein wenig geschmeichelt. Ich ärgerte mich, dass Gabriel mein Werk ohne meine Zustimmung veröffentlicht hatte – ich bekam nicht einmal Tantiemen dafür – und noch mehr darüber, dass man mein wissenschaftliches Werk offenbar komisch fand. Aber irgendwie war ich doch stolz.

»Also, was willst du?«

»Das ist ein bisschen kompliziert. Ich brauche deinen Rat!«

»Es ist so weit. Wir müssen uns jetzt entscheiden!«, sagte Bernd. Entschlossen schlug er die Faust in die flache Hand.

»Bernd hat recht«, sagte Gerda. Sie blickte einen Moment ins Leere, in ihre eigenen, unergründlichen Gedanken versunken.

»Ich bin für Pizza!«, sagte Willi.

»Och nö, nicht schon wieder Pizza!«, sagte Gerda.

»Wenn du jetzt wieder mit deinen Falafeln kommst, streike ich!«, sagte Willi.

»Falafel enthalten wesentlich weniger Fett als Pizza. Das solltest gerade du beachten! Dann schaffst du's vielleicht nächstes Mal auch durch den Zaun!«

Jetzt ging sie aber doch eindeutig ein klitzekleines bisschen zu weit. »Gerda, wir hatten uns doch darauf verständigt, dass das Körpergefühl jedes Gruppenmitglieds seine Privatsache ist und dass wir keinerlei diskriminierende Äußerungen machen wollen!«, sagte Bernd.

»Genau!«, rief Willi. »Fass dir doch mal an deine eigene schiefe Nase und wasch dir mal die Haare, bevor du mir was über mein Äußeres erzählst!«

»Willi!«, sagte Bernd. »Echt jetzt!«

»Ist doch wahr! Willi wäre ja nicht so dick, wenn er nicht so viel Fleisch und tierische Fette essen würde!«

»Und du wärst nicht so eine schlechtgelaunte Ziege, wenn du mal was anderes essen würdest als immer nur Salat!«, konterte Willi.

»Leute, hört doch mal ...«, begann Bernd, aber niemand beachtete ihn.

»Und dann sitzt du den ganzen Tag vor der Glotze!«, rief Gerda. »Die läuft doch immer, wenn wir hier sind! Sogar bei unseren Aktionsgruppensitzungen plärrt die Kiste die ganze Zeit im Hintergrund!«

»Du kannst gerne gehen, wenn dir das nicht passt!«, zischte Willi. »Das hier ist immer noch meine Wohnung!«

Gerda machte Anstalten aufzustehen, aber Bernd legte ihr eine Hand auf den Arm. »Nun beruhigt euch mal, Leute!«, sagte er. »Das ist es doch nur, was die Tierversuchsmafia will: dass wir uns streiten. Wenn wir nicht zusammenhalten, dann haben die gewonnen, und die Tiere haben niemanden mehr, der für sie kämpft!«

Das zog. Gerda setzte sich wieder, und sie schwiegen eine Weile. »Also, ich mach mir jetzt ein Butterbrot«, sagte Willi schließlich und stand auf.

»Aber der Fernseher«, begann Gerda erneut. »Muss der denn unbedingt die ganze Zeit laufen? Da verblödet man doch nur!«

»Wie willst du denn mitkriegen, was in der Welt los ist, wenn du nicht fernsiehst?«, fragte Willi.

»Schon«, sagte Gerda. »Aber du guckst doch immer nur diese Sit-ins, oder wie das heißt!«

»Sitcoms! Und ich gucke auch was anderes!«

»Ja, Werbung!«

»Und? Ist das nicht vielleicht meine Sache?«

»Werbung ist die Stimme der internationalen Großkonzerne. Die verseuchen dein Unterbewusstsein, bis du nur noch ein Automat bist, der tut, was sie wollen!«

»Blödsinn! Außerdem, gerade wenn es die Stimme der Großkonzerne ist, sollten wir ihr zuhören! Wie sonst sollen wir rauskriegen, was die planen?«

»Und du glaubst, das sagen sie dir in Werbespots?« Sie parodierte ein Fotomodell in einer Fernsehreklame, was ihr überraschend gut gelang: »Leute, kauft ›Beauty for You‹ von Olivia Laurel, denn wir brauchen euer Geld für den Bau eines großen Labors für Tierversuche, damit ihr euch die Fältchen mit Katzenblut zukleistern könnt!«

Willi musste lachen. »So vielleicht nicht. Aber guck doch mal. Da, schon wieder ein Werbespot für ein Produkt der Pharmaindustrie!«

»Das ist Werbung für Zahnpasta!«

»Na und? Weißt du, ob die nicht auch Tierversuche machen? Manchmal quälen sie sogar Tiere in der Werbung! Ich hab da neulich einen Werbespot gesehen, für Hundefutter, Fresschen oder so. Da haben sie einen Hund gezwungen, alle möglichen entwürdigenden Sachen zu machen!«

»Echt jetzt?«, fragte Bernd.

»Klar!«, sagte Willi. »Kannst es ja selber sehen! Die Werbung läuft momentan dauernd. Die kommt bestimmt gleich noch mal!«

Gebannt starrten sie zu dritt auf den Fernseher. Und tatsächlich, nach Spots für eine Lebensversicherung und eine Biermarke erschien ein Hund, der an einer Haustür klingelte, damit sein Frauchen von einem Stuhl aufstand, dann den Teppich mit dem Stuhl neben den Tisch zog, hinaufsprang und sich über eine Dose Hundefutter hermachte. Zum Abschluss sah man den Hund auf einer Dose der Marke Fressi abgebildet, wie er fröhlich in die Kamera bellte.

»Siehste?«, sagte Willi. »Total unnatürlich!«

»Unglaublich!«, sagte Bernd. »Echt jetzt!«

Gerda hatte Tränen in den Augen. »Der arme Hund!«, sagte sie. »Der arme, arme Hund! Was sie wohl mit ihm gemacht haben, damit er das alles tut!«

»Wahrscheinlich haben sie ihn mit Drogen vollgepumpt«, sagte Willi.

»Oder ihm so einen Chip eingepflanzt«, überlegte Bernd. »Ich hab neulich darüber gelesen. Damit können sie das Gehirn kontrollieren. Mit einer Fernbedienung!«

»Der war so niedlich!«, sagte Gerda.

»Klar, das ist es ja!«, sagte Willi. »Sie benutzen das Tier, um dein Mitgefühl zu erregen. Sie haben ihm bestimmt was gegeben, damit er größere Pupillen hat und so. Wahrscheinlich haben sie ihn aus tausend Hunden ausgewählt, weil sie herausgefunden haben, dass Hausfrauen besonders auf ihn abfahren. Und die anderen Hunde sind jetzt im Labor und müssen den ganzen Tag irgendwelche Versuchsprodukte fressen. Wenn sie überhaupt noch leben.«

»Eine Sauerei, so was!«, sagte Gerda. »Eine unglaubliche Sauerei!«

»Wir müssen was tun!«, sagte Bernd.

»Eine Pizza bestellen?«, schlug Willi vor.

»Wir müssen den Hund da befreien!«

Willi stöhnte auf. »Nee, nee, da mach ich nicht mit! Ich hab keine Lust, wieder im Knast zu landen!«

»Nun mach dir nicht ins Hemd, Willi!«, sagte Gerda. »Sie haben uns doch gleich wieder rausgelassen!«

»Und was ist, wenn nächstes Mal keiner da ist, der sagt, dass wir verrückt sind?«, fragte Willi. »Dann sperren sie uns richtig weg! Dann können wir gar nichts mehr für die Befreiung der Tiere tun!«

»Wenn wir hier nur rumsitzen vor lauter Schiss, dass sie uns erwischen, dann nützt das den Tieren auch nichts!«, sagte Bernd.

»Da hat er recht«, sagte Gerda. »Wir müssen auch mal was riskieren! Schließlich sind wir die Aktionsgruppe Bambi und nicht das Kaffeekränzchen Frankfurt-Süd!«

»Ja, ja«, sagte Willi. »Aber nicht wieder so was Unausgegorenes, ja?«

»Was heißt hier unausgegoren?«, fragte Bernd. »Bloß weil du die falsche Hausnummer auf den Zettel geschrieben hast …«

»Ich? Das war nur, weil Gerda mir gesagt hat …«

»Das ist überhaupt nicht wahr! Ich habe dir die richtige Nummer gesagt, aber du hast mal wieder nicht richtig zugehört!«

»Hast du nicht!«

»Hab ich doch!«

»Beruhigt euch, Leute. Diesmal machen wir es richtig!«

»Ja, ja, das hast du damals im Wald auch gesagt. Und als wir dann versucht haben, dem Wildschwein die kugelsichere Weste anzulegen, ist es auf mich losgegangen, und ich wäre beinahe dabei draufgegangen!«

»Weißt du was, Willi?«, rief Gerda. »Du bist ein echtes Weichei! Denk doch mal an diesen Manfred! Der hat spontan mitgemacht bei unserer Befreiungsaktion, obwohl er gar nicht zu unserer Gruppe gehörte! Und er hatte nichts weiter an als einen Schlafanzug!«

Willi runzelte die Stirn. »Kommt euch das nicht auch merkwürdig vor? Und wieso war die Polizei so schnell da? Ich meine, vielleicht war der ein Spitzel!«

»Quatsch! Manfred doch nicht! Außerdem, hast du schon mal einen Spitzel im Schlafanzug gesehen?«

»Der Tierversuchs-Mafia traue ich alles zu!«

»Wenn Manfred und seine Freundin nicht gewesen wären, säßen wir jetzt immer noch im Gefängnis!«, warf Bernd ein.

Willis Ausdruck wurde träumerisch. »Ja, diese Sigrid, oder wie die heißt, das ist echt eine steile Braut …«

»Willi!« Gerda sprang auf. »Solche sexistischen Machosprüche höre ich mir nicht an! Nicht von dir!«

»Jetzt reg dich wieder ab! Was kann ich dafür, dass du noch nie …«

Bernd versuchte, die hochkochenden Emotionen zu beruhigen. »Leute, bitte! Denkt doch mal an die Versuchstiere!«

»Ja, ja, schon gut«, sagte Willi. »Ich will ja nur, dass wir ein bisschen sorgfältiger vorgehen als letztes Mal!«

»Also, wenn du jetzt die Gruppenleitung übernehmen willst …«, sagte Bernd.

»Nein, nein, so hab ich es nicht gemeint. Ich meinte ja nur.«

»Also, machen wir das jetzt?«

»Klar, wir machen das!«, sagte Gerda.

»Also gut, ich bin dabei«, sagte Willi, wenn auch noch keine wirkliche Begeisterung in seiner Stimme lag.

Bernd stand auf. »Für die Tiere! Gegen die internationale Tierversuchsmafia!«, rief er.

Die anderen standen ebenfalls auf. Sie fassten sich an den Händen, so dass sie einen kleinen Kreis um Willis Couchtisch bildeten, auf dem sich leere Keks- und Kartoffelchips-Verpackungen türmten. »Für die Tiere!«, riefen sie. »Gegen die internationale Tierversuchs-Mafia! Es lebe die Aktionsgruppe Bambi!«

11.

Vielleicht sollte ich mal ein paar Dinge erklären, für den Fall, dass ihr die Vorgeschichte nicht kennt. Also, dieser Tobias ist ein Engel, genau wie ich einer war. Es gibt tatsächlich einen Himmel, aber der ist nicht über, sondern quasi neben uns in einer anderen Dimension, die senkrecht auf den drei Dimensionen steht, die wir Menschen wahrnehmen können, versteht ihr? Nein? Macht nichts. Jedenfalls können Engel sich deshalb mit Lichtgeschwindigkeit frei in unserer Welt bewegen. Aufgrund von physikalischen Gesetzen, die sowieso keiner versteht, interagieren sie mit unserer wahrnehmbaren Welt als schwache elektromagnetische Felder. Und weil in unseren Gehirnen elektrische Ströme fließen, können sie unsere Gedanken beeinflussen. Nur ein kleines bisschen allerdings, es reicht gerade, um uns den einen oder anderen Gedanken einzupflanzen oder ein Bild in einem Traum zu erzeugen. Schließlich will der Allmächtige, dass wir Menschen einen freien Willen haben. Etwas anderes ist es mit Computern: Die durcheinanderzubringen, ist für Engel ein Klacks. Das erklärt einiges, oder?

»Also, das ist so«, sagte Tobias in meinem Kopf. »Da ist dieser Typ, um den ich mich kümmern soll. So ein Träumer, der nichts richtig auf die Reihe kriegt. Er läuft Gefahr, sein ganzes Leben zu verschleudern. Ich habe ausgerechnet, dass die Wahrscheinlichkeit einer Alkohol-, Drogen- oder Tablettenabhängigkeit in den nächsten zehn Jahren bei über sechzig Prozent liegt, wenn er weiter einsam und frustriert herumhängt. Was der Mann braucht, ist eine Frau.«

»Na und? Wo ist das Problem?«

»Das Problem ist, dieser Typ ist stinkreich.«

»DAS ist das Problem? Da sollte es doch nicht so schwer sein, eine Frau zu finden!«

»Na eben. Er wird die ganze Zeit von Frauen verfolgt, die es auf sein Geld abgesehen haben. Er hat eine Heidenangst davor, dass ihn eine verführt, die es nicht ehrlich mit ihm meint, und dass er sich dann nicht mehr aus ihren Fängen befreien kann.«

»Das Gefühl kenn ich.«

»Na ja, und da dachte ich, du könntest mir vielleicht einen Tipp geben, wie ich es anstelle, dass diese Frau, die er braucht, sich in ihn verliebt, und dass die beiden zusammenkommen und so. Immerhin hast du das doch auch bei Mara und Leonas geschafft, die ja nun eigentlich überhaupt nicht zusammenpassen ...«

»Ja, ja, schon gut. Kein Grund, das noch tiefer reinzureiben. Also, im Prinzip ist das einfach. Du manipulierst einfach ein paar E-Mails ...«

»Ich fürchte, so läuft das nicht mehr. Alle Interferenzen mit elektronischen Geräten sind seit deinem Raus... ich meine, seit deinem Abschied streng verboten. Die ISB passt da höll... äh, ganz genau auf!« ISB steht für »Interferenzschutzbehörde«. Das ist eine Art Engel-Sittenpolizei, die aufpasst, dass Engel es mit den Manipulationen nicht übertreiben.

»Hmmm. Wenn du gar nichts mehr manipulieren darfst, warum soll ich dir dann Tipps geben?«

»Wir dürfen noch Gedanken einflüstern. Aber das war's dann auch schon!«

»Was ist mit Tieren? Die sind leichter zu manipulieren als Menschen.«

Tobias schwieg einen Moment – besser gesagt, er manipulierte einen Moment lang nicht meine Gedanken. »Ja, ich glaube, ich hab da so eine Idee«, meinte er schließlich. »Das könnte vielleicht klappen! Besten Dank auch, du hast mir sehr geholfen!«

»Keine Ursache. Ach ja, eins noch. Du kennst nicht zufällig einen Sünder? So jemanden mit richtig schwarzer Seele?«

»Wozu brauchst du einen Sünder?«

»Na, zum Bekehren natürlich! Ich kann ja schlecht jemanden zum Licht führen, der schon eine reine Seele hat, oder?«

»Klingt plausibel. Doch, ja, ich wüsste da jemanden. Wär nicht verkehrt, wenn du die bekehren könntest. Würde die Prognose für meinen Schützling deutlich verbessern. Aber die ist ein wirklich harter Brocken, das kann ich dir sagen!«

»Kein Problem, das krieg ich schon hin. Ich bin da Experte.«

»Okay.« Vor meinem geistigen Auge erschien ein Haus – eine große Villa. Im selben Moment wusste ich die Adresse in einer noblen Frankfurter Wohngegend. »Viel Glück!«, sagte Tobias zum Abschied.

»Dir auch!«

»Und halt dich von dieser Anderen fern! Die führt nichts Gutes im Schilde, da bin ich mir sicher!«

»Hau endlich ab und lass mich in Ruhe!«

»O Baby, ich könnte schon wieder!«, sagte Gerhard Tomasi, Geschäftsführer der Gustav-Papenheim-Stiftung. Er räkelte sich in seinem ledernen Schreibtischstuhl.

»Kannst du auch mal an was anderes denken als ans Vögeln?«, fragte Pamela.

»Nicht, wenn du dabei bist, Schätzchen!«

Pamela schüttelte sich innerlich. Der alte Fettsack hielt sich für unwiderstehlich. Er war früher mal Fotomodell gewesen, aber diese Zeiten waren lange vorbei, und mit seiner Wampe, seinen herabhängenden Mundwinkeln und dem Doppelkinn war er inzwischen ungefähr so attraktiv wie eine Nacktschnecke. Daran änderten auch das hellgraue Stoppelhaar und der Dreitagebart nichts.

Doch Pamela hatte sich im Griff und ließ nicht das kleinste bisschen ihrer Abneigung erkennen. Schließlich hatte sie eine Ausbildung als Schauspielerin. Es würde ihr ein besonderes Vergnügen sein, Tomasi eines Tages vor die Tür zu setzen. Aber noch war es nicht so weit – noch brauchte sie ihn.

Sie setzte sich auf die Tischkante seines Schreibtischs und beugte sich ein wenig vor, so dass er ihren Ausschnitt bewundern konnte. Sie lächelte anzüglich. »Du weißt doch, dass wir vorsichtig sein müssen! Wenn irgendwer erfährt, dass wir beide ein Paar sind …«

»Pah, wer soll das schon mitkriegen?«

»Fabian zum Beispiel.«

Tomasi schüttelte den Kopf. »Fabian? Der doch nicht. So naiv, wie der ist, kommt der in hundert Jahren nicht dahinter, was hier läuft. Der sitzt doch den ganzen Tag nur rum, und statt wenigstens sein BWL-Studium zu absolvieren, macht er immer nur Musikaufnahmen. Grauenhaft! Dafür, dass ich mir jeden Abend die Aufzeichnungen der versteckten Kameras ansehen muss, müsste ich eigentlich Schmerzensgeld kriegen!«

»Er hat immer noch nicht mitgekriegt, dass wir ihn überwachen?«

»Kein Stück!«

»Und? Was ist mit Drogen?«

»Fehlanzeige. Alle Versuche, ihn dazu zu bringen, auch nur einmal an einem Joint zu ziehen, sind bisher fehlgeschlagen.«

»Ganz so blöd ist er also offenbar auch wieder nicht.«

Tomasi zuckte mit den Schultern. »In der Hinsicht nicht. Aber wir kriegen ihn schon noch dazu, dass er was Illegales macht!«

»Und wenn wir einfach Drogen in seinem Apartment verstecken und der Polizei einen Tipp geben?«

Tomasi lehnte sich zurück und betrachtete sie mit hochgezogenen Augenbrauen. »Damit würden wir ja selbst etwas Illegales tun«, sagte er. »Das wäre viel zu riskant. Außerdem würde es sowieso nicht funktionieren. Man kann heute zweifelsfrei nachweisen, ob jemand schon einmal Drogen genommen hat oder nicht. Und es ist viel zu naheliegend, dass jemand Fabian die Drogen untergeschoben haben könnte. Nein, wir müssen vorsichtiger sein. Ich hab schon eine Idee.«

Pamela beugte sich noch weiter vor. Wenn Fabian eine Straftat beging, war der Weg für sie frei, endgültig die Kontrolle über die Stiftung und ihr riesiges Vermögen zu übernehmen. Denn die Satzung, die ihr seliger Gatte vor seinem Tod aufgesetzt hatte, bestimmte, dass Vorbestrafte nicht Mitglieder des Aufsichtsrats werden konnten. Gustav hatte geglaubt, damit im Interesse seiner Familie zu handeln und zwielichtige Elemente von der Stiftung fernzuhalten. Er hatte nicht ahnen können, dass Pamela diese Klausel eines Tages benutzen würde, um seinen Sohn aus erster Ehe aus dem Weg zu räumen.

Doch das hatte sich bisher als nicht so einfach erwiesen. Fabian war naiv, trottelig und verwöhnt, aber er war auch gutmütig und großzügig. Er nahm keine Drogen, betrank sich nicht und pöbelte nicht herum. Er war geradezu ein Musterknabe, der sich hartnäckig weigerte, das Gesetz zu brechen.

»Was für eine Idee?«, fragte sie.

Tomasi grinste. »Das sage ich dir hinterher!«

Sie strich mit der Hand über seinen Bauch und entlockte ihm einen lustvollen Seufzer. »Erst will ich wissen, was deine Idee ist, dann entscheide ich, ob du dafür eine Belohnung verdienst!«

Er stöhnte. »Ja, Herrin!«

»Also?«

»Der Detektiv, den ich auf ihn angesetzt habe, hat ihn beobachtet, wie er in ein Zoogeschäft gegangen ist.«

»In ein Zoogeschäft? Fabian? Warum das denn?«

»Er wollte ein Tier kaufen. Für Nina.«

Einen Moment lang durchzuckte Pamela ein Gefühl der Reue. Sie hatte Fabian ziemlich zur Schnecke gemacht, weil Ninas Geburtstag ein Flop gewesen war. Nun versuchte er offensichtlich, das wieder geradezubiegen. Es rührte sie an, dass er sich für seine Stiefschwester solche Mühe gab. »Was für ein Tier denn?«

»Einen Hund. Er wollte einen ganz bestimmten, so einen wie aus der Werbung für dieses Hundefutter, die den ganzen Tag im Fernsehen läuft. Scheinbar hat sich Nina so einen gewünscht.«

Einen Hund! Der Anflug von Reue war wie weggeblasen. Fabian wusste genau, wie sehr Pamela Hunde hasste. Wenn er Nina einen schenkte, tat er das nur, um sie zu ärgern. Das Dreckschwein nutzte die kindliche Begeisterung ihrer Tochter aus, um sich an Pamela zu rächen! Es würde natürlich ein Riesentheater geben, wenn sie Nina den Hund wieder wegnahm. Ein perfider Plan.

»Der Verkäufer hat ihm gesagt, das sei ein Choso Muku«, fuhr Tomasi fort. »Aber die Rasse gibt es gar nicht, hat der Detektiv gesagt. Er hat rausgefunden, dass der Besitzer des Zoogeschäfts mit Labortieren handelt. Der Mann will Fabian offenbar für viel Geld irgendeinen Straßenköter andrehen, der so ähnlich aussieht wie der in der Werbung.«

»Und?«, fragte Pamela. »Es ist doch nicht illegal, einen Hund zu kaufen!«

Tomasi lächelte süffisant. »Nehmen wir mal an, dieser Zoohändler liefert ihm nicht irgendeinen Hund. Nehmen wir an, er liefert ihm den Hund aus der Werbung. Den echten.«

»Wie soll das gehen?«

»Er könnte den Hund entführen und in Fabians Wohnung bringen.« Er holte einen Zettel aus der Schreibtischschublade und zeigte ihn Pamela. »Das ist die Kopie des Kaufvertrags. Damit könnten wir beweisen, dass Fabian diesen Zoohändler beauftragt hat, den Hund zu stehlen. Für mehr als zehntausend Euro. Und wenn die Polizei dann den Köter in seiner Wohnung findet, ist die Sache klar! Das ist zwar nur einfacher Diebstahl und gibt wahrscheinlich nur eine Bewährungsstrafe, aber es würde reichen, um ihn aus dem Aufsichtsrat zu drängen.«

»Aber der Zoohändler wäre dann doch auch dran. Warum sollte er bei so was mitmachen?«

»Das ist alles nur eine Frage des richtigen Honorars! Ich denke, 100 000 müssten locker reichen, um ihm das schmackhaft zu machen.«

Pamela grinste. »Ein guter Plan, mein kleiner böser Sklave. Ich glaube, du hast dir deine Belohnung wirklich verdient!«

»Ich soll was?«, fragte Roland Mauser.

»Sie haben mich doch genau verstanden«, sagte der Mann am anderen Ende der Leitung. »Sie entführen den Hund, liefern ihn an die Adresse, die ich Ihnen genannt habe, und fertig. 25 000 als Anzahlung, den Rest bei Lieferung.«

»Dafür gehe ich in den Knast!«, sagte Mauser. »50 000 sind zu wenig! Ich will zweihundert Riesen!«

»Für 50 000 könnte ich Sie locker umlegen lassen«, sagte der Typ. »Außerdem kriegen Sie höchstens eine Bewährungsstrafe. Das ist einfacher Diebstahl, und Sie sind nicht vorbestraft, oder?«

Mauser überlegte. Offenbar wollte dieser Typ Fabian Papenheim aufs Kreuz legen. Er konnte die Fünfzigtausend mitnehmen und dann später sein Wissen über diesen Plan an den Meistbietenden verkaufen. Das klang nach einem interessanten Geschäft. Andererseits schien es hier um sehr viel Geld zu gehen. Die Sache konnte leicht eine Nummer zu groß für ihn werden. »Tut mir leid«, sagte er. »Das ist mir zu heiß. Ich kann Ihnen da nicht helfen.«

»Also schön. 100 000. Mein letztes Wort.«

Mauser stockte. Hundert Riesen! Er würde verdammt vorsichtig sein müssen. Aber es war die Chance seines Lebens. »Na gut. Ich mach es. Aber ich will den Vorschuss in bar haben!«

»Das geht in Ordnung. Ich schicke Ihnen jemanden mit dem Geld.« Der Mann legte auf.

Mauser hatte plötzlich ein ungutes Gefühl. Aber jetzt war es zu spät, um einen Rückzieher zu machen. Der Zug war ins Rollen gekommen.

12.

Die Frau, die mir die Haustür öffnete, sah mich misstrauisch an. »Sie wünschen?«

Ich hatte mir alles vorher sorgfältig zurechtgelegt. »Ja, äh, also, ich bin von der, äh, Damokles Versicherung und wollte gern …«

»Wir brauchen keine Versicherung. Guten Tag!« Die Frau schloss die Tür wieder.

Ich klingelte erneut. Sie ignorierte das Klingeln ungefähr fünf Minuten lang. Dann öffnete sich die Haustür nur einen Spaltbreit. »Wenn Sie nicht sofort verschwinden, rufe ich die Polizei!«

»Nein, nein, warten Sie!«, rief ich. »Es ist wichtig! Es geht um Ihre Seele! Sie ist in großer Gefahr!«

Die Frau sah mich mit diesem Blick an, den mir manchmal auch die Leute in der Fußgängerzone zuwarfen, vor allem, wenn ich sang. »Was wissen Sie schon von meiner Seele!«, sagte sie.

»Eine ganze Menge!«, sagte ich. »Glauben Sie mir, ich habe zuverlässige Quellen. Ich bin nämlich … das heißt, ich war mal ein Engel, bis ich letztes Jahr aus dem Himmel raus… also jedenfalls hab ich immer noch einen echt guten Draht nach da oben!« Das war vielleicht ein bisschen geprahlt, aber der Zweck heiligt bekanntlich die Mittel.

Ihr Gesichtsausdruck wurde mild. »Also schön. Kommen Sie rein!«

Ich war ein bisschen überrascht. Normalerweise glauben mir die Leute nicht, wenn ich Ihnen erzähle, dass ich bis letztes Jahr ein Engel war. Ich folgte ihr also ins Haus.

Agathe betrachtete den seltsamen jungen Mann. Sie wusste, dass sie solche Leute nicht hereinlassen durfte. Immerhin konnte er ein Betrüger oder gar ein Räuber sein, der sie überfiel und das Haus ausräumte, nachdem sie ihm erst die Tür geöffnet hatte.

Aber sie hatte nun mal eine Schwäche für verirrte Seelen, und ihr Gefühl sagte ihr, dass der Mann harmlos war. Ihr Instinkt, was Menschen betraf, hatte sie noch nie getrogen.

Sie führte ihn in die Küche. »Kommen Sie, setzen Sie sich, junger Mann. Sie können nicht lange bleiben. Aber Sie haben sicher Hunger. Hier, es sind noch ein paar Brötchen vom Frühstück übrig. Nehmen Sie ruhig! Die werden sonst sowieso an die Enten im Gartenteich verfüttert.« Sie stellte ihm einen Teller und den Brotkorb auf den kleinen Küchentisch, dazu etwas Marmelade und eine Scheibe Wurst. »Ich bin übrigens Agathe.«

Er ergriff zögernd ihre Hand. »Aman…, ich meine, Manfred.« Er blinzelte. Mit seinen lockigen blonden Haaren und den verdutzt dreinblickenden großen Augen hatte er tatsächlich etwas Engelhaftes. »Äh, also, eigentlich habe ich gar keinen Hunger. Ich bin gekommen, um mit Ihnen zu reden!«

Agathe nickte. Sie setzte sich zu ihm. »Erzählen Sie doch mal. Wo drückt denn der Schuh?«

Manfred druckste ein bisschen herum. »Nun, äh, wie soll ich sagen: Mir liegen da Informationen vor, Sie seien eine Sünderin!«

Agathe nickte. »Das stimmt wohl.«

Manfred schien erfreut. »Das ist ja sehr schön … ich meine, schlimm. Wollen Sie mir vielleicht von Ihren Sünden erzählen? Sie werden sehen, danach geht es Ihnen gleich viel besser!«

Agathe schüttelte den Kopf. »Tut mir leid, aber ich habe kein Interesse an der Mitgliedschaft in irgendeiner Sekte!«

»Sekte? Nein, nein, Sie verstehen mich ganz falsch!«

»Sie sind also nicht hier, um mich zu bekehren?«

Der junge Mann machte große Augen. »Doch! Woher wissen Sie das?«

Agathe seufzte. »Glauben Sie mir, das ist zwecklos. Wir bekommen hier oft Besuch von irgendwelchen Weltverbesserern. Aber ich bin nun mal gläubige Katholikin. Ich gehe jeden Sonntag zur Beichte, und das seit fast fünfzig Jahren. Ich weiß, dass der Heilige Vater nicht immer alles richtig macht, aber ich habe nicht den geringsten Anlass, die Konfession zu wechseln. Ich bleibe meinem Glauben treu!«

Das Gesicht des Mannes war immer länger geworden, während sie redete. »Aber … aber … Sie sagten doch, Sie seien eine Sünderin!«

»Natürlich. Das sind wir doch alle, oder?«

Manfred blickte verdattert. »Soll das heißen, Sie haben keine verdorbene Seele? Sie versuchen nicht, Menschen ins Unheil zu stürzen? Sie sind nicht brutal und rücksichtslos und nur auf Ihren eigenen Vorteil bedacht?«

Agathe lachte. »Guter Gott, ich hoffe nicht!«

»So ein Mist!«

Sie lächelte milde. »Sie scheinen ja nicht gerade begeistert zu sein, dass die Welt nicht so schlecht ist, wie Sie gedacht haben!«

»Nein … das heißt, doch. Ich bin wohl falsch informiert worden. Ich habe Sie schon zu lange aufgehalten. Vielen Dank für Ihre Freundlichkeit!«

»Sie sind sicher, dass Sie nicht doch etwas essen möchten?«

»Nein, wirklich nicht. Ich hatte heute Morgen schon eine Dose Erbsen zum Frühstück.«

»Und Sie … Sie kommen klar? Sie haben ein Zuhause, meine ich?«

»Natürlich! Ich wohne da zwar mit jemandem zusammen, der aus der Hölle kommt, aber wenn wir nicht gerade wieder mal nach Schwefel riechende Zwillinge zu Besuch haben, ist sie eigentlich ganz okay.«

Agathe überlegte einen Moment, ob sie Manfred unter einem Vorwand hier festhalten und heimlich den psychiatrischen Notdienst anrufen sollte. Aber sie entschied sich dagegen. In einer Anstalt würde es ihm vermutlich nicht besser gehen. Er wirkte weder verwahrlost noch gefährlich, und wenn man jeden verwirrten jungen Mann gleich einsperrte, wären die Anstalten sicher vollkommen überfüllt.

Sie begleitete ihren merkwürdigen Besucher zur Tür, wo er sich höflich verabschiedete. Er ging ein paar Schritte, dann drehte er sich auf dem Kiesweg in dem großen Vorgarten noch einmal um, so als sei ihm etwas eingefallen. »Sagen Sie, Sie kennen nicht zufällig eine Sünderin, oder? So eine richtige, meine ich, mit einer tiefschwarzen Seele?«

Agathe fiel natürlich sofort jemand ein, aber es schickte sich nicht, über eine andere Person schlecht zu reden – schon gar nicht, wenn diese Person ihr monatlich ein Gehalt zahlte und ihr ein zwar kleines, aber immerhin bewohnbares und dazu kostenloses Zimmer zur Verfügung stellte. »Tut mir leid, da kann ich Ihnen nicht helfen«, sagte sie.

»Schade. Ich war sicher, dass ich hier so jemanden antreffen würde. Aber ich habe mich wohl geirrt. Möge Gott mit Ihnen sein!«

»Und mit Ihnen!« Nachdenklich schloss Agathe die Tür. Sie ging in die Küche und räumte die Frühstücksreste weg, die dieser Manfred verschmäht hatte. Ein seltsamer Kauz war das gewesen. Aber bei all seiner Naivität und offensichtlichen Verwirrtheit hatte er etwas an sich gehabt, eine Ernsthaftigkeit und Aufrichtigkeit, die sie selten bei einem Menschen erlebt hatte. Einen Moment lang hatte sie fast geglaubt, er sei tatsächlich ein Engel in Menschengestalt.

Agathe war nicht gerade streng religiös – sie übertrieb immer ein bisschen, um Sektierern von vornherein den Wind aus den Segeln zu nehmen –, aber sie glaubte doch an eine höhere Macht, die die Menschen auf ihren verschlungenen Schicksalswegen leitete. Sie war sich nicht sicher, ob es so etwas wie Engel tatsächlich gab, aber es erschien ihr nicht abwegiger als die Geschichten über Quarks und Quantenphysik, die sie manchmal in populärwissenschaftlichen Magazinen las. Je mehr die Menschen über den Aufbau der Welt erfuhren, desto weniger verstanden sie ihn, so viel war klar. Warum also sollte es nicht möglich sein, dass jene rätselhafte höhere Macht tatsächlich einen Geist in den Körper eines Menschen sandte und ihn zu ihr schickte?

Aber wenn es so gewesen wäre, hätte sich dieser Geist wohl kaum so verwirrt aufgeführt, oder? Es schien beinahe, als habe er sie verwechselt – als sei er in Wahrheit nicht ihretwegen gekommen, sondern wegen ihrer Dienstherrin Pamela Papenheim.

Sie schämte sich augenblicklich für diesen Gedanken. Es stand ihr nicht zu, über andere Menschen zu urteilen. Schließlich konnte sie nicht in ihre Seele sehen. Doch sie konnte ihre Abneigung gegen diese Frau kaum abschütteln.

Von Anfang an hatte sie das Gefühl gehabt, dass sich Pamela Reiser ins Leben der Familie Papenheim gezwängt hatte wie eine Schlange in einen Kaninchenbau. Nicht, dass das Familienleben vorher eine heile Welt gewesen wäre. Seit Agathe vor vielen Jahren in dieses Haus gekommen war, hatte sie viel Leid gesehen. Es war, wie die Leute sagten – Geld allein machte nicht glücklich. Gustav Papenheim war ein strenger, fast verbissener Mann gewesen, der sich und seiner Familie das Äußerste abverlangte. Aber er war zu Agathe immer höflich und fair gewesen. Allerdings hatte er sich dem Charme all der Frauen, die ihn zu umgarnen versuchten, nicht immer entziehen können. So war es kein Wunder gewesen, dass die Ehe mit der Schauspielerin und Sängerin Rosita Rosso zerbrochen war.

Agathe war zu lebenserfahren, um dem Hausherrn allein die Schuld an der Trennung zu geben. Aber sie hatte Rosita Papenheim sehr gemocht. Sie war eine fröhliche Frau gewesen, ein wenig zerstreut und nachlässig vielleicht, aber immer mit einem Lächeln auf den Lippen. Wenn Agathe Fabian betrachtete, dann sah sie seine Mutter in seinem Gesicht, doch das Lächeln erreichte seine Lippen nur selten.

Als Rosita nach einer unbeschreiblichen Schlammschlacht in die USA gegangen und kurz darauf Pamela Reiser in das Leben der Papenheims eingebrochen war wie ein plötzlich heraufziehendes Sommergewitter, war Agathe kurz davor gewesen, ihre Anstellung zu kündigen. Die herablassende Art, mit der Pamela sie behandelte, hätte sie noch ertragen. Doch wie sie Gustav Papenheim umgarnte und manipulierte, wie sie seine erste Frau schlechtmachte, vor allem, wie sie Fabian immer wieder beiseitedrängte, hatte Agathe wütend gemacht. Sie war vor allem wegen des Jungen geblieben.

Nach einer Fehlgeburt im Alter von zweiundzwanzig Jahren hatte Agathe nie mehr eigene Kinder bekommen können. Es hatte sie schwer getroffen – sie hatte immer von einer Familie geträumt. Fabian war ihr rasch ans Herz gewachsen, und sie liebte ihn wie einen eigenen Sohn. Sie hatte es nicht übers Herz gebracht, ihn allein mit dieser Schlange zurückzulassen.

Während sie das abgewaschene Geschirr in den Küchenschrank räumte, dachte sie immer wieder über die kurze Begegnung mit Manfred nach. War es denkbar, dass das Schicksal ihn aus einem bestimmten Grund zu ihr geführt hatte? War es ein Zeichen des Himmels gewesen? Wenn ja, was hatte es zu bedeuten?

Sie wusste es nicht. Aber sie nahm sich vor, wachsam zu sein.

13.

»Und?«, fragte mich eine innere Stimme, die zweifellos die von Tobias war.

»Was, und?«, dachte ich.

»Warst du erfolgreich? Hast du sie zum Licht geführt?«

»Du machst wohl Witze! Die Frau hat eine Seele wie frisch gefallener Schnee an einem Januartag bei strahlendem Sonnenschein!«

Tobias schwieg einen Moment verwirrt. »Bist du sicher?«, fragte er schließlich. »Sie ist ziemlich gut darin, anderen etwas vorzumachen!«

»Ha! Mich täuscht so leicht keiner!«

»Hm.« Tobias schien zu überlegen. »Sag mal, wie sah sie eigentlich aus?«, fragte er.

»Na, das müsstest du doch wissen. Du kennst sie schließlich besser als ich.«

»Beschreib sie mal.«

»Also, sie hat …«, begann ich, aber Tobias unterbrach mich mitten im Gedanken. »Schon gut, ich sehe das Bild in deiner Erinnerung. Kein Wunder, dass das mit der Bekehrung nicht geklappt hat. Du hast die Falsche erwischt!«

»Die Falsche?«

»Die Frau, mit der du gesprochen hast, ist Agathe, das Hausmädchen. Die Böse ist ihre Herrin, Pamela Papenheim.« Ein Bild erschien vor meinem geistigen Auge – eine blonde Frau mit großem Busen, einem verführerischen Lächeln auf ihren vollen Lippen und tiefgründigen dunklen Augen. Sie sah beinahe so aufregend aus wie Siraxis.

»Okay. Ich geh noch mal los und knöpf sie mir vor. Und du? Kommst du weiter mit deiner Liebesgeschichte?«

»Na ja, es geht. Ich arbeite noch dran.«

»Ich will aber in den Zirkus!«, rief Nina. Um ihren Willen zu unterstreichen, schlug sie mit ihrer Puppe auf den Boden, bis Fabian fürchtete, der zarte Kopf mit den langen blonden Haaren könne abbrechen und in makabrer Weise durch das Wohnzimmer kugeln.

»Das ist doch nur so ein kleiner Zirkus, das ist bestimmt ganz langweilig! Nicht so wie der im Fernsehen!«, sagte Pamela.

»Trotzdem! Ich will Clowns sehen und Löwen und Tiger und Elefanten!«

»Ich fürchte, Elefanten haben die dort nicht«, sagte Fabian. »Und Löwen und Tiger auch nicht.« Er streichelte ihr über den Kopf, um ihre Zornaufwallung zu besänftigen. Seine kleine Schwester hatte offenbar das Temperament von ihrer Mutter und den Sturkopf von ihrem gemeinsamen Vater geerbt – oder auch umgekehrt.

»Trotzdem!« Nina zog eine Schnute, die in ihrem Alter noch herzzerreißend süß aussah, aber schon ahnen ließ, was auf alle Beteiligten zukam, wenn sie die Pubertät erreichte.

»Du wirst dich bestimmt langweilen«, sagte Pamela.

Nina runzelte die Stirn. »Haben die denn auch keine Clowns?«, fragte sie.

»Doch«, sagte Fabian. »Clowns haben sie, glaube ich.«

»Aber bestimmt nur ganz doofe!«, sagte Pamela.

»Das ist doch gerade gut, wenn die doof sind«, stellte Nina fest. »Dann ist es viel lustiger!«

Pamela rollte mit den Augen. »Also schön. Dann geht halt Fabian mit dir in den Zirkus!«

Fabian war gern bereit, mit Nina in den Zirkus zu gehen, wenn er ihr damit eine Freude machte. Trotzdem störte es ihn, dass Pamela nicht einmal fragte, ob er einverstanden war. Es wurde einfach als selbstverständlich vorausgesetzt, dass er für seine kleine Schwester den Babysitter spielte, als sei er ihr Angestellter.

Er hatte ja Zeit. Pamela wusste, dass er sein Studium der Betriebswirtschaft schleifen ließ. Er hasste sich manchmal selbst dafür, dass er schon im sechsten Semester war und immer noch nicht das Vordiplom geschafft hatte. Aber jedes Mal, wenn er einen neuen Anlauf machte, um zu lernen und sich auf eine Klausur vorzubereiten, verließ ihn schon nach kurzer Zeit der Wille. Es war einfach stinklangweilig, sich mit Bilanzen, Lagrange-Multiplikatoren oder den Gossenschen Gesetzen zu beschäftigen. Wenn er sich gerade durch ein oder zwei Seiten eines staubtrockenen Lehrbuchs gekämpft hatte, war da diese Stimme in seinem Kopf, die ihm zuflüsterte: Wozu quälst du dich? Das hast du doch gar nicht nötig. Genieß das Leben – alt wirst du früh genug.

Zwar gab es in letzter Zeit noch eine zweite Stimme, die ihn fragte, ob er für den Rest seines Lebens vom Vermögen seines Vaters abhängig sein wollte. Doch diese zweite Stimme war irgendwie leiser, zaghafter und viel leichter zu ignorieren.

Üblicherweise nahm Fabian dann seine Gitarre und arbeitete ein wenig an einer neuen Komposition. Er redete sich ein, dass er eines Tages mit seiner Musik ganz groß rauskommen und es dann allen zeigen würde, aber er wusste, dass er sich damit selbst belog. Er war dabei, sein Leben zu verschleudern.

Ihm fiel der Choso Muku ein, der Nina bald sehr glücklich machen und Pamela in den Wahnsinn treiben würde, und seine Laune besserte sich schlagartig.

»Gehen wir jetzt?«, fragte Nina.

Er nickte. »Wir gehen!«

Als er kurz darauf mit seiner kleinen Schwester aus dem Auto stieg, bereute er augenblicklich, Ninas Wunsch nicht noch energischer widersprochen zu haben. Die Tatsache, dass er kurz vor der Vorstellung einen Parkplatz direkt vor der Wiese bekam, auf der das winzige Zirkuszelt aufgebaut war, sagte eigentlich schon alles. Aus dem hohen Schornstein der nahe gelegenen Müllverbrennungsanlage zog ein unangenehmer Geruch herüber.

Vor der Kasse stand niemand. Eine ältere Frau mit dunklem Teint, die früher einmal strahlend schön gewesen sein mochte, blickte auf, beinahe überrascht, tatsächlich Publikum zu sehen.

Sie lächelte, und Fabian hatte das Gefühl, dass sie ihn an jemanden erinnerte.

Er legte die beiden Gutscheine für Freikarten auf den Tresen, die Nina von der Zauberfrau zum Geburtstag bekommen hatte. Die Kassiererin nahm die Karten und zerriss sie. »Das macht dann elf Euro, bitte!«

»Was? Wieso? Das waren doch Freikarten!«

»Sehen Sie mal hier!« Die Frau hielt ihm zwei Hälften einer Karte hin und zeigte auf einen winzigen, dunkelgrauen Schriftzug auf schwarzem Hintergrund. Dort stand, dass die Freikarte nur in Verbindung mit einer voll bezahlten Karte für einen Logenplatz gültig war.

Elf Euro waren für Fabian Papenheim ein lächerlicher Betrag, weniger als das Trinkgeld, das er üblicherweise dem Kellner bei einem seiner opulenten Abendessen im Restaurant L'Aubergine zusteckte. Aber es ärgerte ihn trotzdem, dass er so offensichtlich über den Tisch gezogen worden war.

Die Frau bemerkte seine Verärgerung. Sie setzte ihr charmantestes Lächeln auf, und das war wirklich ziemlich – charmant. »Es tut mir leid, aber wir brauchen das Geld. Wir müssen die Tiere versorgen, verstehen Sie?«

Fabian hielt das für eine faule Ausrede, aber irgendetwas war an dieser Frau, das ihn seinen Ärger herunterschlucken ließ. Er zuckte mit den Schultern und bezahlte. »Und meine Karten?«, fragte er, als die Frau keine Anstalten machte, ihm welche auszuhändigen.

»Sie können durchgehen. Der Eingang ist gleich da vorn!«

Die Wegbeschreibung war unnötig, denn auf der kleinen Wiese konnte man sich unmöglich verlaufen. Mit dem sicheren Gefühl, einen Nachmittag zu vertrödeln und Nina schon wieder eine Enttäuschung zu bereiten, betrat er das Zirkuszelt.

Innen wirkte es noch kleiner als von außen. Die Manege durchmaß vielleicht zehn, höchstens zwölf Meter. Rundherum standen drei Reihen rostiger Gartenstühle, die bis auf wenige Ausnahmen leer waren. Die Besucher bestanden aus einem halben Dutzend Mädchen im vorpubertären Alter, die unablässig kicherten und auf ihren Handys tippten, einer alten Dame mit einem Zwillingspärchen in Ninas Alter sowie einer fünfköpfigen Familie, deren Mitglieder allesamt so dick waren, dass Nina mit dem Finger auf sie zeigte und fragte: »Sind das da die Clowns?«

Fabian setzte sich mit seiner Halbschwester auf Stühle direkt an der Manege, die jeweils mit dem Aufkleber »Loge« gekennzeichnet waren. Er vermutete allerdings, dass es wenig zu sehen gab, dessentwegen sich ein guter Blick lohnte.

Nach einiger Wartezeit – offenbar hoffte der Zirkus noch auf ein paar Nachzügler, die aber ausblieben – ging das Licht aus. Zirkusmusik plärrte aus einem klappigen Lautsprecher, der an einem der beiden zentralen Zeltmasten befestigt war.

Ein älterer Mann mit abgewetztem Frack und verbeultem Zylinder betrat die Manege und stellte sich in den schmalen Lichtkegel eines einzelnen Scheinwerfers, der von der Spitze des Zeltes herableuchtete.

»Da! Ein Clown!«, rief Nina, so laut, dass es jeder im Zirkus verstand.

Der Mann wandte sich zu ihr um und zwinkerte ihr zu. »Gutännn Tag, meine sährr verährrte Damänn und Härrennn!«, rief er und verbeugte sich tief. Er sprach in ein Mikrofon, so dass seine Stimme viel zu laut und verzerrt aus dem kleinen Lautsprecher plärrte, obwohl ihn die wenigen Anwesenden auch problemlos verstanden hätten, wenn er nur geflüstert hätte. »Mein Namä ist Alfonso Rigatoni, bärrühmte Domptör aus Italia und Diräktor von diese Zirkus. Ich Sie heiße härrzlich willkommen in grossse Zirkus Quattro Stagioni!«

Fabian verzog das Gesicht. Er war schon oft genug in Rom, Mailand und Florenz gewesen, um den italienischen Akzent als aufgesetzt und falsch zu erkennen.

»Ich Ihnänn jetzt zeige berühmte Nummärr von Drässsur mit Pfärrde und andere Tiere!« Der Mann verbeugte sich ein weiteres Mal. Ein lustiger Marsch erscholl, und zwei Ponys sowie einige Ziegen trabten in einem unordentlichen Haufen in die Manege. Der »bärrühmte Domptör aus Italia« schaffte es immerhin, sie im Kreis herum laufen und ein paar Mal auf Kommando auf der Stelle wenden zu lassen. Der Rest der Dressurnummer war auch nicht viel spektakulärer: Die Tiere trabten hintereinander her, stellten ihre Hufe auf die Rücken ihrer Vordertiere und auf die Einfassung der Manege und ließen sich schließlich von den Kindern streicheln.

Nina störte sich nicht daran, dass das Ganze so armselig wirkte. Sie kraulte die Tiere mit kindlicher Inbrunst und lächelte glücklich. Ein Hund war möglicherweise genau das Richtige für sie.

Als der Zirkusdirektor-Dompteur sich abschließend noch einmal verbeugte, als stünde er in einem mit jubelnden Menschen gefüllten Zirkuszelt, bedauerte Fabian ihn beinahe. Er klatschte ein paar Mal lustlos in die Hände. Die Mädchen, die während der Darbietung ununterbrochen gekichert und SMS getippt hatten, sahen kurz von ihren Handys auf.

»Und jätzt«, sagte der Zirkusdirektor mit einer traurigen Stimme, als ahne er, dass ihm ohnehin niemand die nächsten Worte glauben würde, »jätzt Sie sähen einmalige Sännsazione von Wällt – Miss Mafalda Rigatoni! Applaus, Applaus, per favore!«

Herein kam die Zauberfrau. Sie trug ein hautenges Kostüm in Dunkelblau, das mit Gold- und Silberfäden durchwirkt war und ihren schlanken, muskulösen Körper perfekt zur Geltung brachte. Sie machte ein, zwei Schritte, dann flog sie plötzlich durch die Luft, als sei sie auf eine im Boden eingelassene Sprungfeder getreten, machte einen Salto und anschließend einen Flickflack, der direkt in einer tiefen Verbeugung endete.

Sie kletterte eine Leiter an einem der beiden Tragmasten hinauf. In etwa zwei Meter Höhe war eine kleine Plattform befestigt, von der ein Stahlseil zu dem anderen Mast gespannt war.

Leichtfüßig betrat die Zauberfrau das Seil, wobei sie leichte Schwankungen mit ihren Armen ausglich. In der Mitte blieb sie stehen und verbeugte sich noch einmal in Richtung der fetten Familie, deren Mitglieder dabei waren, große Tüten Popcorn zu mampfen.

Sie machte einen Spagat. Plötzlich kippte sie zur Seite, so dass Fabian erwartete, sie im nächsten Moment im Sägemehl der Manege liegen zu sehen. Doch sie griff blitzschnell nach dem Seil, holte im Fallen Schwung, ließ ihren grazilen Körper zweimal um das Seil kreisen und beim zweiten Aufschwung los, überschlug sich und stand plötzlich wieder mit beiden Beinen sicher auf dem Seil.

Fasziniert verfolgte Fabian jede ihrer Bewegungen, das Spiel ihrer durchtrainierten Muskeln unter dem hautengen Kostüm. Er hatte noch nie eine Frau mit einer so perfekten Körperbeherrschung gesehen.

Sie schlug ein Rad, und jetzt hörten auch die Mädchen auf zu kichern, ignorierten das Vibrieren ihrer Handys und sahen mit großen Augen zum Seil auf.

Die Frau ging zurück zu der Plattform, zog ein dünnes, schwarzes Tuch hervor und verband sich die Augen.

Der Zirkusdirektor, der sich inzwischen hinter dem Vorhang zum Eingang der Manege verborgen hatte, trat hervor. »Sährr verährrte Damänn und Härrennn, liebe Kindärr«, rief er. »Sie jetzt sähen eine Weltsännsazione. Die großartige, die unglaubliche Mafalda Rigatoni wird Ihnen jetzt vorführen eine Salto auf die Hochseil. Eine Salto mit verbundene Augän! Ich bitte um absolute Ruhä!«

Tatsächlich wurde es still im Zirkuszelt. Nur das Rascheln der Dicken mit ihren Popcornbechern und der Verkehrslärm von draußen waren zu hören.

Mafalda Rigatoni, oder wie immer sie wirklich hieß, machte ein, zwei Schritte, sprang hoch, zog Arme und Beine an, überschlug sich und landete dann sicher auf dem stark schwankenden Seil.

Fabian fiel die Kinnlade herunter. Ihm wurde plötzlich klar, dass die Darbietung dieser Frau nicht das Geringste mit der

Armseligkeit der Vorführungen des Dompteurs gemeinsam hatte. Was sie gerade gezeigt hatte, war Weltklasse. Sie gehörte nicht in so eine traurige Umgebung!

Die Frau auf dem Seil nahm das Tuch von ihren Augen. Sie blinzelte ein, zwei Mal, als müsse sie sich erst wieder an die Helligkeit der Scheinwerfer gewöhnen. Sie verbeugte sich in Richtung der dicken Familie, drehte sich dann in einer eleganten Pirouette um sich selbst, um sich in Richtung von Fabian und Nina verbeugen zu können.

Fabians Blick traf ihren. Er bemerkte, wie sich ihre Augen unmerklich weiteten und ihr professionelles Lächeln ins Wanken kam. Sie schien plötzlich unsicher zu werden, schwankte, ruderte mit den Armen, konnte sich jedoch nicht mehr abfangen. Sie sprang vom Seil, landete unsicher, machte einen stolpernden Schritt nach vorn und fing sich endlich. Sie versuchte, den unvollkommenen Abgang mit einer Verbeugung zu kaschieren, und lief schnell aus der Manege.

Erst jetzt wurde Fabian klar, dass er ganz vergessen hatte zu applaudieren. Er holte das umso heftiger nach, und auch die wenigen anderen Zuschauer fielen in seinen Beifall ein. Selbst die dicken Kinder stellten ihre Popcornbecher ab und schlugen ihre fleischigen Hände mit nassen Geräuschen aneinander.

Vom Rest der Vorstellung blieb Fabian nicht viel im Gedächtnis. Immer wieder sah er Mafalda Rigatonis Auftritt vor sich. Sie war einfach umwerfend gewesen.

»Am besten fand ich den Clown!«, sagte Nina, als die Vorstellung schließlich endete. »Der konnte toll zaubern, oder?«

»Clown? Was für ein Clown?«, fragte Fabian. Er zog Nina aus dem Zelt. Am Ausgang stand die Frau, die ihm die Karten verkauft hatte, und verabschiedete die Gäste. »Ich hoffe, es hat Ihnen gefallen, und dir auch, junge Dame«, sagte sie.

»Es war toll!«, sagte Nina.

Die Frau lächelte. »Dann erzähl es deinen Klassenkameraden, ja? Hier, ich schenke dir noch ein paar Freikarten für deine Freunde!« Sie drückte Nina drei Gutscheine in die Hand.

»Die junge Frau auf dem Seil«, setzte Fabian an.

»Das ist meine Tochter Mafalda«, sagte die Frau mit einem stolzen Lächeln. »Sie ist großartig, nicht wahr?«

»Ja, das ist sie«, sagte Fabian. Er wusste nicht so genau, was er eigentlich hatte sagen wollen. Aber irgendwie erschien es ihm nicht richtig, einfach so wieder nach Hause zu fahren, ohne sie wenigstens noch einmal kurz gesehen zu haben. Seine Kehle fühlte sich plötzlich an wie Schmirgelpapier.

»Sie war bei uns, neulich, auf meinem Geburtstag«, kam ihm Nina zu Hilfe. »Sie hat so getan, als ob sie zaubern könnte, dabei waren das alles nur Tricks! Aber die Kunststücke auf dem Seil eben, die waren echt gut!«

Fabian nickte wie ein Wackeldackel auf der Hutablage eines Geländewagens während der Rallye Paris–Dakar. »Ich wollte, äh, mich noch einmal bei ihr bedanken«, brachte er heraus.

Die Frau lächelte wissend. »Warten Sie einen Moment. Ich hole sie.« Damit verschwand sie in einem der Wohnwagen.

14.

Bekehrungsversuch, die Fünfte. Und Action!

Entschlossen, diesmal alles richtig zu machen, spazierte ich die elegante Allee entlang, die von der Busstation zur Villa der Papenheims führte. Kurz bevor ich das Grundstück erreichte, spürte ich eine Hand auf meiner Schulter.

»Einen Augenblick bitte«, sagte eine dunkle Stimme.

»Ja genau, einen Augenblick«, sagte eine zweite Stimme, die der ersten stark ähnelte.

Ich fuhr herum. Zwei hochgewachsene Männer mit breiten Schultern, kahlen Schädeln und buschigen, tief herabhängenden Augenbrauen blickten mich finster an. Sie trugen unauffällige dunkle Anzüge. Offensichtlich waren eineiige Zwillingspärchen in Frankfurt häufiger, als ich vermutet hatte. Aber so ist das mit der Statistik: Man kann sich nicht darauf verlassen, dass unwahrscheinliche Dinge nicht passieren.

»Was wollen Sie von mir?«, fragte ich.

»Sicherheitsdienst«, sagte der Mann, der mich festgehalten hatte. Der andere nickte.

»Ja, und? Ich habe doch nichts getan!«

»Das will ich Ihnen auch nicht raten!«, sagte der erste Zwilling.

»Wir können nämlich auch anders«, ergänzte sein Bruder.

»Was soll der Blödsinn? Lassen Sie mich gefälligst los!« Ich drehte mich um und setzte meinen Weg fort, doch die beiden blieben mir dicht auf den Fersen. Als ich auf das Grundstück der Papenheims einbiegen wollte, packte mich der eine am Kragen. »Hier geblieben!«

»He! Was soll das!«, rief ich. Ich sah mich um. Eine alte Dame führte auf der anderen Straßenseite ihren Dackel spazieren. Sie beachtete mich nicht. Um Hilfe zu rufen würde wenig bringen.

»Sie sind hier nicht erwünscht«, sagte Zwilling Eins.

»Wir wollen hier Leute wie Sie nicht haben«, ergänzte der andere.

»Dies ist ein freies Land«, sagte ich trotzig. »Ich kann gehen, wohin ich will!«

Zwilling Eins schüttelte den Kopf. Er wies auf den Kiesweg zur Villa der Papenheims. »Das ist Privateigentum. Und wir haben den Auftrag, zwielichtige Gestalten fernzuhalten!«

»Aber ich will doch nur Frau Papenheim besuchen.«

Die Zwillinge schienen einen Augenblick unschlüssig, was sie jetzt tun sollten. »Das geht leider nicht«, sagte der eine.

»Ehemalige Eng… ich meine … äh, Unbefugte dürfen das Grundstück leider nicht betreten!«, sagte der andere. Der Erste warf ihm einen finsteren Blick zu.

Ein eisiger Schauer lief mir über den Rücken. Sie wussten, wer ich war! Das konnte nur eins bedeuten … »Wer hat euch diesen Auftrag gegeben?«

»Frau Papenheim«, sagte der eine Zwilling.

»Der Boss«, sagte der andere gleichzeitig. Sie sahen sich einen Moment an, dann korrigierte er sich. »Ich meine natürlich, Frau von Papenheim ist unser Boss, sozusagen.«

Ich versuchte, sie zu überrumpeln. »Ihr meint wohl, Siraxis!« Die beiden erbleichten. »Ihr sollt verhindern, dass ich Frau Papenheim bekehre, stimmt's?«

Die Zwillinge lachten. »Bekehren! Frau Papenheim! Hahaha, das ist wirklich eine lustige Idee!«

»Hahaha! Bekehren! Wo doch in Wirklichkeit, haha, die Prophezeiung … äh, ich meine, das ist wirklich eine lustige Idee!« Zwilling Zwei blieb angesichts des vernichtenden Blicks seines Bruders das Lachen im Halse stecken.

Nun wurde es interessant. »Prophezeiung? Was für eine Prophezeiung?«, fragte ich beiläufig.

»Das geht dich gar nichts an!«

»Ja, das ist nämlich absolut geheim. Das darf niemand wissen. Wir wollen schließlich nicht, dass irgendwer im Himmel davon Wind bekommt!«

»Halt endlich die Klappe, Arinox!«

»Da draußen ist ein gut aussehender junger Mann, der dich sprechen möchte«, sagte Mafaldas Mutter.

Mafalda zuckte zusammen. Sie wusste sofort, von wem die Rede war. »Sag ihm, ich fühle mich nicht wohl!«

Das war nicht mal gelogen. Noch nie, seit sie als junges Mädchen ihre ersten Gehversuche auf dem Seil gemacht hatte, war ihr ein solcher Patzer unterlaufen wie heute. Sie war jetzt beinahe froh, dass der Zirkus nur so wenig Zuschauer hatte und nicht mehr Menschen ihr peinliches Missgeschick mitbekommen hatten. Sie hatte geschwankt wie Piotr, wenn er wieder einen über den Durst getrunken hatte, und war wie ein Tölpel vom Seil gefallen. Als habe sie das zum ersten Mal in ihrem Leben gemacht!

Sie wusste nicht genau, was eigentlich passiert war. Der schwierige Teil ihrer Übung war gut gelaufen. Dann hatte sie ihn gesehen, und plötzlich waren ihr die Scheinwerfer sengend heiß erschienen, während ihr gleichzeitig vom kühlen Luftzug, der durch die Öffnungen an der Spitze des Zelts hereinwehte, ein kalter Schauer über den Rücken lief. Irgendwo in ihrem Inneren musste eine Sicherung durchgebrannt sein, und ihr war schwindlig geworden. Schwindlig!

Vielleicht hatte sie sich eine Grippe eingefangen. Aber jetzt, wo es vorbei war, fühlte sie sich eigentlich ganz normal, wenn man von dem seltsamen Flattern in ihrer Magengegend absah. Bei dem Gedanken, ihm noch einmal unter die Augen zu treten, verstärkte sich das Flattern beträchtlich und weitete sich zu einem Gefühl aus, das an Übelkeit grenzte.

»Ich habe ihm gesagt, ich hole dich«, sagte ihre Mutter.

»Du solltest froh sein über jeden Zuschauer, der dich bewundert, Maffy«, sagte ihr Vater. »Wahrscheinlich möchte er nur ein Autogramm. Du bist es deinen Fans schuldig, dass du mit ihnen sprichst.«

»Ha!« Mafalda verschränkte die Arme vor der Brust. »Ein Autogramm? Der? Ich habe dir doch von dem Kindergeburtstag erzählt mit diesen verwöhnten Gören. Das war er, der mich gebucht und dann unverrichteter Dinge wieder nach Hause geschickt hat, nachdem ich über eine halbe Stunde in der verdammten Zauberkiste eingeklemmt war!«

»Immerhin hat er für deinen Auftritt bezahlt, und zwar recht großzügig, wenn ich mich nicht irre«, sagte ihr Vater. »Ich weiß, dass dir diese Kindergeburtstage keinen Spaß machen, aber wir brauchen nun mal das Geld!«

»Ich glaube, das kleine Mädchen, das Geburtstag hatte, ist bei ihm«, sagte ihre Mutter. »Ich habe sie während der Vorstellung beobachtet. Sie scheint sich ganz ordentlich amüsiert zu haben. Ich habe ihr ein paar Freikarten geschenkt, für ihre Freunde. Du weißt, wie bitter nötig wir es haben, dass unsere Zuschauer uns weiter empfehlen. Also stell dich nicht so an und komm jetzt!« Den letzten Satz sagte sie in jenem mütterlichen Tonfall, der keinen Widerspruch duldete.

Mafalda folgte ihrer Mutter aus dem Wohnwagen. Sie trug nur Jeans und ein ausgewaschenes T-Shirt, aber nach ihrem peinlichen Patzer war es ja auch egal, wie sie aussah.

»Hallo«, sagte der reiche Typ. Fabian Papenheim, wenn sie sich recht erinnerte.

»Hallo«, sagte Mafalda.

Eine peinliche Pause entstand.

»Ich wollte …«, begann er.

»Das war toll«, sagte das kleine Mädchen neben ihm gleichzeitig. »Kannst du mir das mal beibringen, wie man so einen Purzelbaum in der Luft macht, mit verbundenen Augen?«

Mafalda musste lachen. »Gern«, sagte sie. »Dann musst du aber ganz oft herkommen und üben!«

»Au ja«, sagte das Mädchen. »Aber dann darf ich auch immer die Ponys streicheln, und die Ziegen, ja?«

»Sooft du willst«, sagte Mafalda.

»Ich fürchte, deine Mutter wird nicht begeistert sein, wenn sie hört, dass du Zirkusartistin werden willst«, sagte Fabian Papenheim.

Die Kleine zog eine Schnute. »Mami will immer nur, dass ich

zu dem doofen Ballettunterricht gehe. Aber ich will viel lieber Purzelbäume in der Luft machen! Und Zaubern will ich auch lernen! Und Pompör werden, oder wie das heißt!«

»Äh, nun ja, jedenfalls ...«, sagte er. Er wirkte seltsam nervös, so als sei er es, der sich vor allen Leuten einen peinlichen Schnitzer erlaubt hatte. »Ich wollte mich noch mal bedanken!«

»Bedanken? Dafür, dass ich neulich die Kinder auf Ihrer Geburtstagsparty gelangweilt habe?«

»Na ja«, sagte er, als erkläre das alles.

»Kann ich noch mal die Tiere sehen?«, fragte das Mädchen.

Bevor Mafalda etwas entgegnen konnte, sagte ihre Mutter: »Aber gern! Komm mal mit!« Sie führte die beiden zu dem kleinen Freigehege. Mafalda folgte ihnen.

Die Ponys und Ziegen kamen sofort an den Zaun. Sie wussten, dass sie eine Belohnung erhielten, wenn sie freundlich zu den kreischenden Gören waren, die an Sonntagnachmittagen hier herumtobten.

»Die sind ja süß!«, sagte das Mädchen, während sie die beiden Ponys vorsichtig am Hals streichelte. Sie erschrak ein wenig, als eine vorwitzige Ziege an ihrem hellblauen Kleid knabberte, doch dann lachte sie hell. »Kaufst du mir eine Ziege, Fabian? Bitte, bitte?«

Ein Grinsen glitt über sein Gesicht, als amüsiere ihn der Gedanke. »Ich dachte, du wolltest einen Hund, so wie den aus dem Fernsehen!«

»Ja, den auch«, sagte das Mädchen.

»Ich glaube, die Ziegen hier kann man nicht kaufen. Die brauchen die Leute vom Zirkus doch für die Vorstellung.«

Mafaldas Vater räusperte sich. Mafalda warf ihm einen scharfen Blick zu. Sie wusste, dass er der kleinen reichen Göre liebend gern eine Ziege verkauft hätte. Aber aus irgendeinem Grund wollte Mafalda auf keinen Fall, dass sie auf das Thema Geld zu sprechen kamen.

»Dann können wir ja den ganzen Zirkus kaufen«, sagte das Mädchen.

Ihr Bruder lachte. »Ja, das könnten wir vielleicht. Aber ich glaube, deine Mutter wäre erst recht nicht begeistert!«

Das Mädchen zog eine Schnute. Dann zwinkerte sie ihrem Bruder zu. »Sie muss es ja nicht unbedingt erfahren!«

Fabian Papenheim zwinkerte zurück. »Na, ich kann ja mal darüber nachdenken.«

Mafalda versteifte sich. Die Arroganz, mit der dieser Schnösel sie und ihre Familie behandelte, raubte ihr den Atem. Ihr Gesicht wurde zu einer Maske. »Es ist schon spät«, sagte sie. »Und wir haben noch viel zu tun. Sie gehen jetzt besser. Auf Wiedersehen.«

Fabian Papenheim wirkte überrascht und ein wenig verwirrt. »Ich meinte nur … ich dachte … eigentlich wollte ich Sie fragen, ob Sie …«

Mafalda wandte sich wortlos um und ging mit steifen Schritten in den Wohnwagen.

»Was hast du denn?«, fragte ihr Vater ein paar Minuten später. Er legte seine große Hand auf ihre Schulter.

»Dieser arrogante Idiot!« Sie saß am Esstisch, vor sich einen Tee, der sie eigentlich beruhigen sollte, aber nun unberührt vor sich hin dampfte.

»Also, ich fand ihn eigentlich ganz nett«, sagte ihr Vater.

»Ganz nett? Hast du nicht gehört, wie der über uns geredet hat? Wie über einen Gebrauchtwagen! Typen wie der denken, sie können alles kaufen!«

»Was wäre denn so schlimm daran, wenn jemand den Zirkus kauft? Ein Investor würde uns Geld geben, damit wir wieder Tiere kaufen können und vielleicht eine neue Bestuhlung, und …«

»Investor? Wovon träumst du?«

»Na ja, du hast doch gesagt, der Typ ist sehr reich, und reiche Leute investieren doch in …«

Mafalda schüttelte den Kopf über so viel Naivität. »Ich verstehe ja nicht viel von wirtschaftlichen Dingen, aber reiche Leute kaufen Aktien von Computerfirmen oder Textilfabriken in Indien oder Diamantminen in Südafrika, aber doch keinen

Zirkus am Stadtrand von Frankfurt! Noch dazu einen so heruntergekommenen!« Sie atmete tief ein, um die Wut zu dämpfen, die immer noch ihren ganzen Körper schüttelte. »Wenn dieser Papenheim unseren Zirkus kaufen würde, dann nicht als Investment, sondern als Spielzeug für seine kleine Schwester! Und was, glaubst du, passiert, wenn diese kleine Göre keine Lust mehr hat, Zirkus zu spielen?«

Ihr Vater schwieg. Sein betretener Gesichtsausdruck zeigte, dass er begriff. Nach einer Weile nickte er. »Ich dachte für einen Moment, dass wir vielleicht eine Lösung finden können. Aber du hast recht. Man soll seine Seele nicht verkaufen. Und dieser Zirkus …« Er konnte plötzlich nicht mehr weitersprechen.

Mafalda legte ihre Hand auf seine. »Wir dürfen nicht aufgeben«, sagte sie. »Da ist doch immer noch die Sache mit Jean-Paul!«

Ihr Vater schüttelte den Kopf. »Das ist sinnlos, das weißt du. Du hast doch gesehen, wie uns dieser Werbemensch behandelt hat. Selbst wenn wir Jean-Paul finden, werden sie ihn uns niemals freiwillig zurückgeben.«

Mafalda nickte. »Freiwillig nicht!«

15.

»Ich hab was rausgefunden«, rief ich aufgeregt, als ich Gabriel endlich am Apparat hatte.

»Aha. Mhm. Soso.« Er klang, als würde er nebenher Manna kauen.

»Es geht um eine Prophezeiung!«

»Prophezeiung? Was denn für eine?«

»Keine Ahnung.«

»Du rufst mich an, mitten beim Abendmahl, um mir zu sagen, dass es um eine Prophezeiung geht, aber du weißt nicht, um welche?«

»Na ja, ich dachte, du wüsstest vielleicht Bescheid. Auf jeden Fall ist es doch wichtig zu wissen, dass da eine Prophez...«

»Hör mir auf damit! Es geht doch IMMER um irgendeine Prophezeiung! Hast du eigentlich eine Ahnung, wie viele Weissagungen, Orakelsprüche, Sterndeutungen und was weiß ich noch alles es gibt? Das ganze Archiv ist voll davon! Jeder zweite Sterbliche, der mal schlecht geträumt hat, hält sich doch für einen Propheten! Von den ganzen Übersetzungs- und Interpretationsfehlern will ich gar nicht erst anfangen. Wie soll ich da wissen, von welcher Prophezeiung du redest, wenn du es selbst nicht weißt? Und überhaupt, woher weißt du eigentlich davon?«

Ich erzählte ihm von meiner Begegnung mit den beiden angeblichen Sicherheitsleuten.

»Hmm«, sagte Gabriel. »Und du bist sicher, sie wussten, wer du bist? Das klingt alles ein bisschen seltsam. Normalerweise sind die Agenten der Anderen nicht so dämlich. Andererseits, wenn es tollpatschige Engel gibt ...« Er seufzte. »Also schön, ich schau mal nach, ob ich was finde, was irgendwie passen könnte. Mir fällt da ein, dass ich mal irgendwas gelesen habe von einem gefallenen Engel, der Reue zeigt, oder so ähnlich. Also, mach's gut!«

»Und was ist mit mir? Wann darf ich wieder zurück? Hallo? Gabriel?« Aber er hatte schon aufgelegt. Nicht mal danke hatte er gesagt.

Leicht beleidigt verließ ich die kleine Kirche, wobei ich aus Trotz ins Weihwasserbecken spuckte.

»Silas Morgenroth saß am Fenster.

Saß.

Am Fenster.

Der heiße Tee in seiner Hand dampfte dunkle Wolken, die draußen aufzogen, vor dem Tee, vor dem Fenster, über dem Meer, das weit dahin flog, weit und tief wie seine Gedanken. Gedanken, dunkel, dräuend, ungründige Tiefe voller Haie, die lauerten hinter Mauern der Erinnerung, gebaut aus Steinen des Vergessens. Die Gedanken rankten nicht blühend; voller Dornen waren sie, Zweige, die wie Krakenarme krochen über die Mauern, aus dem dunklen Garten, dem verwilderten, den Silas nicht sehen wollte, nicht sehen durfte, dem Garten vergangener Tage. Die Pflanzen darin: Blätter, scharf wie Schlachtermesser.

Und trank den Tee. Trank ihn, als sei er das Meer, salzig und bitter an seinen zersprungenen Lippen.«

Mara Hegel starrte auf die wenigen Zeilen, die der Monitor ihres Laptops anzeigte. Zwei Stunden hatte sie gebraucht, um das da zu schreiben. Jetzt, wo sie es noch einmal las, hatte sie das Gefühl, dass die Worte hohl und sinnlos waren. Wie eine aufwendige Geschenkverpackung um einen leeren Karton. Satzgebilde, von denen sie nicht im Geringsten wusste, wohin sie eigentlich führen sollten.

Früher, als sie noch vom Schreiben billiger Kitschromane gelebt hatte, war der Wunsch, einmal ein »richtiges« Buch zu schreiben, beinahe übermächtig gewesen. Sie hatte immer davon geträumt, bei einem renommierten Verlag zu veröffentlichen. Einen großen literarischen Roman, für den sie in den Feuilletons der Tageszeitungen gelobt wurde. Sie hatte sich das

Leben als erfolgreiche Autorin großartig vorgestellt: Lesungen halten, Interviews geben, zitiert werden. Bedeutend sein.

Doch jetzt, wo die Erfüllung dieses Wunsches greifbar nahe gerückt war, erschien ihr all das vollkommen sinnlos.

Seit Oswald zum Werbestar aufgestiegen war und sie für jeden seiner Auftritte ein fettes Honorar kassierte, war sie finanziell unabhängig. Sie konnte schreiben, was sie wollte. Sie musste sich nicht mehr in die engen Terminpläne und vorgegebenen Handlungsmuster der Groschenhefte fügen. Doch diese Freiheit bedeutete auch einen ungeheuren Druck. Jetzt hatte sie keine Ausrede mehr dafür, einfache, verständliche Sätze zu schreiben. Jetzt gab es keine Entschuldigung mehr für ihre vorhersehbaren Happy Ends.

Manchmal sehnte sie sich beinahe zurück zu den Tagen, in denen sie billigen Kitsch produziert hatte. Damals waren die Worte nur so aus ihr herausgeflossen. Sie hatte sie einfach in ihrem Laptop aufgefangen. Es war keine ehrenvolle Arbeit gewesen, nichts, womit man Preise gewann. Aber es hatte ihr Spaß gemacht, wie sie erst im Nachhinein erkannte.

Einen anspruchsvollen Roman zu schreiben, war kein Spaß mehr. Es war harte Arbeit. Jede Formulierung musste ausgefeilt sein, jedes Wort gründlich bedacht. Wenn ein Satz sofort klar und verständlich war, dann forderte er den Intellekt der gebildeten Leser nicht genügend. Dann würden sich die anspruchsvollen Kritiker nicht ernst genommen fühlen.

Irgendwie erinnerte sie das Schreiben jetzt immer mehr an den Mathematikunterricht in der Schule. Vorbei war es mit den einfach gestrickten Handlungsmustern. Liebesgeschichten, wenn sie denn überhaupt Gegenstand eines literarischen Romans sein durften, mussten tragisch sein. Happy Endings waren in der anspruchsvollen Literatur ebenso undenkbar wie der Tod der Heldin in einem Groschenroman. Humor war natürlich ebenfalls fehl am Platz, es sei denn, es handelte sich um hintergründige Anspielungen auf große Werke der Weltliteratur, über die höchstens ein Germanistikprofessor lachen konnte.

Die Hauptfiguren hatten trübsinnige Schwächlinge zu sein, die von Selbstzweifeln zerfressen waren und jede noch so kleine Widrigkeit des Alltags als existentielle Katastrophe empfanden.

Anspruchsvolle Literatur lud nicht zum Träumen ein oder dazu, dem grauen Alltag für eine Weile zu entfliehen. Anspruchsvolle Literatur hatte einen Bildungsauftrag. So jedenfalls hatte es Mara in einem Buch gelesen, das ein bekannter Literaturkritiker geschrieben hatte. Sie hatte sich wirklich bemüht, diesen Anweisungen zu folgen und das Schreiben »endlich ernst zu nehmen«. Aber je länger sie an ihrem großen Roman »Die Insel der Gedanken« schrieb, desto mehr wuchsen ihre Zweifel, ob sie dieser Aufgabe überhaupt gewachsen war.

Sie seufzte und griff unter ihren Schreibtisch, um Oswald zu kraulen, der normalerweise zu ihren Füßen lag, wenn sie schrieb. Doch sein Körbchen war leer.

Ihr fiel ein, dass heute wieder Drehtag war. Sie würde ohne seinen Trost auskommen müssen, bis Leonas nach Hause kam. Sie hatte natürlich noch Engel und Teufel, die beiden Katzen, doch die hockten wie immer auf dem Fensterbrett und starrten sehnsüchtig auf ihren Lieblingsfeind, Elster, die draußen im Garten herumstolzierte wie eine Königin in ihrem Schlafgemach. Rufus, der ewig schlecht gelaunte Igel, taugte ebenfalls nicht dazu, Mara Mut zu machen. Sie hörte ihn irgendwo im Schlafzimmer rascheln. Schildkröte Paula war nirgends zu entdecken – wahrscheinlich hatte sie sich mal wieder beim Versuch, unter den Wohnzimmerschrank zu kriechen, eingeklemmt. Sie war ohnehin selten in Kuschellaune.

Mara seufzte noch einmal und machte sich wieder an die Arbeit. Eine Viertelstunde später hatte sie das dritte Kapitel gerade mal um einen einzigen, kurzen Satz ergänzt: »Salzig und bitter, wie Tränen, von unerfüllter Liebe aus hoffnungslosen Augen gepresst.«

Sie betrachtete den Satz eine Weile, dann löschte sie ihn. Augenblicklich fühlte sie sich besser, nur um gleich darauf wieder in Verzweiflung zu sinken angesichts der vergeudeten Zeit.

Sie hörte, wie die Haustür aufgeschlossen wurde. Froh, einen Grund zu haben, mit dem Schreiben aufzuhören, sprang sie auf. Doch Oswald kam nicht wie erwartet durch die Tür geschossen, um sie überschwänglich zu begrüßen. Stattdessen erschien Leonas, mit einem Gesicht, das alles andere als Wiedersehensfreude ausdrückte.

»Was hast du?«, fragte sie und wusste sofort, dass etwas nicht stimmte. Ihr wurde kalt. Eine schreckliche Lähmung erfüllte ihren Verstand, und etwas presste ihre Brust zusammen, so dass sie kaum Luft bekam.

Sie nahm sich zusammen. Bestimmt war Oswald einfach länger im Studio geblieben, weil der Dreh nicht rechtzeitig fertig geworden war. Sicher war Leonas' Gesichtsausdruck nur die Folge eines unangenehmen Telefonats mit irgendeinem Kunden. Sie versuchte zu lächeln, aber es fühlte sich nicht gut an. Langsam ging sie auf Leonas zu, der in der Wohnzimmertür stehen geblieben war, als traue er sich nicht, näher zu kommen. Er hatte ihre Frage immer noch nicht beantwortet. »Was ist denn los?«

Er senkte den Blick. »Oswald ist weg«, sagte er.

Der Boden schien unter ihren Füßen zu schwanken. »Weg? Was heißt das, ›weg‹?«

Leonas zuckte mit den Schultern. »Er ist aus dem Studio verschwunden. Wir hatten gerade Drehpause. Manfred hat ihn kurz in den Innenhof des Studios gelassen, damit er sein Geschäft machen kann. Wir haben ihn höchstens drei, vier Minuten aus den Augen gelassen!«

Maras Unterlippe zitterte. Sie spürte, wie ihr Tränen in die Augen schossen. »Ihr habt ihn aus den Augen gelassen?«

»Na ja«, sagte Leonas kleinlaut. »Ich hab gedacht, Manfred passt auf ihn auf, und Manfred hat gedacht, Richard ist im Innenhof, und außerdem ist da ja das Tor, und …«

Mara stürzte zu Leonas. Er breitete die Arme aus, um sie zu trösten, doch da hatte er sie gründlich missverstanden. Sie trommelte mit den Fäusten gegen seine Brust. »Du Idiot!«, schrie sie. »Du blöder vollkommen vertrottelter nichtsnutziger Vollidiot! Wie konntest du Oswald aus den Augen lassen!« Die Tränen liefen jetzt ungehemmt über ihre Wangen. Sie wusste nicht genau, ob sie von Wut oder Verzweiflung herrührten.

»Jetzt beruhig dich erstmal!«, sagte er. »Er taucht schon wieder auf! Ich meine, er kann sich ja nicht in Luft aufgelöst haben!«

Mara löste sich von ihm, trat einen Schritt zurück und musterte ihn durch die Schleier ihrer Tränen. »Ihr habt überall gesucht?«, fragte sie leise.

»Natürlich!«, sagte Leonas. »Über zwei Stunden! Wir sind mehrmals die ganze Nachbarschaft abgelaufen, leider erfolglos.«

»Habt ihr die Polizei eingeschaltet?«

»Ich hab's versucht. Aber die suchen nicht nach Hunden.«

»Oswald ist doch nicht irgendein Hund!«

»Weiß ich doch. Hab ich denen auch gesagt. Aber die meinten, solange wir keinen konkreten Anhaltspunkt für eine Entführung von Oswald hätten ...«

Mara erstarrte. »Entführt? Wieso entführt?«

»Äh, na ja, ich hab dir das noch nicht erzählt ...«

Ihre Augen wurden zu schmalen Schlitzen. »Was?«

»Neulich, da waren zwei komische Typen in der Agentur. Vater und Tochter, glaube ich. Die haben behauptet, Oswald sei ihr Hund. Sie haben gesagt, er heiße in Wirklichkeit Jean-Paul.«

»Und was hast du gemacht?«

»Sie rausgeworfen. Was sonst?«

»Hast du ihre Adresse?«

»Nein. Die haben irgendwas von einem Zirkus gefaselt.«

»Na toll!« Mara musste sich sehr zusammennehmen, um nicht loszubrüllen. »Ganz toll, wirklich! Die sind bestimmt mit Oswald über alle Berge!«

»Hör mal, woher sollte ich denn wissen, dass sie Oswald entführen! Und außerdem ...«

»Außerdem? Was außerdem?«

»Na ja, es könnte sein …«

Mara wartete, außer sich vor Wut und Verzweiflung. Musste man diesem blöden Kerl, in den sie sich aus Versehen verliebt hatte, wirklich jedes einzelne Wort aus der Nase ziehen?

»Es könnte doch sein, dass sie recht haben«, sagte Leonas schließlich mit betretener Miene.

»Was soll das heißen, sie könnten recht haben?«

»Vielleicht … vielleicht ist Oswald wirklich ihr Hund. Sie haben gesagt, sein Name sei Jean-Paul. Er soll der Sohn einer berühmten Zirkushündin sein. Angeblich ist er ihnen vor ein paar Jahren weggelaufen. Sie hatten ein Foto dabei. Auf dem war ein Welpe zu sehen, der auch einen runden schwarzen Fleck hatte.«

Mara fühlte sich, als habe ihr jemand das Herz aus der Brust gerissen. Sie setzte sich aufs Sofa und rang um ihre Fassung. Oswald, ihr Oswald, entführt von Leuten, die auch noch behaupteten, er gehöre ihnen! Sie wusste nicht, wie sie ohne ihren Hund leben sollte. Er war wie ein Kind für sie. Es war kaum ein Jahr her, dass sie sein außergewöhnliches Talent entdeckt und mit Oswalds und Leonas' Hilfe die Zwangsversteigerung ihres Hauses verhindert hatte. Es war ein wundervolles Jahr voller angenehmer Überraschungen gewesen. Im Grunde hätte sie sich denken können, dass die Glückssträhne irgendwann abreißen musste.

Sie schüttelte den Kopf. Nein, so schnell durfte sie nicht aufgeben. Sie würde um Oswald kämpfen. Diese Leute konnten ihn doch nicht einfach entführen! »Wir müssen ihn zurückholen!«, sagte sie.

»Das wird nicht so einfach«, sagte Leonas. »Ich habe mit Dr. Kaspers gesprochen, das ist der Justitiar von Fressi. Er sagte, bei Fundsachen, dazu zählen auch Tiere, geht das Eigentum nach sechs Monaten an den Finder über, wenn sich der ursprüngliche Besitzer bis dahin nicht gemeldet hat.«

»Dann ist ja alles klar!«

»Ja, im Prinzip schon. Aber er meinte, in diesem Fall könnte die Sache etwas anders liegen. Oswald ist nicht irgendein Hund. Wenn er wirklich den Zirkusleuten gehört, dann haben die viel Zeit und Arbeit in seine Ausbildung investiert. Dann wäre er nicht mehr irgendeine gewöhnliche Fundsache. Dann hätten sie möglicherweise ein verlängertes Einforderungsrecht, wie Dr. Kaspers das nannte. Das hängt vom Richter ab, sagt er. Wenn sie ihn wirklich haben, dann können wir auf jeden Fall nicht unsererseits einfach so da hinspazieren und ihn mitnehmen. Wir müssten eine gerichtliche Verfügung erwirken. Und ob wir die kriegen, ist fraglich.«

»Aber ... aber ...«

Leonas setzte sich zu ihr. »Es tut mir leid, Mara, wirklich. Ich habe mich kaum hierher getraut. Ich weiß doch, wie sehr du Oswald liebst.«

Mara schniefte. Sie ließ sich von Leonas in den Arm nehmen und stemmte sich nicht mehr gegen die Tränen. Wenigstens er war da, um ihr in dieser Situation beizustehen.

Allmählich beruhigte sie sich, und ihr Verstand übernahm wieder die Kontrolle. Vielleicht war noch nicht alles verloren. Vielleicht konnte man mit diesen Leuten ja reden. Oswald lebte jetzt schon seit mehr als drei Jahren bei Mara. Hier war sein Zuhause. Wenn diese Zirkusleute nicht vollkommen herzlos waren, würden sie einsehen, dass sie Oswald nicht einfach von hier fortzerren konnten. Vielleicht waren sie nur auf Geld aus. In diesem Fall würde man sich bestimmt mit ihnen einigen können.

»Wir müssen diese Leute finden«, sagte Mara.

»Wie willst du das machen? Die sind von einem Zirkus. Die ziehen durch die Gegend.«

»Vielleicht sind sie noch irgendwo in Frankfurt oder in der Nähe. So ein Zirkuszelt kann man ja nicht in fünf Minuten abbauen.« Mara sprang auf, von frischem Tatendrang erfüllt. »Komm, lass uns in die Stadt fahren.«

»Hör mal, weißt du eigentlich, wie groß Frankfurt ist? Das

dauert Wochen, bis wir überall waren. Bis dahin sind die längst über alle Berge!«

»Vielleicht«, sagte Mara. »Aber im Grunde kann es doch gar nicht so schwierig sein, einen Zirkus zu finden. Normalerweise wollen die doch gefunden werden, oder?«

16.

»Was für eine Prophezeiung ist das eigentlich?«, fragte ich beiläufig, als Siraxis das Geschirr vom Abendessen in die Geschirrspüle räumte.

Sie spielte natürlich die Unwissende. »Prophezeiung?«

»Du kannst es ruhig zugeben. Deine beiden Freunde, die Zwillinge, haben mir davon erzählt.«

»Das sind nicht meine Freunde!«

»Du gibst es also zu!«

»Ich gebe was zu?«

»Dass du die beiden beauftragt hast, mich davon abzuhalten, Frau Papenheim zu bekehren.«

»Amander, ich habe wieder mal keinen blassen Schimmer, was in deinem verknoteten Gehirn vor sich geht!«

»Jetzt tu nicht so!«

»Okay, ich gebe zu, ich bin in letzter Zeit etwas seltsam, und ich bin nicht immer ganz offen zu dir gewesen. Aber dafür gibt es einen guten Grund, das musst du mir einfach glauben. Eines Tages wirst du es verstehen. Hoffe ich. Jedenfalls werde ich dich bestimmt nicht daran hindern, jemanden zu bekehren, damit du zurück in den Himmel kannst.« Sie sagte das mit einem sehr merkwürdigen Gesichtsausdruck, so als missfiele ihr die Vorstellung.

Bevor ich etwas entgegnen konnte, klingelte es an der Tür. Siraxis machte einen Schritt auf den Flur, aber ich war schneller. Wenn es die Zwillinge waren, würde ich denen aber mal gehörig die Meinung sagen!

Doch statt der beiden Typen stand draußen ein hochgewachsener junger Mann mit langen blonden Locken. Er trug einen wallenden, weißen Umhang und lächelte milde. »Maurenus, Gaga«, sagte er.

Ich knallte die Tür zu.

Es klingelte erneut.

Ich ahnte, dass ich den Kerl nicht so schnell loswerden würde. Also öffnete ich die Tür einen Spalt weit. »Siraxis hat jetzt keine Zeit«, sagte ich. »Ihr müsst die Welt heute mal ohne sie zugrunde richten!«

Der Mann hob seine Hände. »Nein, nein, das ist ein Missverständnis«, sagte er mit einer singenden Stimme, die so zuckersüß und sanft war, dass ich am liebsten losgeheult hätte. »Mein Name ist Maurenus. Ich bin von den GAGA.«

Ich glaube, es wäre mir lieber gewesen, wenn er gesagt hätte, er sei Luzifer höchstpersönlich. Die »Geheimagenten gegen die Anderen«, kurz GAGA, waren das himmlische Gegenstück zum BND, »Beelzebubs Nachrichtendienst«. Die meiste Zeit verbrachten ihre Mitglieder damit, im irdischen Fernsehen Agentenfilme zu sehen und davon zu träumen, wie es wäre, einen schwimmfähigen Aston Martin mit eingebautem Raketenwerfer zu fahren. Da beiden Diensten der Kontakt mit der Gegenseite strengstens verboten war und wir alle die Gedanken der Menschen lesen konnten, gab es nicht viel zu spionieren.

Oberster Vorsitzender der GAGA ist der Erzengel Michael, was natürlich keiner wissen darf. Aus purer Langeweile, bei all den Wiederholungen im Fernsehen durchaus verständlich, war er irgendwann auf die Idee gekommen, nach Spionen der Anderen zu suchen, die sich in den Himmel eingeschlichen haben könnten. Das war zwar nach allen Gesetzen der Metaphysik vollkommen unmöglich, aber niemand traute sich, ihm zu widersprechen – immerhin ist er ja Erzengel.

Seitdem wurde die GAGA von einem Haufen Spinner zu einem echten Ärgernis. Man sollte meinen, Geschöpfe, die aus nichts als Seiner Liebe bestehen, seien einigermaßen resistent gegen Paranoia. Aber nichts da: Gedächtnisdurchsuchungen und Astralleibesvisitationen gehörten noch zu den harmloseren Prozeduren, die wir Normalen immer wieder über uns ergehen lassen mussten. Weit schlimmer waren die »Gewissensbefragungen«, mit denen man unsere himmlische Gesinnung auf die Probe stellte. Ich erinnere mich noch recht gut an meine letzte:

»Amander, glaubst du an Gott?«

»Soll das ein Witz sein? Ich bin ein Engel!«

»Du findest also die Tatsache Seiner Existenz witzig?«

»Natürlich nicht!«

»Folglich findest du es traurig, dass es Gott gibt!«, sagte der Befrager der GAGA. Er ließ seinen Heiligenschein so hell leuchten, dass ich geblendet war und sein Gesicht nicht erkennen konnte.

Ich kam ins Schwitzen, metaphorisch gesprochen. »Nein, nein, so hab ich das nicht gemeint. Ich wollte nur zum Ausdruck bringen, dass es ein Witz wäre anzunehmen, dass ich, ein Engel des Herrn, an dessen Existenz zweifeln könnte!«

»Warum bist du dann so nervös?«

»Nervös? Ich?«

»Wir sehen doch genau, wie deine Flügelspitzen zittern!«

»Ich bin nicht nervös! Wer ist ›wir‹?«

Der Befrager ging nicht darauf ein. Stattdessen zeigte er mir das Bild eines Typen mit finsterem Gesichtsausdruck und einer Halbglatze um die Hörner. »Kennst du dieses Wesen?«, fragte er mit schneidender Stimme.

»Luzifer? Nein, nie gesehen!«, sagte ich.

»Ha! Erwischt!«

Sie wollten mich daraufhin als Spion verhaften und einsperren. Aber Pech für sie: Im Himmel gibt es keine Mauern.

Jetzt also stand einer von diesen Typen vor meiner Tür, und das konnte nichts Gutes bedeuten. Hätte ich allerdings geahnt, welche Folgen Maurenus' Auftauchen noch haben würde, hätte ich die Tür sofort wieder zugeschlagen, doppelt abgeschlossen und zur Sicherheit die schwere Kommode aus dem Wohnzimmer davorgeschoben.

Mafalda, die gerade dabei war, die Tiere mit halb verfaulten Salatköpfen und verschrumpelten Möhren vom Wochenmarkt zu füttern, sah auf. Ein schwarzer Mercedes hielt an der Straße vor der Zirkuswiese. Es war noch viel zu früh für die Abendvorstellung – Publikum konnte das nicht sein.

Eine Frau, kaum älter als Mafalda, stieg aus. Sie hatte langes, braun gelocktes Haar und war sehr hübsch. Der Fahrer des Wagens blieb im Auto sitzen. Mafalda konnte sein Gesicht nicht gut erkennen, hatte aber das Gefühl, ihn schon einmal irgendwo gesehen zu haben.

»Wo ist er?«, rief die Fremde. Ihr Gesicht war gerötet und ihre Augenbrauen im Zorn zusammengezogen.

Es war klar, wen sie meinte. Mafalda grinste innerlich. Dieser eingebildete Schnösel Fabian Papenheim hatte genau so eine Furie verdient. Äußerlich blieb sie ungerührt. »Er ist vor einer halben Stunde gegangen«, sagte sie.

Die Frau blieb stehen. Der Zorn auf ihrem Gesicht wich Verblüffung. »Er ist gegangen? Wie meinen Sie das?«

»Na, weggegangen halt«, sagte Mafalda. »Ich habe ihn nicht gefragt, wohin.«

Die Frau erwiderte einen Moment lang nichts. Dann sagte sie schließlich: »Ich glaube, hier liegt ein Missverständnis vor. Ich meine meinen Hund. Oswald.«

Wie aufs Stichwort kam Alexis angelaufen. Schwanzwedelnd schnüffelte sie an der Besucherin.

Die machte große Augen, als sie Alexis sah. »Sie … sie haben ihn schwarz angemalt!« Sie beugte sich zu Alexis hinab und streichelte sie. Alexis leckte ihre Hand, was sie noch nie bei einer Fremden gemacht hatte.

Mafalda war jetzt vollends verwirrt. Sie wusste, dass sie sich auf den Instinkt des Hundes verlassen konnte – diese Frau konnte nicht wirklich böse sein. Aber was wollte sie hier?

»Es ist eine Hündin«, sagte die Fremde. »Aber … sie sieht genau aus wie mein Oswald!« Sie sah Mafalda direkt in die Augen. »Bitte! Bitte, geben Sie mir Oswald zurück! Ich glaube jetzt, dass er Ihnen weggelaufen ist. Aber er hat die letzten drei Jahre bei mir gelebt, und ich glaube, er ist sehr glücklich gewesen.« Sie schluckte.

Langsam dämmerte Mafalda, dass die Frau wegen Jean-Paul gekommen war. War der Hund verschwunden? Was hatte das zu bedeuten? »Ich weiß nicht, wovon Sie reden! Falls Sie denken, dass Jean-Paul hier ist, muss ich Sie enttäuschen.«

Der Gesichtsausdruck der Frau wurde hart. »Mein Freund hat gesagt, Sie waren in der Agentur und wollten Oswald zurückhaben. Und jetzt ist er verschwunden. Wollen Sie mir etwa erzählen, das sei ein Zufall?«

»Ich weiß wirklich nicht, wo er ist«, sagte Mafalda. »Es stimmt, wir wollen Jean-Paul wiederhaben. Sehen Sie sich um – dieser Zirkus steht kurz vor der Pleite! Früher war mein Vater ein geachteter Dompteur. Aber dann ist seine beste Hündin Polly gestorben, und Jean-Paul, der ihr Talent geerbt hat, ist uns weggelaufen.« Sie schluckte. »Wir sind am Ende. Ist es da so verwerflich, unseren Hund zurückzufordern?«

Alexis sprang an Mafaldas Bein hoch, als wolle sie darauf hinweisen, dass zumindest ein Hund noch vorhanden war. Sie kraulte ihren Kopf. »Seine Schwester hat leider nicht das Talent von Polly geerbt«, sagte sie.

»Aber sie ist süß«, sagte die Frau. Sie betrachtete Mafalda aufmerksam. »Sie haben den Hund wirklich nicht, oder?«

Mafalda schüttelte den Kopf. »Nein. Glauben Sie mir, ich wüsste genau so gern wie Sie, wo er ist!«

»Nun los, geh schon!«, sagte Gerda.

»Ja genau, mach schon!«, sagte Willi.

»Jetzt hört auf, so zu drängeln, echt jetzt! Ich muss mich konzentrieren!«, sagte Bernd.

»Wenn wir hier noch länger rumsitzen, dann fällt es auf. Dann können wir die ganze Aktion vergessen!«, sagte Gerda.

»Also gut, also gut, ich gehe ja schon. Keine Sorge!« Bernd atmete tief durch. Dann öffnete er die Tür des VW-Busses Baujahr 72 und lief über den geräumigen Industriehof bis zu dem alten Fabrikgebäude. »Magic Screen Productions« stand auf einem Leuchtschild über einer alten, rostigen Eisentür. Bernd strich sich seinen weißen Kittel glatt und rückte die Fensterglasbrille zurecht. In Gedanken ging er noch einmal den Text durch, den er sich überlegt hatte.

Der ganze Baldriantee hatte nicht viel genützt. Sein Herz raste, und er musste mal, sogar ziemlich dringend. Aber jetzt war es zu spät. Er trat durch die Tür. Dahinter erstreckte sich ein langer, mit löchrigem Linoleum belegter Gang, der von einer flackernden Neonröhre beleuchtet war. An seinem Ende war eine große Tür mit der Aufschrift »Studio 1«, über der eine rote Leuchte angebracht war. Sie war ausgeschaltet.

Bernd atmete tief durch. Er klopfte an die Tür. Nichts geschah. Er öffnete sie und trat ein.

Das Studio war ein großer Raum mit einer mindestens vier Meter hohen Decke und fleckigen Backsteinwänden. Ringsum waren Aluminiumgerüste mit unzähligen Scheinwerfern montiert. Eine kleine Bühne in der Raummitte war hergerichtet wie ein Wohnzimmer aus einem Schwank im »Theaterstadl«. Eine geöffnete Dose Fressi stand oben auf dem Wohnzimmerschrank.

Ein junger Mann in Jeans und T-Shirt mit Ziegenbärtchen und Pferdeschwanz sah von einem großen Mischpult auf, an dem er herumhantiert hatte. »Du kommst zu früh«, sagte er. »Die Dreharbeiten für ›Nachtschwester Angelika‹ beginnen erst übermorgen!«

»Nein, nein«, sagte Bernd. Er räusperte sich. »Ich bin, äh, ich bin vom Veterinäramt. Bundes, äh, Veterinäramt. Echt jetzt.« Er schüttelte zum Beweis die schwarze Aktentasche, die er auf dem Dachboden gefunden hatte und von der er annahm, sie strahle die gewünschte behördliche Autorität aus. Falls der Typ nach seinem Ausweis fragte, war Bernd allerdings in Schwierigkeiten.

Doch der Typ wollte keinen Ausweis sehen. Er sah Bernd nur mit gerunzelter Stirn an. »Und?«

»Und, nun, im Grunde genommen, da bin ich eigentlich hier, um den Hund. Also, ich meine, abholen wollte ich den.«

»Was ist das denn für 'ne Nummer?«, fragte der Typ.

»Paragraph 53A, Hundeüberwachungsgesetz«, sagte Bernd mit wichtiger Miene. »Hunde, die im Rahmen von Dreharbeiten eingesetzt werden, sind regelmäßig auf ihre Gesundheit zu kontrollieren. Echt jetzt!«

»Siehst du hier irgendwo einen Hund, Mann?«

Bernd sah sich um. »Aber mir ... uns wurde mitgeteilt, hier sei ein Hund ... ich meine, dass der Hund aus der Werbung ...«

Die Miene des Mannes erhellte sich. »Ach, du meinst Oswald!«, sagte er. Dann zog er die Augenbrauen herab. »Sag mal, du hast nicht zufällig was damit zu tun, dass er verschwunden ist, oder?«

»Verschwunden?«, fragte Bernd. »Wieso verschwunden?«

»Er war plötzlich weg. Wir hatten ihn nur ein paar Minuten aus den Augen gelassen.«

»Verdammter Mist!«, sagte Bernd. »Da plant man mal sorgfältig eine Aktion, und dann ...« Er sah, wie der Typ sein Mobiltelefon hervorholte. »Äh, ich muss dann mal los. In die Behörde. Tschüs dann!« Er stürmte aus dem Studio.

»Was ist? Wo ist der Hund?«, fragte Gerda, als er wieder auf dem Fahrersitz des VW-Busses saß.

»Weg«, sagte Bernd, während er verzweifelt versuchte, den altersschwachen Motor in Gang zu setzen. Der Typ aus dem Studio kam aus der Tür gerannt, das Handy am Ohr.

»Oh, verdammt! Gib Gas, Mann!«, schrie Willi.

Endlich sprang der Motor an. Bernd schaffte es bereits im zweiten Versuch, einen Gang einzulegen. Mit einem Satz setzte sich der VW-Bus in Bewegung, fuhr einen Blumenkübel um und brauste vom Fabrikhof.

»Na toll!«, sagte Gerda. »Den Hund hast du nicht, aber jetzt haben wir mal wieder die Bullen am Hals!«

»Ach was«, sagte Bernd. »Ich hab doch gar nichts gemacht! Der Hund war schon weg. Jemand ist uns zuvorgekommen! So ein Mist, aber echt!«

17.

»Ich habe nichts gemacht«, sagte ich. »Du kannst wieder verschwinden.«

»Ich bin nicht deinetwegen hier, mein gefallener Bruder«, säuselte Maurenus. »Du gehörst nicht mehr in unseren Zuständigkeitsbereich. Ich möchte mit deiner Mitbewohnerin sprechen.«

»Aber … sie ist eine von den Anderen!«, flüsterte ich.

Sein mildes Lächeln war nur schwer zu ertragen. »Nicht mehr«, sagte er.

»Also ist sie ein Mensch, genau wie ich, und mit uns zu reden verstößt gegen das Nichteinmischungsverbot!«

»Ich habe eine Sondergenehmigung!«

Ich weiß nicht genau, warum, aber die Vorstellung, dass dieser Typ mit Siraxis redete, war mir äußerst unangenehm. »Kann ich mal deinen Ausweis sehen?«, fragte ich.

»Nein.«

»Warum nicht?«

»Weil er unsichtbar ist.« Als er mein skeptisches Gesicht bemerkte, ergänzte er: »Für Sterbliche.«

»Das kann jeder sagen!«

»Ich bin aber nicht jeder!«

»Vielleicht bist du ja nur ein ganz gemeiner Trickbetrüger, der sich als Engel ausgibt, um alte Omas hereinzulegen!«

Ein Anflug von Verwirrung legte sich über sein wunderschönes, sanftes Antlitz. Ihm schien kein passendes Argument einzufallen.

In diesem Moment klingelte mein Handy. Es war Michael. »Lass Maurenus bitte herein, Amander«, sagte er.

»Ihr beobachtet mich!«, rief ich.

»Natürlich! Was hast du denn gedacht? Du bist ein Mensch!«

In diesem Moment wurde mir zum ersten Mal wirklich klar,

was das bedeutete. Die GAGA konnten meine Gedanken lesen! Jeden Einzelnen!

»Ja, genau«, sagte Michael. »Und jetzt lass ihn rein, ja? Es ist wirklich wichtig!«

Geschockt trat ich zur Seite und sah hilflos mit an, wie Maurenus auf Siraxis zuging, die unseren Dialog von der Wohnzimmertür aus beobachtet hatte, wie er sie umarmte und seine Stirn auf ihre legte und wie die beiden dann im Schlafzimmer verschwanden.

Da war er wieder, dieser Duft. Leicht und zart, wie die Erde duftet, wenn die ersten Blumen aus ihrem langen Schlaf erwachen, doch gleichzeitig intensiv, magisch, betörend. Auf jeden Fall ganz anders als all die anderen Gerüche um ihn herum: Der Gestank der Autos, die ununterbrochen vorbeidröhnten und mit ihrem Wind alle Spuren verwirbelten, der süßlich-klebrige Geruch eines Kaugummis, der sich mit dem fremdartigen Aroma warmen Asphalts mischte, und über allem die verwirrend vielfältigen Geruchsspuren zahlloser fremder Menschen.

Oswald schnüffelte. Seine Barthaare zitterten vor Erregung. Er durfte die Spur dieses Dufts auf keinen Fall wieder verlieren!

Irgendwo in einem hinteren Winkel seines ungewöhnlich begabten Hundegehirns wusste er, dass die Menschen von seiner Eskapade nicht begeistert sein würden. Den ganzen Morgen hatte er mit ihnen gespielt, war über Hindernisse gehüpft, hatte versucht, ihre widersprüchlichen Gesten, Gesichtsausdrücke und Anweisungen zu interpretieren und zu erahnen, was sie von ihm wollten. Er hatte eine Menge Belohnungen bekommen; so viele, dass ihm davon beinahe schlecht geworden war.

Irgendwann hatte er nicht mehr spielen wollen. Der nette Mensch mit dem gelben Fell auf dem Kopf ließ ihn in den Innenhof, wo er ein bisschen herumschnüffelte und ein paar Duftmarken setzte. Plötzlich blieb er wie angewurzelt stehen, reckte seine schwarze Nase in die Luft und sog ein fremdartiges, wunderbares Aroma ein. Sein ganzer Körper begann zu zittern. Seine Nackenhaare stellten sich auf. Eine tiefe, uralte Sehnsucht durchdrang ihn, gegen die jede noch so gut eingeübte Disziplin machtlos war.

Er wusste, dass er gegen die Regeln der Menschen verstieß, wenn er den Innenhof verließ. Dass er dafür kein Leckerli bekommen würde. Dass Frauchen enttäuscht sein und vermutlich mit ihm schimpfen würde. Wenn er ein Mensch gewesen wäre, hätte er mit den Schultern gezuckt. Manchmal musste man eben Prioritäten setzen.

Den ganzen Nachmittag hatte er die Duftspur verfolgt. Zeitweise war sie so intensiv gewesen, dass ihm davon fast schwindlig wurde. Dann wieder war die Spur fast verschwunden, überlagert von anderen Gerüchen – dem beißenden Gestank des Urins anderer Rüden, den ekelhaften Ausdünstungen von Mäusejägern, dem verlockenden Aroma eines vergammelnden Wurstbrötchens.

Mehrmals hatte Oswald die Spur verloren. Einmal hatte er einen kleinen Park absuchen müssen, um sie wiederzufinden. Dabei war er in eine Rauferei mit einem vorlauten Dackel geraten, der behauptet hatte, der Park sei sein Revier.

Er hatte schließlich die Spur wiederaufgenommen, doch am Rande des Parks war sie abrupt abgebrochen. Den Gerüchen an dieser Stelle nach zu urteilen, hatte hier vor kurzem ein Auto gehalten. Sosehr er auch suchte, er konnte die Spur nicht wiederaufnehmen. Irgendwie musste der Duft in dem Auto verschwunden sein.

Oswald war klug genug, um zu wissen, dass er dem Auto folgen musste, wenn er zu der Quelle des Dufts gelangen wollte. Dummerweise rochen alle Autos gleich schlecht, so dass es unmöglich war, eines davon anhand seines Geruchs aufzuspüren.

Er hatte eine Weile am Rand des kleinen Parks gesessen und angestrengt nachgedacht. Wie konnte man etwas verfolgen, das keine Duftspur hinterließ?

Ein Ball, fiel ihm ein. Wenn Mara einen Ball warf, konnte Oswald ihn verfolgen, ohne ihn zu riechen. Er konnte ihn sogar verfolgen, ohne zu sehen, wohin er rollte. Denn er wusste, dass ein Ball, wenn er einmal geworfen worden war, immer weiter in dieselbe Richtung rollte.

Oswald hatte die Autos betrachtet, die an ihm vorbeidröhnten. Sie alle rollten mit hoher Geschwindigkeit in dieselbe Richtung. Wie ein Ball.

Also war er den Autos gefolgt. Sie waren viel zu schnell, um einem von ihnen nachzujagen, aber da sie alle in dieselbe Richtung rollten, war das egal.

Nachdem er eine lange Zeit in die Richtung gelaufen war, in die die Autos fuhren, war Oswald allmählich klargeworden, dass etwas nicht stimmte. Die meisten Autos rollten stur entlang der Straße. Die meisten, aber nicht alle. Manche änderten urplötzlich die Richtung und zweigten vom Hauptstrom ab; so plötzlich, dass eines von ihnen ihn beinahe gerammt hätte, als er gerade dabei war, eine schmale Straße zu überqueren.

Die Erkenntnis hatte ihn getroffen wie der Prankenhieb eines Mäusejägers: Autos waren doch nicht wie Bälle!

In seinem blinden Eifer, die Quelle des verlockenden Dufts zu finden, war er in eine ihm vollkommen fremde Gegend geraten. Er verspürte Hunger und sehnte sich danach, wieder bei Frauchen zu sein, in seiner vertrauten Umgebung, in dem freundlichen Haus mit dem kleinen Garten, seinem Revier. Doch er war nicht in der Lage, seine eigene Duftspur zurückzuverfolgen. Traurig war er durch unbekannte Straßen geirrt, mit Vorgärten, an denen Duftmarken fremder Hunde ihn warnten, sich fernzuhalten.

Dann, im Moment größter Verzweiflung, hatte er den Duft wiedergefunden. Jetzt waren alle Gedanken an Umkehr vergessen: Er musste die Quelle dieses Dufts finden!

Die Nase dicht am Boden, folgte er der Spur. Sein Puls beschleunigte sich, als der Duft intensiver wurde, frischer, wärmer. Was immer es war, es war ganz nah!

Er bog um eine Ecke und gelangte in einen kleinen Innenhof. An seiner Rückseite befand sich eine Mauer, durch die eine angelehnte Tür in einen abgetrennten zweiten Hof führte. Neben der Tür standen zwei runde Mülltonnen. Oswalds Magen knurrte, als er den verlockenden Geruch schimmliger Essensreste witterte.

Dann fiel sein Blick auf das kleine Stück Rasen in der Mitte des Hofs, und er erstarrte. Sein kurzer Schwanz stand kerzengerade in die Höhe. Seine Ohren richteten sich auf. Seine Nasenflügel bebten. Da stand sie – das schönste Wesen, das er je gesehen hatte! Ihr hellbraunes Fell hing in langen, seidigen Wellen herab, genau wie ihre edlen Schlappohren. Ihre Schnauze war leicht abgerundet, mit einer entzückenden schwarzen Nase, die sie ihm witternd entgegenreckte. Ihre hellbraunen Augen musterten ihn aufmerksam.

Langsam, um dieses bezaubernde Wesen nicht zu verschrecken, kam Oswald näher. Sein Schwanz wedelte vor Glück. Auch sie wedelte mit dem Schwanz. Sie freute sich ebenfalls, ihn zu sehen!

Er wollte auf sie zu springen, mit ihr herumtollen, an ihr schnüffeln, ihren betörenden Duft in vollen Zügen einatmen. Doch in diesem Moment ließ ihn ein dunkles Knurren zusammenfahren. Er sah sich um.

Hinter ihm stand ein riesiger Hund. Er hatte dünne Beine, ein schwarzes, glattes Fell und eine lange, spitz zulaufende Schnauze. Seine dreieckigen Ohren waren nach vorn gestellt, und seine schwarzen Augen blickten Oswald direkt an. Eine Provokation!

Oswald senkte den Blick und ging seitlich um den fremden Rüden herum, um ihn zu beschwichtigen. Doch der Neuankömmling dachte nicht daran, sich an die Spielregeln zu halten. Er fletschte die Zähne und stieß ein Knurren aus, das aus einem Abgrund zu kommen schien.

Verschwinde!

Oswald warf einen kurzen Blick zu der Hündin, die die Auseinandersetzung neugierig verfolgte. Es war offensichtlich, dass sie auf echte Kerle stand. Wer immer aus der Konfrontation als Sieger hervorgehen würde, hatte gute Chancen, ihr Herz zu erobern.

Oswald wusste, dass er kaum eine Chance hatte. Der fremde Rüde war doppelt so groß wie er und offensichtlich eine Kämpfernatur. Aber jetzt den Schwanz einkneifen? Niemals! Er hielt dem stechenden Blick des anderen stand und fletschte ebenfalls die Zähne. Sein Knurren war allerdings etwas zittrig und klang bei weitem nicht so eindrucksvoll, wie er es sich gewünscht hatte. Also kläffte er ein, zwei Mal, um seiner Verachtung Ausdruck zu verleihen.

Der fremde Rüde verstummte. Seine Muskeln spannten sich. Er hatte offensichtlich keine Lust auf Imponiergehabe. Er meinte es ernst!

Oswalds Instinkt signalisierte ihm, dass es jetzt eine gute Idee war, das Weite zu suchen. Der fremde Hund war eindeutig das dominante Tier. Es hatte keinen Sinn, dagegen anzukämpfen. Er hatte verloren. Wenn er nicht klein beigab, würde er eine böse Abreibung bekommen, vielleicht sogar ernsthaft verletzt werden.

Aber Oswald warf einen kurzen Blick zu der Schönheit auf dem Rasen. Und dann pfiff er auf seinen Instinkt. Hier ging es um seine Ehre und darum, vor der fremden Hündin das Gesicht zu wahren. Er knurrte zurück.

Diese Provokation ließ sich der große Rüde nicht gefallen. Er fletschte sein furchterregendes Maul und griff an.

Oswald war wendiger als der Riese, und so gelang es ihm, sich zwischen dessen Beinen hindurch zu manövrieren und ihn in den Hinterlauf zu zwicken. Doch das machte seinen Gegner nur noch wütender. Mit einer für seine Größe erstaunlichen Schnelligkeit fuhr er herum. Sein Maul schoss herab. Nur mit einer blitzartigen Drehung konnte Oswald einen schmerzhaften Biss in die Flanke verhindern. Er hörte, wie die Zähne seines Gegners aufeinanderklappten, und roch den heißen Gestank seines Atems.

Oswald mochte flinker sein als der fremde Rüde, doch er würde ihm nicht auf Dauer ausweichen können. Und im direkten Beißduell hatte er keine Chance. Seine Hundenatur ließ ihm jetzt nur noch zwei Möglichkeiten: sich auf den Rücken werfen und dem fremden Hund in einer Geste der Unterwerfung die Kehle anbieten oder ganz unzeremoniell das Weite suchen. Oswald entschied sich für die dritte Möglichkeit: seiner Hundenatur zu trotzen. Immerhin war er lange genug von Menschen ausgebildet worden, um ein bisschen so zu denken wie sie. Er warf einen schnellen Blick in den Innenhof. Dann rannte er los und sprang mit einem gewaltigen Satz auf eine der Mülltonnen.

Er hatte sich das ungefähr so vorgestellt: Die Mülltonne war höher als ein Hund. Er konnte besser springen als die meisten Artgenossen. Wenn er auf die Mülltonne sprang, würde ihm sein Gegner nicht folgen können. Er wäre in Sicherheit und würde den anderen von dort oben auskläffen, bis dieser entnervt das Weite suchte.

Leider hatte Oswald dabei nicht berücksichtigt, dass der andere Hund wesentlich größer war als er. Auch wenn er nicht so gut springen konnte, war es doch für ihn ein Leichtes, sich aufzurichten und sich mit den Vorderpfoten auf den Deckel der Mülltonne zu stützen, so dass er Oswald, der jetzt in der hintersten Ecke des Hofs eingeklemmt war, mühelos erreichen konnte.

Oswald verteidigte sich, so gut er konnte. Er schnappte nach der wütenden Schnauze des fremden Rüden. Es gelang ihm, den anderen eine Weile in Schach zu halten, aber das würde nicht lange funktionieren. Fliehen konnte er nicht mehr, und selbst die Unterwerfung würde hier oben auf der Mülltonne kaum funktionieren.

In einem letzten verzweifelten Akt spannte Oswald seine Sprunggelenke und machte einen Satz nach oben. Sein Gegner schnappte ins Leere, und Oswald hing mit der Brust auf der Oberkante der Mauer. Verzweifelt strampelte er mit den Hinterläufen und versuchte, sich ganz hinaufzuziehen.

Der fremde Hund kläffte wütend und versuchte, Oswald zu folgen. Dabei riss er die Mülltonne um. Ihr appetitlicher Inhalt ergoss sich auf den Boden.

Jetzt konnte der Riese direkt an der Mauer hochspringen und Oswalds Hinterläufe erreichen. Die Angst vor dem unausweichlichen Biss gab Oswald neue Energie. Sein linker Hinterlauf traf auf einen vorstehenden Stein, und er schaffte es, auf die Mauer zu klettern.

Er versuchte, dort oben zu stehen und seinen Gegner zu verhöhnen, aber die Mauer hatte ein Ziegeldach, das zur anderen Seite hin schräg abfiel. Ein Mäusejäger hätte kein Problem gehabt, hier oben herumzustolzieren, aber Oswalds Pfoten waren nicht zum Klettern gemacht. Er spürte, wie er wegrutschte. Mit einem Satz sprang er von der Mauer und landete in hohem Gras. Der Aufprall war schmerzhaft, aber er blieb unverletzt.

Er hatte es geschafft! Er war dem brutalen Mistvieh entkommen!

Doch dann ertönte hinter ihm ein übles Knurren. Die spitze Schnauze des fremden Rüden erschien in der angelehnten Gartentür. Er fuhr sich mit einer langen, rosa Zunge über die Lefzen, als habe die bisherige Auseinandersetzung seinen Appetit auf Oswald erst richtig geweckt. Dann stürmte er los.

Durch den Sprung war Oswald noch etwas wacklig auf den Beinen, aber er konnte sich keine Schwäche leisten, wenn er diesen Innenhof unverletzt verlassen wollte.

Er rannte los, quer durch einen kleinen Garten voller Büsche und Bäume. Auf der anderen Seite gab es eine Durchfahrt, die jedoch von einem großen, hölzernen Tor versperrt war. Es gab also kein Entrinnen. Den Riesenhund dicht auf den Fersen, jagte Oswald kreuz und quer, schlug Haken und enge Kurven in der vergeblichen Hoffnung, seinen Verfolger abzuschütteln.

Er rannte auf einen Ständer zu, von dem große, weiße Tücher herabhingen, wie Menschen sie benutzten. Sie rochen ungesund. Oswald rannte zwischen die Tücher, die bis auf den Boden reichten, in der Hoffnung, dies würde seinen Verfolger verwirren. Doch der blieb ihm in dem Labyrinth aus flatterndem weißem Stoff unbeirrt auf den Fersen. Dabei blieb er allerdings an einem Tuch hängen und riss den ganzen Ständer um, so dass er unter einem weißen Haufen begraben wurde.

Oswald gewann etwas Vorsprung, doch er sah, wie sich der Riesenhund rasch aus dem Durcheinander befreite. Eines der Tücher hatte sich an seinem Halsband verhakt, so dass er jetzt einen flatternden weißen Umhang hatte, wodurch er noch hässlicher, aber auch furchteinflößender wirkte. Er sah sich um, entdeckte Oswald, fletschte die Zähne und stürmte los.

Oswald rannte auf die Mauer zu, über die er den Garten erreicht hatte. Von dieser Seite war es unmöglich, sie zu überspringen, aber es gab ja noch die angelehnte Tür.

Er stürmte hindurch. Die schöne Hündin sah ihn mit einem aufmerksamen Blick an, in dem auch ein Stück Bewunderung zu liegen schien. Doch Oswald hatte keine Zeit, ihre Anerkennung zu genießen. Das kläffende, vor Jagdfieber johlende Monster war dicht hinter ihm.

Bei seinen Spielen mit den Menschen hatte Oswald einiges darüber gelernt, wie sich Gegenstände verhielten. Besonders mit Türen kannte er sich gut aus. Er wusste, dass sie sich nur in eine Richtung öffnen ließen und dass man dazu mit den Pfoten den schwarzen Hebel herunterdrücken musste. Es war einfach, eine Tür zu öffnen, die in die eigene Laufrichtung aufklappte, und ziemlich schwierig, eine Tür mit der Schnauze aufzuhebeln, die sich nur entgegen der Laufrichtung öffnen ließ. Er wusste auch, dass sie sich gar nicht öffnen ließen, wenn das kleine silberne Ding, das manchmal in ihnen steckte, herumgedreht war.

Die Tür in der Mauer öffnete sich zu Oswalds Seite. Selbst der dämlichste Riesenköter war in der Lage, sie zu öffnen. Kein silbernes Ding steckte in dem kleinen Loch in der Mitte, und selbst wenn eines da gewesen wäre, waren nur Menschen in der Lage, es mit ihren seltsamen vielgliedrigen Pfotenmäulern herumzudrehen.

Oswald blieb nicht viel Zeit, seinen trainierten Hundeverstand einzusetzen. Sein Gegner war nur noch drei oder vier Sprünge von der Tür entfernt.

Er betrachtete die umgefallene Mülltonne. Sie war ziemlich schwer. Die zweite Tonne stand noch neben der Tür. Wenn sie auch umfiel …

Oswald sprang hinauf. Die Tonne wackelte ein bisschen, fiel jedoch nicht um.

Er dachte fieberhaft nach. Wie war das noch gleich gewesen, als das kleine Schränkchen in Frauchens Küche umfiel, auf dem der zerbrechliche Topf gestanden hatte? Er war auf den Stuhl gesprungen, von dort auf das Schränkchen, hatte sich daran abgestoßen, um …

Das Untier kläffte triumphierend, als es Oswald durch die angelehnte Tür erblickte. Geifer troff ihm aus dem gierigen Maul.

Oswald machte einen Satz ins Leere und stieß sich dabei kräftig mit den Hinterläufen von der Tonne ab. Er landete in der gepflasterten Ecke des Innenhofs und fuhr herum.

Die Tonne schwankte hin und her, kippte aber nicht um. Schon steckte der Riesenhund seine spitze Schnauze durch den Spalt.

Oswald sprang erneut gegen die Tonne, und diesmal reichte sein Schwung, um sie umkippen zu lassen. Sie krachte gegen die Tür. Der Riesenhund jaulte, als seine Schnauze eingeklemmt wurde, und zog sie rasch zurück. Die Tür fiel zu.

Der fremde Rüde war jetzt auf der anderen Seite eingesperrt. Er drehte fast durch vor Wut, knurrte und schrie, doch sosehr er auch an der Tür kratzte, er konnte sie nicht öffnen.

Die Hündin kam langsam, mit wedelndem Schwanz auf Oswald zu. Sie senkte artig ihren Blick und lief an ihm vorbei, um an seinem Hinterteil zu schnüffeln. Die Rute stolz emporgereckt, ließ Oswald sie gewähren und schnüffelte seinerseits an ihr, fast betäubt vor Glück.

Die Hündin wandte sich ihm zu, senkte die Vorderpfoten und sah ihn kokett an in einer unmissverständlichen Aufforderung zum Spielen.

Das ließ sich Oswald nicht zweimal sagen. Er sprang auf sie zu, reckte die Vorderpfoten in die Luft, jagte dann an ihr vorbei, ließ sich von ihr fangen, um sie dann seinerseits zu jagen. Ausgelassen tollten sie über den Rasen, während das wütende Gebell des Riesenhundes hinter der Mauer allmählich zu einem heiseren, frustrierten Kläffen wurde.

Nach einer Weile wurde Oswald klar, dass es besser war, von hier zu verschwinden. Irgendein Mensch konnte jederzeit daherkommen und die Tür öffnen. Sollte sein Feind befreit werden, würde er sich wohl nicht damit begnügen, Oswald eine Lektion zu erteilen, wie es die Spielregeln vorsahen. Wütend, wie er war, würde er ihn wahrscheinlich totbeißen.

Oswald lief zu der Durchfahrt, die hinaus auf die Straße führte. Die Hündin folgte ihm ein Stück und blieb dann stehen, als traue sie sich nicht, ihr gewohntes Revier zu verlassen.

Oswald sah sie aufmunternd an. Er bellte einmal. Komm schon!

Die Schöne setzte sich hin und sah ihn aus traurigen Augen an, die eine klare Botschaft enthielten: Ich kann dir nicht folgen. Frauchen hat es verboten.

Oswald lief zu ihr. Er leckte ihre Lefzen, um ihr seine Zuneigung zu zeigen. Komm schon. Lass uns einen kleinen Streifzug unternehmen. Du musst keine Angst haben, ich bin ja bei dir!

Schwanzwedelnd lief er zum Rand der Straße, drehte sich noch einmal um und sah seine Angebetete mit schmachtendem Blick an.

Sie musterte ihn eine Weile, dann setzte sie sich in Bewegung, zögernd, doch mit rasch wedelndem Schwanz, der ihr Hinterteil auf entzückende Weise hin und her wackeln ließ.

Stolz führte Oswald seine neue Freundin in das unbekannte, gefährliche Reich der Straßen – in die Freiheit.

18.

Ich stand eine Weile unschlüssig herum. Aus dem Schlafzimmer waren nur unverständliches Flüstern und gelegentliches Kichern zu hören. Noch nie hatte ich mich so blöd gefühlt wie in diesem Moment. In der Wohnung hielt ich es nicht aus. Also beschloss ich, ein wenig frische Luft zu schnappen.

Aber es half nichts. Aus irgendeinem Grund war ich genervt, frustriert, demoralisiert, am Boden zerstört und stinksauer – einem Grund, der sich mir ebenso entzog wie der eines Teichs voller Entengrütze.

Der Typ von der GAGA war mir egal. Ich gehörte nicht mehr dazu, wenn auch nur vorübergehend, wie ich hoffte. Ich konnte ihm also die Schnauze polieren, wenn ich wollte, und das wollte ich definitiv. Siraxis konnte es auch nicht sein, oder? Schließlich war sie eine elende Verräterin, die wahrscheinlich den Niedergang der Menschheit plante und in eine Verschwörung verwickelt war, die irgendetwas mit den Zwillingen und einer Prophezeiung zu tun hatte. Es gab nicht den geringsten Grund, etwas anderes für sie zu empfinden als Abscheu.

Warum also lief ich hier vor dem Haus im Kreis herum, murmelte ununterbrochen vor mich hin und riskierte, dass die Nachbarn einen Arzt riefen?

Ich hatte keine Ahnung. Ich wusste nur, dass ich es nicht ertragen würde, ihr zufriedenes, entspanntes Lächeln zu sehen, wenn Siraxis aus dem Schlafzimmer kam. Aus irgendeinem trüben, unerfindlichen, unglaublich banalen, höchst albernen, eben typisch menschlichen Grund.

Nach ungefähr einer halben Stunde kam mir die Erleuchtung. Und zwar in Form einer grellrosa blinkenden Neonreklame. »Seventh Heaven« stand dort. Das Schild hing über dem Eingang einer Bar in unserer Straße. Ich hatte schon mehrmals damit ge-

liebäugelt, hier einzukehren, zumal ich seit längerem den Verdacht hegte, dass es mehr als einen Himmel gibt.

Siraxis hatte immer behauptet, dass Alkohol mir nicht bekommen würde. Jetzt war die Gelegenheit, herauszufinden, ob das stimmte.

Die Bar war kühl eingerichtet, mit blauem und rosa Neonlicht und weißen, kahlen Wänden. Ein Typ mit Dreitagebart hinter der Bar war dabei, Gläser zu polieren. Es war noch früh am Abend. Außer mir war nur ein Pärchen anwesend: Ein älterer Mann und eine junge Frau, die man für seine Tochter hätte halten können, wenn er sie nicht so lüstern begrapscht hätte.

Ich setzte mich auf einen der Barhocker aus Aluminium.

»Ja bitte?«, fragte der Barkeeper.

»Ich möchte was zu trinken.«

»Aha, und an was genau hatten Sie da gedacht?«

Ich durchforstete mein Gedächtnis nach Namen von Alkoholika, die ich in der Fernsehwerbung aufgeschnappt hatte. Ich versuchte, so zu reden wie der Typ in der Whisky-Werbung, als sich die Blondine mit dem durchsichtigen Kleid neben ihn setzt. »Einen, äh, Campari-Tequila-Caipirinha mit Jim Beam und Wodka. On the Rocks. Aber ohne Olive.«

Der Barkeeper sah mich einen Moment lang an. Dann reichte er mir eine Karte. »Vielleicht suchen Sie sich besser hiervon etwas aus.«

Ich betrachtete die Liste der Cocktails und zuckte zusammen, als ich ihre Namen las. Dann fiel mir ein, dass ich jetzt eine ungebundene, freie Seele hatte. Ich konnte mich entscheiden, wie ich wollte. »Ich nehme den Devil's Punch!«

»Sind Sie sicher?«

Als ich nickte, goss er alle möglichen Flüssigkeiten in einen silbernen Behälter, schüttelte ihn, füllte den Inhalt in ein Glas und stellte schließlich eine giftgrüne Flüssigkeit vor mich hin. Ich leerte das Glas in einem Zug. Das Zeug schmeckte widerlich und brannte in der Kehle wie heißes Öl. Ich vermutete, dass man sich an den Geschmack erst gewöhnen musste, und bestellte noch ein Glas.

Ich war immer noch damit beschäftigt, mich an den Geschmack des Devil's Punch zu gewöhnen, als ich bemerkte, wie sich jemand neben mich setzte.

Oswald konnte sich über sein bisheriges Leben eigentlich nicht beklagen. Bei seinem zweiten Frauchen hatte er in den letzten Jahren viel Spaß gehabt, auch wenn seine zahlreichen Mitbewohner – zwei arrogante Mäusejäger, ein außerordentlich übellauniger Stachelrücken und ein salatfressender umgedrehter Fressnapf auf vier Beinen – ihn gelegentlich nervten. Frauchen war liebevoll, sie kümmerte sich gut um ihn, und vor allem hatte er viel Auslauf und ein eigenes kleines Revier zu verteidigen.

Aber all das war gar nichts gegen das Gefühl, mit dieser wunderschönen Hündin, die er Seidenfell getauft hatte, durch die Stadt zu streifen. Die Sonne am Himmel war längst untergegangen, und die tausend kleinen Sonnen der Menschen erhellten die Nacht. Das Blut sang in Oswalds Ohren. Er nahm die ganze Welt in übernatürlicher Klarheit wahr. Jeder Duft schien noch intensiver, jede Farbe noch leuchtender. Er fühlte sich groß und stark. Nichts konnte ihm passieren!

Ein kurzes Bellen erklang. Pass auf! Oswald sah hoch und entdeckte einen riesigen Lastwagen, der genau auf ihn zurollte. Gerade noch rechtzeitig sprang er von der Straße, auf die er blind vor Liebesglück gelaufen war.

Seidenfells Augen waren voller Tadel: Du wärst beinahe von einem dieser rollenden Dinger gefressen worden! Ich dachte, wenn du bei mir bist, kann mir nichts passieren, und dabei kannst du nicht mal auf dich selbst aufpassen!

Oswald senkte den Blick. Schon gut, tut mir leid.

Er reckte die Schnauze in die Luft. Ein appetitlicher Duft zog in seine Nüstern und erinnerte ihn daran, dass er Hunger hatte. Er lief ein paar Schritte in die Richtung des Geruchs und sah sich um. Seidenfell musterte ihn skeptisch, folgte ihm dann aber zögernd.

Der Geruch ging von einem Mülleimer aus, der neben einer

Bank stand. Offenbar hatte dort ein Mensch etwas zu essen versteckt – vielleicht als Vorrat, den er sich später, wenn er Hunger hatte, holen würde. Nun, in dem Fall hätte er Pech gehabt, denn Oswald hatte soeben beschlossen, dass dies nun sein Fressen war. Seins und Seidenfells natürlich.

Er steckte neugierig den Kopf in den Mülleimer.

Ein Paar schwarzer, glänzender Augen starrte ihn böse an. Ein Nacktschwanz!

Bevor Oswald reagieren konnte, war das Vieh schon hochgesprungen und hatte ihn mit seinen langen Vorderzähnen in die Schnauze gebissen. Er machte einen Satz zurück und jaulte auf. Der Nacktschwanz kletterte ans Licht und verschwand mit Geraschel in einem Gebüsch neben der Bank.

Seidenfell beschnüffelte die Wunde. Lass mich mal machen, sagten ihre Augen. Sie leckte sanft mit ihrer Zunge über seine Lefze. Obwohl es empfindlich schmerzte, war Oswald dem Nacktschwanz jetzt beinahe dankbar.

Oswald näherte sich erneut dem Papierkorb. Diesmal war er vorsichtiger, doch es verbarg sich keine weitere Gefahr darin. Er wühlte mit der verletzten Schnauze behutsam im Unrat und förderte schließlich ein angebissenes Käsebrot zutage. Stolz zog er es hervor und legte es Seidenfell vor die Füße.

Sie schnüffelte daran, zog ihre hübsche Schnauze kraus und sah ihn an. Du erwartest doch nicht, dass ich das da fresse?

Oswald war ein bisschen beleidigt. Immerhin hatte er das Fressen unter Einsatz seines Lebens, oder wenigstens der Unversehrtheit seiner Schnauze, erobert. Er schob das Käsebrot mit der Nase in Richtung Seidenfell.

Sie drehte sich zur Seite.

Na gut, dann eben nicht. Versteh einer die Hündinnen! Mit einem Haps verschlang er das Käsebrot. Der Schimmel kribbelte ein bisschen auf seiner Zunge, aber ansonsten schmeckte es vorzüglich.

Seidenfell sah ihn an. Bringst du mich jetzt wieder zu Frauchen?

Ein Stich ging durch Oswalds Herz. Er hatte sich keine großen Gedanken über die Zukunft gemacht – immerhin war er ein Hund. Aber die Vorstellung, dass ihr Ausflug schon zu Ende sein sollte, gefiel ihm gar nicht. Irgendwie wollte er immer bei Seidenfell bleiben.

Er schnüffelte an ihr, und ihr Duft benebelte ihn. Sie wurde ganz still und ließ ihn gewähren. Und plötzlich geschah etwas sehr Seltsames und außerordentlich Wundervolles ...

Bringst du mich JETZT zu Frauchen?

Oswald war einen Moment lang zu glücklich und zu erschöpft, um zu reagieren. Schließlich aber lief er mit vor Stolz emporgereckter Rute in die Richtung, in der er Seidenfells Revier vermutete.

Sie wanderten durch dunkle Straßen. Hier sind wir aber nicht hergekommen, sagten Seidenfells Augen nach einer Weile.

Das ist eine Abkürzung – glaube ich, gab Oswald zurück.

Seidenfell reckte ihr hübsches Näschen in die Luft. Riech mal!

Oswald witterte. Ein herrlicher Duft von frischem Fleisch lag in der Luft. Er mischte sich mit der schwachen Witterung eines jener Menschen, die sich ständig brennende Stinkstängel in den Mund steckten. Irgendetwas an dem Geruch des Menschen gefiel ihm nicht. Warte, wollte er ihr bedeuten, aber Seidenfell war schon in Richtung des Geruchs losgelaufen.

Der Duft kam aus einer Nische zwischen zwei Häusern. Genauer gesagt aus einer rechteckigen Kiste, die in einer Ecke neben einem großen Auto stand.

Seidenfell kläffte aufgeregt. DAS ist ein leckeres Fressen!

Oswalds Nackenfell sträubte sich. Er knurrte. Lass das lieber, Seidenfell. Da stimmt was nicht!

Seidenfell wandte sich zu ihm um. Ihre Augen glitzerten im Mondschein. Ach was, du bist nur beleidigt, weil nicht du das Fressen gefunden hast, sondern ich!

Ehe Oswald es verhindern konnte, war sie in die Kiste geklettert und hatte sich über das Fleisch hergemacht, das dort in einem Fressnapf stand.

Mit einem lauten Klack fiel eine Klappe zu und versperrte Seidenfell den Rückweg. Sie war gefangen!

Sie jaulte auf vor Schreck. Hol mich hier raus! Ich will nicht in dieser Kiste sein! Ich will zu Frauchen!

Oswald stürzte hinzu. Er schnüffelte an der Kiste, untersuchte sie, konnte jedoch nicht erkennen, wie sie zu öffnen war. Es gab weder einen schwarzen Hebel noch ein silbernes Ding zum Umdrehen. Er versuchte, die Klappe mit der Schnauze anzuheben oder hochzuschieben, doch es gelang ihm nicht.

»Sieh mal an, wen haben wir denn da!«

Oswald konnte die Worte nicht verstehen, aber die Stimme des Mannes missfiel ihm sehr. Er verströmte diesen Stinkstängel-Geruch, der jetzt überall war. Er musste dort in dem Auto gelauert haben.

»Komm mal her, mein Kleiner!«, sagte der Mann und beugte sich vor.

Oswald knurrte.

»Oho, du bist mir aber ein ganz gefährlicher!«, sagte der Mann und ließ dieses seltsame Bellen hören, das die Menschen manchmal machten, wenn sie etwas lustig fanden. »Da gehen wir lieber auf Nummer sicher!«

Er machte eine Handbewegung und warf etwas über Oswald. Es waren viele miteinander verknotete Fäden, die sich über ihn legten und ihn einwickelten. Oswald versuchte, sich daraus zu befreien, doch je mehr er daran zerrte, desto heilloser verstrickte er sich. Schließlich konnte er sich kaum noch bewegen.

»Brav, mein Junge, brav!«, rief der Mann. Oswald knurrte und versuchte, den Mann zu beißen, doch die Fäden hatten sein Maul zusammengeschnürt.

Plötzlich packte der Mann Oswalds Schnauze, entfernte die Fäden und stülpte einen ledernen Korb über sein Maul, den er hinter Oswalds Kopf festzurrte. Nun konnte Oswald nicht mehr beißen und nicht mehr fressen, nicht einmal mehr richtig bellen. Er winselte verzweifelt und versuchte, sich aus dem Griff des Fremden zu befreien, doch die Fäden hielten ihn immer noch fest.

Der Mann entfernte die Fäden, befestigte eine Hundeleine an seinem Halsband und zerrte ihn in das große Auto. Dort knotete er die Leine fest, so dass Oswald nicht fliehen konnte. Dann hievte er die Kiste mit Seidenfell in den Wagen, schloss die Klappe und stieg vorn ein.

Es tut mir leid, Seidenfell, winselte Oswald.

Sie fiepte kläglich. Ich will zu meinem Frauchen!

Der Mensch startete den Wagen, und sie fuhren eine Weile durch die Stadt. Oswald zerrte wild an der Leine, aber es gelang ihm nicht, sich loszureißen. Schließlich gab er auf und legte den Kopf auf die Vorderpfoten. Wie konnte ein Tag, der so herrlich gewesen war, auf so schreckliche Weise enden, fragte er sich, während sie in dem stinkenden Wagen einem ungewissen Schicksal entgegenfuhren.

19.

Ich sah auf. Der Typ kam mir vage bekannt vor, aber ich kam nicht darauf, wo ich sein Gesicht schon einmal gesehen hatte. Er hatte einen Hut tief ins Gesicht gezogen, so dass seine schwarzen Augen mich aus einem tiefen Schatten musterten. Ich glaubte, in ihnen ein leichtes, orangefarbenes Glühen zu erkennen, aber das war sicher nur eine Reflexion der bunten Neonlichter hinter der Bar.

»Hallo, Amander«, sagte der Mann. Seine Stimme war tief und weich, genau wie die von dem Typen aus der Whisky-Werbung. Er lüftete kurz seinen Hut zum Gruß. Der Devil's Punch musste mir die Sinne vernebelt haben, denn für einen Moment glaubte ich, zwei kurze, spitze Stummel auf seiner kahlen Stirn zu sehen.

»Kennen wir uns?«, fragte ich.

»Nicht direkt«, sagte er. »Wir haben sozusagen eine gemeinsame Bekannte.«

»Aha.«

Wir schwiegen eine Weile. Mir fiel auf, dass der Barkeeper den Unbekannten nicht fragte, ob er etwas trinken wolle. Also übernahm ich das. Ich hielt mein leeres Glas in die Luft. »Noch zwei davon!«, rief ich. »Einen für mich, und einen für meinen Freund hier!«

»Meinen Sie nicht, Sie haben langsam genug?«, fragte der Barkeeper. Als ich dies vehement verneinte, zuckte er mit den Schultern, stellte mir jedoch nur ein einziges Glas mit Devil's Punch hin.

Ich schob es zu dem Mann mit dem Hut, doch der lehnte freundlich ab. »Ich habe keinen Durst«, sagte er. »Aber du kannst das gut gebrauchen, Amander, nicht wahr? Wo sie dich doch so gedemütigt hat! So sind sie eben, die Frauen. Erst verdrehen sie einem den Kopf, dann werden sie zickig und meckern die ganze Zeit, und am Ende werfen sie sich einem anderen an den Hals.«

Ich nickte heftig und leerte das Glas. Der Mann war mir auf Anhieb sympathisch. Ich dachte darüber nach, was er gerade gesagt hatte: Eine gemeinsame Bekannte.

»Hat sie Sie auch …?«

Er grinste. Irgendetwas an diesem Grinsen machte mir Sorgen. Aber vielleicht irritierte mich auch nur die Tatsache, dass die ganze Kneipe inzwischen begonnen hatte zu schwanken wie ein kleines Segelboot im Orkan. »Keineswegs«, sagte er. »Ich weiß ja, wie man mit Frauen umgeht!«

Ich beugte mich interessiert vor. »Ach ja?«

Seine Stimme nahm einen vertraulichen Flüsterton an. »Frauen sind wie junge Pferde. Man muss ihnen gleich klarmachen, wer der Herr im Haus ist. Dann werden sie gefügig. Tut man das nicht, bocken sie und machen, was sie wollen. Am Ende werfen sie dich ab und du liegst im Dreck.«

»Ach«, sagte ich.

»Aber es muss ja nicht so kommen«, fuhr er fort. »Alles, was du tun musst, ist, die Zügel fest in der Hand halten und ihr die Sporen geben!«

»Aha«, sagte ich und stellte mir vor, wie ich auf Siraxis' Rücken saß und ihr meine Fersen in die Hüften rammte.

»Natürlich nur im übertragenen Sinn«, sagte der Fremde.

»Ach so.«

»Also, am besten ist es, du gehst jetzt nach Hause und sagst ihr erst mal ordentlich die Meinung«, sagte er. »Sollte sie frech werden, kannst du ihr ruhig mal eine knallen. Frauen mögen es insgeheim, wenn man sie etwas härter anfasst.«

»Mhmm«, sagte ich. Bisher hatte Siraxis eher nicht den Eindruck gemacht, als würde sie gern geschlagen.

»Wir schließen jetzt«, sagten die beiden Barkeeper. Wieso waren es auf einmal zwei? »Das macht dann 142,50. Soll ich Ihnen ein Taxi rufen?«

»Nicht nötig«, sagte ich, während ich einen unsortierten Stapel Geldscheine auf den Tresen legte. »Ich hab's nicht weit. Außerdem wird mich mein Freund hier nach Hause begleiten.«

»Ihr Freund?«

Ich wandte mich um, aber der Barhocker neben mir war leer. »Nanu«, sagte ich. »Wo ist denn der Mann mit dem Hut hin? Eben war er doch noch da!«

Die Barkeeper sahen mich mitleidig an. »Welcher Mann mit Hut?«

Das Telefon klingelte. Mauser schloss die Tür des Zoogeschäfts ab und ging in das enge Hinterzimmer, in dem der altertümliche Apparat mit Wählscheibe stand.

Es war einer seiner Lieferanten. »Ich habe eine neue Lieferung reinbekommen«, sagte er. »Ein Cockerspaniel und eine Promenadenmischung. Ziemlich widerspenstiges Vieh.«

»Tut mir leid, momentan habe ich keinen Bedarf.« Mauser hatte keine Zeit, sich jetzt mit Labortieren zu beschäftigen. Er musste diesen Fernsehköter finden.

»Was heißt hier, kein Bedarf?«, sagte der Mann. Seine Stimme war dunkel und heiser von Nikotin und Alkohol. »Sie haben gesagt, Sie hätten immer Bedarf. Die Ware ist wirklich eins a, besonders der Spaniel.«

»Haben Sie nicht verstanden? Momentan kann ich keine Lieferung gebrauchen.«

»Und was soll ich jetzt mit den Viechern machen?«

»Sperren Sie sie halt eine Weile ein. Ich melde mich, sobald ich wieder Bedarf habe.«

»Einsperren? Und ich soll sie wohl auch noch durchfüttern, was? Ich bin doch keine Hundepension!«

»Dann lassen Sie sie halt wieder laufen!«

»Hören Sie mal, ich mache mir doch nicht all die Arbeit, um die Viecher dann wieder abhauen zu lassen! Dieses Mistvieh von Straßenköter hat mich beinahe gebissen. Dann ist er irgendwie aus seinem Käfig raus. Keine Ahnung, wie er das angestellt hat. Er hätte abhauen können, die Schuppentür war nur angelehnt, aber er ist dageblieben und hat versucht, den Spaniel aus seinem Käfig zu befreien. War 'ne ganz schöne Arbeit, ihn wieder einzusperren. Und jetzt soll ich ihn einfach laufenlassen?«

Etwas an dem, was der Lieferant gesagt hatte, machte Mauser hellhörig. »Wie sieht er aus?«

»Der Spaniel? Na ja, wie die eben aussehen, Schlappohren, langes, seidiges Fell, gut gepflegt …«

»Ich meine den anderen. Den Mischling.«

»Kniehoch, struppiges braunes Fell, ein schwarzer Fleck auf der Seite.«

Bingo! Mauser riss sich zusammen, um keinen übereifrigen Eindruck zu machen. Wenn der Lieferant spitzkriegte, wie wichtig ihm der Hund war, würde er unverschämte Forderungen stellen. »Also schön, ich nehme Ihnen die Tiere ab.«

»Hundert pro Stück, wie abgemacht, klar?«

»In Ordnung. Ich bin gleich bei Ihnen.«

Eine gute Stunde später hatte Mauser die beiden Hunde in ein altes Lagerhaus gebracht, das er angemietet hatte. Es lag auf einem ungenutzten Gelände, das zu einer pleitegegangenen Spedition gehört hatte. Niemand kam hierher und stellte Fragen, und das Gekläffe und Gefiepe der Tiere hörte auch keiner.

Der Cockerspaniel war ziemlich verschüchtert. Er sah Mauser mit seinen großen, treuen Hundeaugen flehend an. Mauser verdrängte den Anflug von Mitleid, der sich in ihm regte. Mit ihm hatte auch niemand Mitleid.

Der Fressi-Hund war dagegen ziemlich störrisch. Mauser hatte sofort gesehen, dass es der echte Hund aus der Fernsehwerbung war. Er hatte keine Ahnung, welche glückliche Fügung des Schicksals ihm das Tier in die Hände gespielt hatte. Eigentlich gehörte er nicht zu den Leuten, denen das Glück besonders hold war. Aber er war auch nicht der Typ, der lange nach dem Warum fragte, wenn sich eine günstige Gelegenheit ergab.

Der Hund sprang in dem engen Käfig hin und her, knurrte und versuchte, Mauser zu beißen. Der Blödmann von Lieferant hatte ihm den Maulkorb abgenommen, und beinahe hätte das Mistvieh Mausers Finger erwischt. Dafür würde er den Köter erst mal auf Diät setzen. Sicherheitshalber machte er ein Vorhängeschloss an die Käfigtür. Dann ließ er die Tiere zurück und lief ein Stück über das Freigelände, auf dem nur noch ein paar verrostete Container herumstanden. Er holte den Zettel mit der Nummer heraus, die ihm sein unbekannter Auftraggeber genannt hatte. »Ich habe die Ware«, sagte er.

20.

»Wo isser, der … der elene Schweinehun!«, rief ich.

Siraxis sah mich mit gerunzelter Stirn an. »Amander! Wo bist du gewesen? Igitt, du stinkst ja nach Alkohol!«

»Ich will sofort wissn, wo dieser elene Misskerl iss, dieser Mauri … Maurus …«

»Amander?«, sagte eine helle Stimme irgendwo aus dem hinteren Teil der Wohnung.

»Da issaja, der Schei… der elene Schweinemisssauhun! Komm her, du! Krisse gleich ein auffe Schnauze!«

»Amander! Gütiger Himmel! Was ist denn mit dir passiert?«

»Kannze gleich hin abhaun, in dein gütichen Himmel! Abba vorher krisse noch ein inne Fresse, kapiert?« Alles drehte sich um mich, und plötzlich klappte der Fußboden hoch und schlug mir ins Gesicht. »Gemeiner Misskerl«, bemerkte ich noch, bevor das Licht ausging.

Eine verdammt kurze Nacht später richtete jemand den Flutlichtmast eines Fußballstadions genau auf meine Augen. Vielleicht waren es auch die Landescheinwerfer eines Passagierflugzeugs – oder das Tageslicht, das durch einen schmalen Schlitz im Vorhang des Schlafzimmerfensters hereinfiel.

Irgendwann, während ich bewusstlos dalag, hatten ein paar hinterhältige Zwerge ein Loch in meinen Kopf gebohrt und klopften nun mit kleinen Hämmern von Innen gegen meinen Schädel, wobei sie fröhlich »Hei ho« sangen. Ich versuchte, mich aufzusetzen, aber die Zwerge veranstalteten ein wütendes Protestgeheul und hämmerten umso heftiger, so dass ich den Versuch gleich wieder aufgab. Mir war schlecht. Ich hätte mich gern übergeben, aber so, wie das Bett und der Fußboden aussahen, konnte nicht mehr viel in meinem Magen sein.

Siraxis betrat das Zimmer. Sie machte ein finsteres Gesicht, und ihre Augen glühten. »Was hast du dir nur dabei gedacht!«, rief sie.

»Nissolau!«, sagte ich.

»Was?«

»Nichsolaut!«

»Ha!« Siraxis riss die Vorhänge auf und öffnete das Fenster. Der Straßenlärm drang mit der Wucht eines Presslufthammers herein, was die Zwerge zu neuen Leistungen mit ihren eigenen Hämmern anspornte. Offensichtlich waren sie nicht bereit, sich von der Umgebung übertönen zu lassen.

»Aua!«

»Erwarte bitte kein Mitleid von mir! Und diese Sauerei machst du ganz allein weg!«

Erinnerungsfetzen waberten durch meinen Kopf wie verirrte Gestalten im Nebel. »Was ... wo ist ...«

»Maurenus? Willze ihm etwa immanoch ein auffe Schnauze haun?«

Ich blinzelte sie verständnislos an. Ich war noch nicht in der geistigen Verfassung, um zu kapieren.

»Er ist verschwunden. Hat gesagt, er war schon viel zu lange auf der Erde und er kommt noch zu spät zum Hosiannasingen.«

Wenigstens eine gute Nachricht. Ich versuchte zu grinsen, aber meine Gesichtsmuskeln waren immer noch bewusstlos.

»Kannst du mir jetzt bitte mal erklären, was das gestern Abend sollte?«

Mir fiel plötzlich wieder ein, was der Fremde in der Bar gesagt hatte. Ich versuchte auszusehen wie ein Mann, der genau wusste, was er wollte, und vor dem die Weiber Respekt hatten, was angesichts der Umstände überhaupt nicht einfach war. »Ich muss dir gar nichts erklären!«

Siraxis warf mir einen langen Blick zu. Dann zuckte sie mit den Schultern und ließ mich mit meinen Zwergen zurück.

Fabian saß auf seinem großzügigen Balkon auf dem Dach eines Luxusapartmenthauses und spielte eine Melodie auf seiner

Akustikgitarre, während sich die Abendsonne in den Spitzen der Glastürme der Frankfurter City spiegelte. Er arbeitete an einem neuen Instrumentalstück, einer komplizierten Komposition, bei der er mit Hilfe seines digitalen Aufnahmesystems vierundzwanzig E-Gitarren gleichzeitig erklingen ließ, die er nacheinander einspielte. Aber er konnte sich nicht recht konzentrieren. Immer wieder ging sein Blick in die Ferne. Irgendwo weit dort hinten am Stadtrand lag die Müllverbrennungsanlage, neben der ein kleiner Zirkus sein armseliges Dasein fristete.

Die junge Artistin in diesem Zirkus war etwas ganz Besonderes, das hatte er gleich gesehen. Doch sie vergeudete da draußen ihr Talent, genau wie er hier in seinem Luxusapartment.

Vielleicht konnte er ihr helfen. Wenn er schon sein Geld nicht nutzen durfte, um seine eigene Karriere als Musiker zu fördern, konnte er dann nicht wenigstens sie groß rausbringen? Er stellte sich vor, wie dankbar sie ihm wäre, wenn er ihr den Erfolg ermöglichte, den sie verdiente, und ein Lächeln stahl sich auf seine Lippen.

Natürlich hatte er es nicht ernst gemeint, als er gestern auf Ninas Idee, den Zirkus zu kaufen, eingegangen war. Kein vernünftiger Manager würde in ein so heruntergekommenes Unternehmen investieren. Aber in der Zwischenzeit hatte er oft über die Sache nachgedacht, und sie erschien ihm immer weniger absurd.

Fabian hatte noch nie Lust gehabt, ein vernünftiger Manager zu sein. Er verstand nicht, dass einige Leute Geld als Selbstzweck betrachteten. Diese Leute waren reich, aber sie horteten ihr Vermögen, statt es zu genießen. Wenn sie wenigstens wie Dagobert Duck in ihren Geldspeichern baden und ein bisschen Spaß haben würden! Stattdessen starrten sie auf ihren Kontostand wie ein Sportler auf seine Rundenzeit und ärgerten sich, dass sie noch nicht reicher waren als ihre Erzrivalen.

Leute wie seine Stiefmutter oder dieser feiste Geschäftsführer der Papenheim-Stiftung, Gerhard Tomasi. Fabian hatte ihn immer als schmierig und übertrieben ehrgeizig empfunden. Wenn er erst selbst die Kontrolle über die Stiftung hatte, würde er diesen Mann sofort auswechseln. Und dann würde er das Vermögen der Stiftung sinnvoll nutzen. Er würde es nicht einfach wohltätigen Zwecken spenden und damit jede Verantwortung dafür aus der Hand geben – so einfach wollte er sich die Sache nicht machen. Aber er würde dafür sorgen, dass die Gelder der Papenheim-Stiftung in sinnvolle, auf Nachhaltigkeit angelegte Unternehmen flossen.

Geld konnte und durfte nicht die heilige Kuh sein, der alles andere geopfert wurde. Warum also sollte man nicht auch Geld in etwas investieren, das anderen Menschen Freude machte – etwas wie einen kleinen Zirkus?

Pamela würde ihn für diese Idee sicher auslachen. Außerdem schien diese hübsche junge Artistin, Mafalda, ihn nicht besonders zu mögen. Nein, das war wahrscheinlich nur eine seiner typischen Tagträumereien. Besser, er vergaß die Sache schnell wieder.

Nicht doch, sagte seine innere Stimme. Du solltest deine Träume nicht so schnell aufgeben!

Wer immer nur seinen Träumen nachhängt, verpasst den Zug. Das hatte sein Vater immer gesagt. Wenn Fabian auch sonst wenig von den Moralvorstellungen seines alten Herrn hielt, musste er doch zugeben, dass er gewusst hatte, wie man im Leben Erfolg hatte. Immerhin hatte er das Papenheim-Chemieimperium nach dem Krieg aus dem Nichts aufgebaut.

Diese Zeiten sind doch längst vorbei, sagte die Stimme. Heute zählt nicht mehr nur harte Arbeit, heute zählen Ideen und Phantasie.

Vielleicht, aber deswegen sollte man sein Geld nicht leichtsinnig verschleudern.

Eine Investition in die Unterhaltungsindustrie ist eine Investition mit Zukunft!

Diesen kleinen Zirkus als Unterhaltungsindustrie zu bezeichnen, war ja wohl ziemlich weit hergeholt.

Keineswegs. Denk nur an die großen Erfolgsgeschichten, an den Zirkus Krone, an Roncalli oder den Cirque du Soleil. Die haben auch mal klein angefangen.

Nun mach aber mal 'nen Punkt, Fabian, schalt er sich selbst. Das redest du dir doch nur ein, weil du die hübsche Artistin wiedersehen willst.

Und? Was ist daran so schlimm? Und übrigens heiße ich Tobias.

Fabian schlug vor Schreck einen disharmonischen Akkord auf der Gitarre. Es kam schon mal vor, dass er einen Dialog mit sich selbst führte, wenn er eine Sache von verschiedenen Seiten betrachten wollte. Aber noch nie hatte er sich selbst dabei ›Tobias‹ genannt. Vielleicht stimmte etwas nicht mit ihm. Er hatte mal ein Buch über gespaltene Persönlichkeiten gelesen. Das war, als lebten mehrere vollkommen unterschiedliche Menschen eingezwängt in nur einem Körper. Die Vorstellung war mehr als beängstigend.

Nein, nein, vergiss das mit Tobias, das war nicht so gemeint. Mach dir keinen Kopf, bloß weil du mal auf deine innere Stimme hörst, Fabian. Nun setz dich endlich in deinen Porsche und fahr zu diesem Mädchen!

Fabian seufzte. Vielleicht fing er an durchzudrehen, aber vielleicht hatte die Stimme in seinem Kopf auch einfach recht. Also befolgte er den Rat und fuhr los.

Mafaldas Mutter schien sehr erfreut zu sein, ihn zu sehen. Selbstverständlich könne er mit Mafalda sprechen, sagte sie. Sie sei gerade dabei, sich nach der letzten Vorstellung umzuziehen. Ob sie ihm in der Zwischenzeit einen Kaffee anbieten könne? Ohne eine Antwort abzuwarten, führte sie ihn in einen der Wohnwagen, der eine kleine Küche und eine abgewetzte Sitzgarnitur um einen langen Holztisch enthielt.

Mafaldas Vater, der dort gesessen hatte, stand auf und reichte ihm die Hand. »Guten Tag! Schön, Sie zu sehen, Herr …«

»Papenheim. Fabian Papenheim.«

Der Mann lächelte. »Alfonso Rigatoni, so nenne ich mich in

der Manege, aber eigentlich heiße ich Alfons Müller. Sie hören ja, dass ich im Unterschied zu meiner Frau kein Italiener bin. Was führt Sie zu uns, Herr Papenheim?«

»Ich ... ja, also, es ist so ... meiner kleinen Schwester Nina hat Ihre Vorstellung gestern sehr gefallen. Mir natürlich auch. Und da dachte ich ...«

»Setzen Sie sich doch«, sagte Mafaldas Mutter. Sie stellte eine kleine Tasse mit Espresso vor ihn, dazu Milch und Zucker.

Fabian folgte ihrer Aufforderung. »Also, ich habe mir überlegt«, begann er, während sich Alfons Müller interessiert vorbeugte. »Ich weiß ja nicht, ob es für Sie in Frage kommt, aber ich dachte ...«

Die Tür des Wohnwagens ging auf, und ein schwarzer Schatten schoss herein, sprang an Mafaldas Mutter hoch und beschnüffelte dann Fabians Bein. Fabian versuchte, das struppige Fell zu kraulen, aber der Hund war ein wenig scheu und beäugte ihn aus sicherer Entfernung.

»Mama, ich hab schon wieder keine ...« Mafalda, die hinter dem Hund den Wohnwagen betreten hatte, verstummte, als sie Fabian entdeckte. »Oh! Ich habe nicht gewusst, dass wir Besuch haben!« Sie trug eine abgewetzte Jeans und ein T-Shirt mit dem verblichenen Logo einer Rockband. Keinerlei Schmuck zierte ihren schlanken Hals und ihre feingliedrigen Finger. Trotzdem, oder vielleicht gerade deshalb, sah sie atemberaubend aus.

Los, sag was, forderte seine innere Stimme.

Aber was?

Woher soll ich das wissen? Sag halt irgendwas!

»Äh, guten Tag«, sagte Fabian.

Guten Tag? Mehr ist dir nicht eingefallen?

Ich sollte was sagen, und ich habe was gesagt!

Na, das kann ja heiter werden ...

Viel zu spät fiel Fabian ein, dass man aufstand, wenn eine Dame den Raum betrat. Er erhob sich und streckte die Hand aus.

Mafalda ignorierte die Hand und beäugte ihn misstrauisch. »Darf ich fragen, was Sie hier machen?«

»Mafalda!« Ihre Mutter trug immer noch ein Lächeln auf den Lippen, aber in ihrer Stimme lag eine schneidende Schärfe, die zeigte, wer in dieser Familie das Sagen hatte.

»Ich glaube, Herr Papenheim wollte uns gerade einen interessanten Vorschlag machen«, sagte Mafaldas Vater.

»Vorschlag? Was für einen Vorschlag?«

Fabian wusste zwar nicht genau, warum, aber es war offensichtlich, dass Mafalda ihn nicht leiden konnte. Es war ein Fehler gewesen, hierherzukommen, das war jetzt klar.

War es nicht!

Ruhe! Ich muss mich konzentrieren!

Sie sah ihn mit einer hochgezogenen Augenbraue an, als warte sie auf etwas. Eine peinliche Pause entstand, bis Fabian klar wurde, dass er vielleicht seinen Vorschlag erklären sollte. »Also, ich dachte, dass ich vielleicht ... dass die Papenheim Investment AG sich möglicherweise an Ihrem Etablissement beteiligen könnte.«

Etablissement? Hatte er wirklich Etablissement gesagt? Was für ein bescheuerter Ausdruck!

Mafaldas Augen wurden schmal. »Beteiligen? Inwiefern beteiligen?«

»Nun, wir investieren in verschiedene Unternehmen, und da dachte ich, es wäre vielleicht möglich ...«

»Also, ich finde, das ist gar keine schlechte ...«, begann Mafaldas Vater, doch sie unterbrach ihn.

»Wir brauchen Ihr Geld nicht!«, sagte sie mit einer Schärfe in der Stimme, die der ihrer Mutter in nichts nachstand. Ihr Gesicht war rot angelaufen, und Fabian konnte nicht umhin festzustellen, dass ihr das sehr gut stand. »Wir sind nicht käuflich!«

»Mafalda!«, rief ihre Mutter.

»Hör mal, Liebes, du weißt doch ...«, sagte ihr Vater. Doch Mafalda machte auf dem Absatz kehrt und knallte die Tür hinter sich zu.

Einen Moment herrschte betretenes Schweigen.

»Nehmen Sie es ihr bitte nicht übel«, sagte Mafaldas Mutter mit einem Lächeln, das die Schönheit ihrer Jugend aufblitzen ließ. »Das Kind ist manchmal ein bisschen aufbrausend. Ich fürchte, ihr Temperament hat sie von mir geerbt!«

»Was Ihren Vorschlag angeht …«, begann ihr Vater.

Fabian erhob sich. »Es tut mir leid«, sagte er. »Ich glaube, das war eine dumme Idee. Ich muss jetzt gehen.«

»Aber, Herr Papenheim …«, rief Mafaldas Vater, und Fabian hörte eine gewisse Verzweiflung in seiner Stimme. Ihm wurde klar, dass Mafaldas Eltern nur an seinem Geld interessiert waren. Er war im Begriff gewesen, einen großen Fehler zu machen. Er hörte schon die Häme, die Pamela über ihn ausgegossen hätte. Es war wirklich eine dumme Idee gewesen herzukommen.

War es nicht, protestierte seine innere Stimme.

Er ignorierte sie, verabschiedete sich knapp und fuhr zurück in sein Luxusapartment.

21.

Das Klingeln meines Handys weckte mich. Die Zwerge waren aus meinem Kopf abgezogen, hatten aber einen großen Haufen Schutt hinterlassen, den auch zwei Aspirin nicht wegspülen konnten. Meine Zunge fühlte sich an wie ein alter Turnschuh und schmeckte auch so. Meine Augen waren verklebt, und ich musste dringend unter die Dusche. Einen Anruf, noch dazu auf einem ausgeschalteten Handy, konnte ich jetzt nicht gebrauchen. Aber ich wusste, dass Gabriel keine Ruhe geben würde, bis ich abnahm. Er ist ja bekannt für seine Engelsgeduld.

»Wassnlos?«

»Amander, du bist in ernsthaften Schwierigkeiten, ist dir das eigentlich klar?«

»Wassnfür Schwierkein?« Meine Kiefer ließen sich noch nicht so richtig öffnen. Ich gähnte ein paar Mal, um sie zu lockern.

»Du interferierst mit einer Mission der GAGA! Einer hochgeheimen, außerordentlich wichtigen Mission! Armageddon steht auf dem Spiel!«

»Armageddon? Du meinst DAS Armageddon, mit Feuerregen und so?« Ich blickte auf die Uhr, konnte aber die Zeiger nicht genau erkennen, weil meine Augen tränten. »Ist es denn schon so spät?«

»Na ja, eigentlich nicht. Aber vielleicht können wir das ganze Verfahren ein wenig abkürzen.«

»Abkürzen? Ich verstehe kein Wort!«

»Es gibt da so eine alte Prophezeiung …«

»Also doch!«

»Ja, ja, du hattest recht.«

»Und? Wie lautet sie?«

»Das kann ich dir leider nicht sagen.«

»Warum nicht?«

»Für Sterbliche nicht zugelassen.«

»Und warum rufst du mich dann an?«

»Ich wollte dir nur befehl… ich meine, äh, nahelegen, dich rauszuhalten.«

»Raus? Wie, raus?«

»Na eben raus.«

»Woraus denn?«

»Aus allem.«

»Ich verstehe immer noch kein Wort.«

»Das musst du auch gar nicht, Amander. Misch dich am besten in gar nichts ein, ja? Vor allem nicht in irgendwelche Sachen, die Si… die die Andere betreffen. Versprichst du mir das?«

Mein Herz machte einen Satz. Ich wusste gar nicht, dass Menschenherzen so was können. Es fühlte sich nicht besonders angenehm an. »Und was ist mit meiner Rehabilitation? Ich sollte doch herausfinden, was Siraxis …«

»Vergiss das. Bekehre einen Sünder, und dann sehen wir weiter. Aber vor allem, lass die Andere in Ruhe. Versprichst du mir das?«

»Ja, ist gut«, sagte ich und legte auf.

Wisst ihr eigentlich, was das Beste daran ist, ein Mensch zu sein? Das Beste ist, dass man unbeschwert lügen kann!

Fabian parkte den Porsche in der Tiefgarage und fuhr mit dem Fahrstuhl ins Dachgeschoss. Er fühlte sich niedergeschlagen, ohne genau zu wissen, warum. Nun gut, es war eine blöde Idee gewesen … War es nicht! … Also, es war eine blöde Idee gewesen, den Zirkus zu kaufen. Aber blöde Ideen hatte er schon vorher gehabt und sich danach nicht so mies gefühlt wie jetzt. Was war nur mit ihm los? Vielleicht wurde er allmählich depressiv und sollte sich mal ein paar Pillen verschreiben lassen. Ja, das war ein guter Gedanke.

Das ist ganz und gar kein guter Gedanke!

Fabian ignorierte seine innere Stimme, die allmählich anfing, ihm auf die Nerven zu gehen. Er hoffte, Pillen würden die

Stimme ruhigstellen können. Er würde jetzt gleich Dr. Brinkmann anrufen.

Die Fahrstuhltür öffnete sich mit einem dezenten Glockenton auf den kleinen Flur vor dem Eingang zu seinem Penthouseapartment.

Als er den Schlüssel ins Schloss steckte, hatte er das vage Gefühl, dass etwas nicht stimmte. Er konnte es nicht genau benennen, aber etwas war anders als sonst.

Er öffnete die Tür, und plötzlich wurde es ihm klar. Es roch anders. Normalerweise wurde er von einem Duft klinischer Sauberkeit empfangen, den der Reinigungsservice hinterließ. Doch was ihm jetzt entgegenwehte, roch alles andere als sauber. Es stank!

Langsam schob er die Tür auf. War jemand während seiner Abwesenheit hier gewesen? Der kurze Vorflur sah unberührt aus. Er schloss die Eingangstür, betrat das geräumige Wohnzimmer und blieb erschrocken stehen.

Einer der Beistelltische neben dem Sofa war umgeworfen worden. Die wertvolle Skulptur von Salvador Divan, die darauf gestanden hatte, lag in Scherben auf dem Boden. Eine seiner Gitarren, eine Gibson Les Paul aus dem Jahr 1967, war mitsamt ihrem Ständer umgefallen. Ein Sofakissen lag aufgeschlitzt auf dem Boden, der Bezug war zerfetzt. Schaumgummistücke waren überall verstreut. Einer der rostfarbenen Seidenvorhänge vor dem Panoramafenster mit dem weiten Blick über Frankfurt hing halb abgerissen herab.

Er machte einen Schritt auf das Sofa zu und rutschte auf etwas Glitschigem aus, das auf dem hochwertigen Teppichboden gelegen hatte. Ein Hundehaufen! Hier in seinem immer so sauberen Apartment!

»Was zum ...«, rief Fabian aus. Weiter kam er nicht, denn in diesem Moment hörte er ein wütendes Knurren. Aus den Augenwinkeln sah er etwas aus der angelehnten Schlafzimmertür auf sich zu springen. Ehe er begriff, was geschah, spürte er einen heißen Schmerz in der Wade.

Er blickte hinab. Ein Hund hatte sich in seiner Hose verbissen und zerrte daran. Er schien außer sich vor Wut zu sein.

Wie zum Teufel kam ein Hund in Fabians Wohnung? Er hatte keine Zeit, sich mit der Frage zu beschäftigen, denn das Tier hatte offenbar vor, ihn bei lebendigem Leib aufzufressen. »Lass das!«, schrie er. »Pfui! Aus!«

Zu seiner Verblüffung gehorchte der Hund. Er ließ das Hosenbein los und sah zu Fabian auf. In seinen dunkelbraunen Augen schien fast so etwas wie Scham zu liegen, als wolle er sagen: Entschuldigung, das war wohl eine Verwechslung.

Erst jetzt hatte Fabian die Gelegenheit, sich den Hund näher anzusehen. Er hatte struppiges, braunes Fell und einen runden schwarzen Fleck an der Seite. Kein Zweifel: Es war ein Choso Muku. Mauser, der Idiot, musste ihn hierhergebracht haben, ohne Fabian vorher zu informieren. Aber warum hatte er nicht einfach angerufen? Und wie war er überhaupt in die Wohnung gekommen?

Fabian betrachtete den Hund argwöhnisch. »Sei schön brav, ja?« Er zog sich den verschmutzten Schuh aus und untersuchte seine Wade, entdeckte jedoch nur eine leicht gerötete Druckstelle, wo ihn der Hund gezwickt hatte. Er hatte wohl noch mal Glück gehabt.

Der Hund saß ganz lieb neben dem Sofa und beobachtete ihn. Der Blick seiner Augen war treu, als könne er kein Wässerchen trüben.

Fabian ging in die Küche, warf den schmutzigen Schuh in den Abfalleimer und zog sich ein neues Paar an. Dann untersuchte er den Rest der Wohnung.

Das Schlafzimmer war noch schlimmer verwüstet als das Wohnzimmer. Die teure Seidenbettwäsche war zerfetzt. Überall lagen Daunenfedern herum, als sei hier ein Schneesturm durchgefegt. Was hatte sich dieser Mauser nur dabei gedacht, das Tier einfach hier einzusperren? Fabian würde den Mann zur Rechenschaft ziehen! Er würde …

Es klingelte an der Tür. Fabian stutzte. Er bekam selten

unangemeldeten Besuch. Er ging zur Tür und spähte durch den Spion.

Draußen standen zwei Polizisten in Uniform. Einer der beiden hatte kurze graue Haare und einen buschigen Schnauzbart, der andere sein schwarzes Haar zu einer lächerlichen Tolle geföhnt.

Fabian öffnete verwirrt. »Ja, bitte?«

»Polizeimeister Obermeier«, sagte der Grauhaarige. »Das hier ist mein Kollege Gansbart. Wir haben einen anonymen Hinweis erhalten, dass sich hier ein Hund befinden soll, der gestern aus einem Filmstudio gestohlen wurde!«

Fabian wurde blass. »Gestohlen? Wieso gestohlen?« Er ahnte die Antwort: Dieser schmierige Mauser hatte sich die Sache leichtgemacht. Statt nach Indien zu fliegen, hatte er kurzerhand den Choso Muku aus der Fressi-Werbung geklaut – und Fabian damit in Teufels Küche gebracht! Fieberhaft überlegte er, was er jetzt machen sollte. Was, wenn Mauser behauptete, er sei von Fabian beauftragt worden, den Hund zu stehlen?

»Hier stinkt's ja wie im Pumakäfig!«, rief der Polizist mit der Föhntolle. »Machen Sie doch das Fenster auf, verdammt noch mal! Das hält ja keiner aus!«

»Ja, äh …«, begann Fabian.

Der grauhaarige Polizist drängte sich an ihm vorbei. »Wo ist das Tier?«

Fabian sah sich um. Der Choso Muku war nirgends zu sehen. »Keine Ahnung«, sagte er.

»Spielen Sie nicht den Unschuldigen! Wir werden ihn schon finden! Gansbart, du suchst da drüben!«

Die Polizisten durchstreiften das Apartment. Fabian folgte ihnen zögernd. »So ein Saustall!«, rief die Föhntolle immer wieder. Doch der Choso Muku blieb auf rätselhafte Weise verschwunden.

Nach einer Weile gaben die Polizisten auf. »Sieht so aus, als habe der Tipp nicht gestimmt. Entschuldigen Sie bitte die Störung«, sagte der Grauhaarige.

»Wie bitte?«, rief sein Kollege. »Sieh dich doch mal hier um! Es ist doch offensichtlich, dass hier ein Köter gefangen gehalten wurde!«

Sein Kollege warf ihm einen langen Blick zu. »Und? Siehst du hier einen Hund, auf den die Beschreibung passt?«

»Nein. Aber das heißt doch nicht, dass er nicht hier gewesen ist!«

»Vielleicht ist er hier gewesen, vielleicht auch nicht. Beweisen können wir das jedenfalls nicht.«

»Und wenn wir die Spurensicherung ...«

»Die Spurensicherung? Geht's dir noch gut, Gansbart? Das hier ist kein Mordfall, das ist ein dämlicher Hundediebstahl, wenn überhaupt! Wir gehen jetzt, und Schluss!«

Gansbart beugte sich der Entscheidung, doch er warf Fabian einen finsteren Blick zu, als sie das Apartment verließen. »Machen Sie hier wenigstens mal sauber!«

Verwirrt schloss Fabian die Tür hinter den beiden. Wer hatte ihnen den Tipp gegeben, dass der Hund hier war? Und wo war das Tier plötzlich geblieben?

Er drehte sich um und erschrak fast zu Tode. Der Hund stand mit wedelndem Schwanz vor ihm.

»Was ... wie ... das gibt's doch nicht! Kannst du dich unsichtbar machen, oder was?«

Der Hund sah ihn mit großen dunkeln Augen an. Er fiepte leicht.

Fabian fiel ein, dass er noch irgendwo die Dose Fressi haben musste. Er kramte in der Küche herum und fand sie schließlich hinter einer angebrochenen Cornflakes-Packung auf dem Kühlschrank. Er brauchte eine Weile, bis er den Dosenöffner entdeckte – die Frau, die hier saubermachte, erfand jedes Mal ein neues, undurchschaubares System, nach dem sie den Inhalt der Spülmaschine in irgendwelchen Schubladen und Schränken verteilte. Er pikte sich mit dem Dorn des Öffners in den Finger, aber schließlich gelang es ihm, das Futter auf einen Teller zu befördern.

Der Choso Muku hatte ihn die ganze Zeit aufmerksam beobachtet. Als Fabian den Teller mit dem Futter in der Hand hielt, geschah plötzlich etwas sehr Merkwürdiges: Der Hund stellte sich auf seine Hinterläufe, ging ein paar Schritte vorwärts und machte dann einen Salto rückwärts.

Fabian wäre beinahe der Teller aus der Hand gefallen. Wenn es noch eines weiteren Beweises bedurfte, dass dieser Hund tatsächlich aus einem Filmstudio gestohlen worden war, dann hatte er ihn gerade gesehen.

Der Hund sah ihn erwartungsvoll und mit wedelndem Schwanz an.

»Fein gemacht«, sagte Fabian und stellte den Teller auf den Fußboden.

Der Choso Muku schnüffelte an dem Futter, als sei er sich nicht ganz sicher, ob er es wirklich fressen wollte. Dann aber schlang er es gierig hinunter.

Fabian stellte ihm eine Plastikschüssel mit Wasser hin, öffnete die Fenster und rief den Reinigungsservice an.

Er betrachtete nachdenklich den Choso Muku, der ihn seinerseits mit schiefgelegtem Kopf musterte. Was sollte er jetzt machen? Hier konnte das Tier auf keinen Fall bleiben. Er musste es seinem rechtmäßigen Besitzer zurückbringen. Aber wer war das? Ihm fiel die Werbeagentur ein. Highlight oder so. Nein, Highlife. Die wussten sicher, wer der Besitzer war. Er würde den Hund dorthin bringen und das Missverständnis aufklären.

Er suchte die Adresse der Agentur aus dem Telefonbuch heraus. Dann knotete er einen Bindfaden, den er in einer Küchenschublade fand, an das Lederhalsband des Tieres und zog es mit sich. Der Hund ließ sich widerstandslos führen.

Er fuhr mit dem Fahrstuhl in die Tiefgarage und öffnete die Beifahrertür des Porsche.

»Hopp!«, sagte er.

Der Choso Muku hob die Nase in die Luft und witterte. Er machte keine Anstalten einzusteigen.

Fabian ließ den Bindfaden los und beugte sich herab, um das Tier in den Wagen zu heben.

Als habe er genau auf diesen Moment gewartet, machte der Hund einen Satz und rannte in Richtung der Garagenausfahrt davon.

»Heh! Halt, hiergeblieben!«, schrie Fabian und rannte hinter dem Ausreißer her. »Pfui! Aus! Sitz! Bei Fuß! Ach, verdammt!« Es war hoffnungslos. Der Choso Muku war offensichtlich ziemlich clever und schnell wie ein Windhund. Im Nu war er aus der Garage und auf die Straße gerannt. Halb erwartete Fabian, lautes Hupen und das Quietschen von Bremsen zu hören, doch das Tier hatte entweder unverschämtes Glück oder konnte sich im Straßenverkehr sicher bewegen.

Als er endlich die Garagenausfahrt erreichte, war von dem Hund weit und breit nichts mehr zu sehen. Kopfschüttelnd ging er zurück in sein Apartment. Er überlegte, ob er die Agentur anrufen und ihr von dem Vorfall erzählen sollte, damit sie den Hund suchen konnten, doch er entschied sich dagegen. Irgendwer hatte ihn beschuldigt, den Hund gestohlen zu haben. Er hatte ziemliches Glück gehabt, dass das Tier den Polizisten durch die Lappen gegangen war. Wenn er jetzt zugab, dass der Hund bei ihm in der Wohnung gewesen war, konnte das unangenehme Folgen haben.

Diesem Mauser würde er jedenfalls ordentlich die Meinung geigen!

22.

Siraxis saß in der Küche. Sie rührte in einer Tasse mit schwarzem Kaffee. »Na, ist der Herr wieder ansprechbar?«, fragte sie.

»Sag mal, was läuft hier eigentlich?«

Sie sah mich mit dieser Unschuldsmiene an, bei der man sofort weiß, dass dahinter alles steckt, bloß keine Unschuld. »Was meinst du?«

»Ich meine diesen blonden Blödian. Mauritius.«

»Maurenus.« Bildete ich mir nur ein, dass ihre Augen verträumt blickten, als sie seinen Namen aussprach? »Falls du ihn verprügeln willst, tut es mir leid. Er ist gegangen.«

»Gegangen? Wohin?«

»Na, dahin, wohin ihr eben geht. Gegangen seid, meine ich.«

Einen Moment lang wusste ich nicht, was ich sagen sollte. Siraxis nippte am Kaffee, stand dann auf und trat auf mich zu. »Amander, es tut mir leid. Es ist nicht so, wie du denkst!«

Ich machte einen Schritt zurück. Ich traute meinen Gefühlen nicht über den Weg, falls sie mir zu nahe kam. »Ach nein? Wie ist es denn, wenn es nicht so ist, wie ich denke, dass es ist?«

»Anders. Du musst mir vertrauen! Bitte!«

Ihre Augen blickten so treu, so liebevoll. Einen Moment lang war ich wirklich im Begriff, klein beizugeben und ihr zu verzeihen. Gerade noch rechtzeitig fiel mir der mysteriöse Fremde aus der Bar wieder ein. »Ich soll dir vertrauen? Nach allem, was du getan hast? Pah!«

Ich war stolz auf mich. Das hatte sich richtig männlich angehört, was vielleicht auch an meiner Stimme lag, die immer noch ein bisschen belegt war.

Tränen erschienen in Siraxis' Augen. »Bitte, Amander. Mach nicht alles kaputt, ja? Bitte!«

Ich lachte, aber es klang irgendwie nicht richtig lustig. »ICH soll nicht alles kaputtmachen? Wer hat denn mit diesem wandelnden Nachthemd rumgemacht? Wer hat denn hinter meinem Rücken geheime Treffen mit eineiigen Zwillingen organisiert? Wer tut denn die ganze Zeit so, als sei nichts, und dann stinkt es plötzlich überall nach Schwefel?«

Siraxis setzte sich wieder und barg ihr Gesicht in den Händen. Sie spielte das wirklich gut. »Ich bitte dich noch einmal, Amander«, sagte sie. »Um unserer Liebe willen!«

Liebe? Hatte sie gerade ›Liebe‹ gesagt? Noch nie war dieses Wort zwischen uns gefallen. Konnte man eine von den Anderen überhaupt lieben, selbst wenn sie keine von den Anderen mehr war? Und selbst wenn ich es gekonnt hätte – die Betonung liegt hier, wohlgemerkt, auf dem Wenn – sie war zu einem solchen Gefühl ganz bestimmt nicht fähig. Im Gegenteil: Sie benutzte dieses Wort auf geradezu obszöne Weise, um mich hinters Licht zu führen. »Du weißt doch gar nicht, was Liebe ist!«, schrie ich.

Ihre Schultern zuckten. Sie schluchzte. Ich wollte ihren Nacken berühren, aber ich hielt meine Hand zurück.

Sie blickte zu mir auf. Ihre Augen waren glasig und matt. Das orangefarbene Feuer in ihrem Inneren war erloschen. »Wenn du mir schon nicht vertraust, tu mir wenigstens einen Gefallen«, flüsterte sie. »Halte dich von ihm fern, ja?«

»Wen meinst du?«

»Ich kann … darf seinen Namen nicht aussprechen. Aber ich sehe seinen Einfluss in deinen Augen!«

»Blödsinn! Niemand hat Einfluss auf mich!« Lächerliche Idee!

Mein Handy klingelte wieder. Ich nahm es aus der Hosentasche und warf es aus dem Fenster. »Ich glaube, ich bin hier überflüssig«, rief ich, rannte aus der Wohnung und knallte die Tür hinter mir zu.

Oswald hatte eigentlich ein sehr freundliches und gutmütiges Wesen. Er spielte gern und mochte die Menschen trotz ihres merkwürdigen Geruchs und ihrer noch merkwürdigeren Verhaltensweisen. Aber jetzt hatte er eine Mordswut im Bauch.

Es gefiel ihm nicht, wie er brutal gepackt und herumgeschubst worden war. Aber noch viel schlimmer war: Sie hatten Seidenfell eingesperrt! Seidenfell saß jetzt in einem Käfig, fernab von ihrem Revier, in der Hand von bösen Leuten. Auf eine für Hunde untypische Weise wusste Oswald, dass all das seine Schuld war. Hätte er sie nicht überredet, ihr Revier zu verlassen …

Er hatte versucht, die groben Kerle zu beißen, die ihn in diese fremd und unangenehm riechende Behausung gebracht hatten, doch sie hatten eine zweite Haut aus eklig schmeckendem Leder an ihren Händen gehabt und waren rasch verschwunden. Er hatte sein Möglichstes getan, um seine Abscheu über diese Behandlung zum Ausdruck zu bringen, indem er die Wohnung als sein Revier markiert hatte. Dann hatte er ein paar Dinge mit Federn darin zerbissen, die allerdings schon vorher tot gewesen waren.

Als er gehört hatte, dass ein Mensch kam, hatte er sich auf die Lauer gelegt und ihn angegriffen. Doch er hatte schnell gemerkt, dass er sich getäuscht hatte – dieser Mensch war fremd gewesen, aber er hatte nicht so gerochen wie die bösen Kerle. Doch dann waren weitere Menschen gekommen, und sein Instinkt hatte ihm gesagt, dass sie ihn mitnehmen und in einen Käfig sperren würden und dass er dann keine Chance mehr haben würde, Seidenfell zu retten. Also hatte er sich unter dem Bett verkrochen, wie er es auch zu Hause bei Frauchen gelegentlich tat, wenn er ungerecht behandelt wurde oder ihm die anderen Tiere zu sehr auf die Nerven gingen.

Jetzt irrte er schon wieder durch fremde Straßen, verzweifelt, allein und hungrig. Es war dunkel geworden und wieder hell, und immer noch hatte er nicht die geringste Spur von Seidenfell gefunden. Dabei hatte er das Gefühl, auf dem richtigen Weg zu sein. Er wusste nicht warum, aber eine innere Stimme sagte ihm, welcher der verwirrend vielen Straßen er folgen sollte. Als Hund hatte er früh gelernt, sich auf seine innere Stimme zu verlassen, denn die menschlichen Stimmen gaben ihm in der Regel nur unsinnige Anweisungen.

Plötzlich blieb er stehen und reckte die Nase in die Luft. Da war ein Geruch, der ihm fremdartig erschien und doch seltsam vertraut. Es war nicht der Geruch, dem er so verzweifelt nachspürte, der liebliche, aufregende Duft von Seidenfell. Es war etwas ganz anderes. Es roch nach Unrat, Feuer und Rauch.

Der Geruch berührte etwas ganz tief in seinem Inneren, löste Gefühle und Erinnerungen aus, die längst vergessen waren. Da waren Menschen gewesen, die freundlich zu ihm waren. Und andere Hunde – sehr vertraute Hunde. Er erinnerte sich plötzlich daran, wie er noch sehr klein gewesen war, wie er sich an den warmen Bauch seiner Mutter gekuschelt und süße Milch aus ihren Zitzen gesogen hatte. Er erinnerte sich an ein anderes, kleines, weiches Wesen, das sich dort neben ihm gedrängt hatte. Er erinnerte sich an merkwürdige Tiere, an den Geruch von Sägemehl und vielen Menschen, an grelle Lichter und laute Rufe. Er erinnerte sich daran, wie er auf den Vorderpfoten über Stufen geklettert und durch Reifen gesprungen war, und an das leckere Fressen, das er dafür zur Belohnung bekommen hatte.

Der Gedanke machte ihm erst recht bewusst, wie hungrig er war. Vielleicht würden ihm die freundlichen Menschen, an die er sich erinnerte, etwas zu fressen geben, wenn er wieder auf den Vorderpfoten lief oder durch einen Reifen sprang! Hoffnungsvoll lief Oswald in die Richtung dieses Geruchs.

Bald entdeckte er das große bunte Haus aus Stoff, roch die fremdartigen und doch vertrauten Witterungen der anderen Tiere. Er kannte diesen Ort. Dies war einmal sein Revier gewesen!

Er hörte ein Knurren, und plötzlich baute sich ein fremder Hund vor ihm auf. Er hatte struppiges schwarzes Fell, das jetzt in einer Drohgebärde gesträubt war. Verschwinde! Dies ist mein Revier! Wir wollen dich hier nicht!

Oswald hielt inne. Er senkte den Blick, ging in einem demütigen Bogen um den fremden Hund herum, witterte. Plötzlich begann er, heftig mit dem Schwanz zu wedeln, und winselte fröhlich. Auch der fremde Hund wedelte wie wild mit dem

Schwanz. Sie schnüffelten aneinander, dann leckten sie sich gegenseitig die Lefzen.

Du bist zurück, signalisierte seine Schwester. Wie schön, du bist zurück! Hast du was zu fressen mitgebracht?

Oswald schnüffelte an ihr. Du riechst seltsam.

Ich kann nichts dafür. Ich habe mich in Nacktschwanz-Dreck gewälzt, aber es hat nichts genützt. Frauchen hat mich gebadet.

Das kenne ich. Da kann man nichts machen.

Komm doch mit mir. Frauchen freut sich bestimmt, dich zu sehen!

Mit wedelndem Schwanz signalisierte Oswald seine Zustimmung. Freudig folgte er seiner Schwester zu dem großen, bunten Haus aus Stoff. Seidenfell konnte er später immer noch suchen.

23.

Ich wusste nicht so recht, was ich jetzt machen sollte. Ich war noch nie wütend aus einem Apartment gestürmt und hatte keine Erfahrung damit, wie man sich in solchen Situationen angemessen verhielt. Einen Moment dachte ich daran, wieder in die Bar zu gehen, aber ich hatte keine Lust, mich noch einmal so zu fühlen, wie ich mich heute Morgen gefühlt hatte. Also ging ich stattdessen in den nahe gelegenen kleinen Park und trat nach den leeren Getränkedosen, die hier überall herumlagen.

Ich war verwirrt. Zorn ist für Engel eine eher seltene Gefühlsregung, und wenn, dann ist es der Zorn der Gerechtigkeit auf Sünder, die keinerlei Reue zeigen, und das fühlt sich ehrlich gesagt ganz gut an.

Das hier war anders. Ich war zornig auf alles Mögliche: Auf Siraxis, die mich betrogen und hintergangen hatte, auf diesen blöden Schönling von der GAGA, auf Gabriel mit seiner ewigen Rechthaberei, vor allem aber auf mich selbst, weil ich mich ziemlich idiotisch aufgeführt hatte. Ich rang mit mir, ob ich gleich zurücklaufen und mich bei Siraxis entschuldigen oder erst noch ein bisschen schmollen sollte. Ich erinnerte mich an den Rat des Mannes in der Bar, aber irgendwie erschien es mir albern und unpassend, mich jetzt wie der Typ aus der Whisky-Werbung aufzuführen. Ich ahnte, dass mir das bei meinen Problemen mit Siraxis nur begrenzt weiterhalf.

Ich war also kurz davor, umzudrehen und mit raschem Schritt nach Hause zu eilen, als ich eine vertraute Stimme hörte. »Na, machen wir einen kleinen Nachmittagsspaziergang?«

Der Typ aus der Bar saß auf einer Bank und lüftete seinen Hut. Jetzt sah ich die kleinen Hörner auf seiner Glatze ganz deutlich.

»Lassen Sie mich in Ruhe«, sagte ich.

Er nickte. »Kein Problem. Lauf ruhig schnell zurück und entschuldige dich bei ihr, Amander. Ich bin sicher, sie wird dir verzeihen. Manche Frauen mögen Schwächlinge.«

Ich hielt inne. »Ich wüsste nicht, was Sie das angeht. Sie sind einer von den Anderen. Ich weiß genau, dass ich Ihnen nicht glauben darf und Sie mich nur auf den falschen Weg führen wollen. Ich bin ja nicht blöd!«

Der Typ stieß einen tiefen Seufzer aus. »Eure Propaganda ist wirklich sehr effektiv gewesen in den letzten hunderttausend Jahren«, sagte er.

»Propaganda? Was heißt hier Propaganda?«, rief ich. »Für Lügen und Betrug seid ja wohl eindeutig ihr die Experten!«

Er nickte. »Ja, ich weiß, ganz sauber sind unsere Methoden manchmal nicht. Aber was soll man machen, wenn man in der Unterzahl ist und keine mächtige Kirche im Rücken hat, die die Öffentlichkeitsarbeit für einen macht? Da bleibt einem doch gar nichts anderes übrig, als auf Guerillataktiken auszuweichen!«

»Ist ja auch egal. Ich will jedenfalls nichts mit Ihnen zu tun haben. Auf Wiedersehen!«

»Du bist keiner von denen da oben mehr, Amander«, sagte der Gehörnte und wies mit dem Daumen in Richtung des mit Kumuluswolken überzogenen Himmels. »Du hast jetzt einen freien Willen und kannst dich entscheiden, wie du willst. Meinst du nicht, du solltest dir zumindest beide Seiten mal anhören, bevor du deine Wahl triffst?«

»Ich wüsste nicht, warum. Ich will zurück in den Himmel. Da macht es wohl keinen guten Eindruck, wenn ich mit Dämonen rede!«

Der Gehörnte lachte bitter. »Ja, das haben sie mir damals auch gesagt. ›Benimm dich ordentlich, mach dies, lass das, dann darfst du wieder zurück‹. Ich habe ihnen geglaubt. Ich habe getan, was sie wollten. Aber es hat nicht gereicht. Immer wieder kamen sie mit neuen Auflagen und Anforderungen. Irgendwann, so nach drei-, viertausend Jahren, hab ich gemerkt, dass sie mich an der Nase herumgeführt haben.« Er schüttelte den Kopf, und in seinen tiefgründigen Augen lag Trauer. »Glaub mir, mein Freund, die lassen dich nicht wieder zurück!«

Mir wurde kalt, als mich die Erkenntnis traf, dass der arme Teufel höchstwahrscheinlich recht hatte. Ich kannte ja die himmlische Bürokratie gut genug. Denen fällt immer was Neues ein, womit sie dich schikanieren können. Mal sitzt dein Heiligenschein schief, dann hast du beim Hosianna den falschen Ton getroffen oder mit dem Manna gekrümelt, oder sie regen sich darüber auf, dass du irgend so einem armen Sünder einen harmlosen Traum eingegeben hast und er daraufhin mit seinen Reiterhorden Europa überfällt.

Egal, was Gabriel mir erzählte, es würde immer einen Grund geben, warum das, was ich tat, nicht gut genug war. Hatte ich mir nicht schon alle Mühe gegeben, Sünder zu bekehren? Und was hatte Gabriel dazu gesagt? »Das genügt nicht, Amander.« Mit erschreckender Deutlichkeit wurde mir bewusst, dass ich das von jetzt an immer hören würde: »Tut mir leid, aber das genügt noch nicht, Amander.«

Sie würden mich ausnutzen. Sie würden mich an der Nase herumführen wie einen tumben Ochsen. Sie würden mir die Karotte des himmlischen Glücks vor die Nase halten und mich damit dirigieren wie einen dressierten Esel. Irgendwann würde ich dann merken, dass es keinen Sinn hatte. Wie lange würde ich dafür brauchen? Drei- oder viertausend Jahre, wie mein neuer Freund hier?

Er lächelte mir freundlich zu. »Setz dich einen Moment und hör dir meine Geschichte zu Ende an«, sagte er. »Dann kannst du ja selbst entscheiden.«

Fabian ließ sich seufzend in den großen Ledersessel fallen. Wie schon oft, wenn er sich richtig mies fühlte, war er nicht in seinem leeren und im Grunde viel zu großen Apartment geblieben, das nach der gestrigen Reinigungsaktion zudem unangenehm steril roch, sondern in sein Elternhaus gefahren. Nicht, dass er seiner Stiefmutter irgendwelche familiären Gefühle entgegenbrachte. Aber da waren dieser Geruch nach altem Holz und Bohnerwachs, das Knarzen des Parkettfußbodens, die hohen Wände – all das gab ihm immer noch ein Gefühl der Geborgenheit, auch wenn er nur noch ein geduldeter Gast war.

Außerdem waren hier die beiden Menschen, die ihn stets aufheitern konnten, wenn er es nötig hatte. Nina, deren kindliche Fröhlichkeit ihn immer wieder begeisterte, war jetzt in der Schule. Aber es gab ja noch Agathe, die mit ihrer unerschütterlichen Ruhe jede Katastrophe beherrschbar erscheinen ließ. Die Haushälterin wusste wie immer genau, was er brauchte. Unaufgefordert stellte sie einen Earl-Gray-Tee vor ihn hin. Er schlürfte das aromatische Getränk, doch die Anspannung wollte nicht von ihm weichen.

Er hatte mehrmals versucht, Mauser anzurufen, aber nur den Anrufbeantworter erreicht. Dort hatte er ein paar gepfefferte Nachrichten hinterlassen. Er wusste selbst nicht so genau, warum ihn die Sache mit dem Choso Muku so beschäftigte. Schließlich konnte er ja nichts dafür, dass Mauser den Hund gestohlen hatte. Aber da war dieses nagende Gefühl in seinem Hinterkopf, dass mehr an der Sache war, als er begriff.

Und noch etwas drängte sich immer wieder in seine Gedanken. Er sah den Zorn auf dem Gesicht der jungen Artistin vor sich, und die Erinnerung an die Szene gestern löste widersprüchliche Gefühle in ihm aus. Konnte Mafalda ihn einfach nicht leiden? Oder hatte er ihr einen Grund gegeben, so wütend zu reagieren? Er hatte doch nur helfen wollen, als er vorgeschlagen hatte, in den Zirkus zu investieren. Aber offenbar hatte er ihren Stolz verletzt.

Je mehr er darüber nachdachte, desto klarer wurde ihm, dass er sich idiotisch verhalten hatte. Statt mit der Tür ins Haus zu fallen, hätte er sie fragen können, wie er den Zirkus unterstützen konnte. Doch er war einfach dort aufgekreuzt und hatte so getan, als gehöre ihm die Welt. Kein Wunder, dass sie sich herabgesetzt gefühlt hatte. Nach dem, was Nina am Tag zuvor gesagt hatte, musste Mafalda glauben, er wolle den Zirkus nur als Spielzeug für seine kleine Schwester haben. Dabei war der wahre Grund …

Agathe näherte sich respektvoll. »Du siehst nicht sehr glücklich aus«, sagte sie. Damit gab sie ihm die Möglichkeit, seine Sorgen auszusprechen oder den Satz zu ignorieren und so zu zeigen, dass er lieber in Ruhe gelassen werden wollte.

Fabian zuckte mit den Schultern. Agathe konnte ihm diesmal sicher nicht helfen. Er nippte erneut an seinem Tee, ohne aufzusehen.

Doch die Haushälterin entfernte sich nicht wie erwartet. Stattdessen setze sie sich zu ihm in einen der anderen Sessel. Seine Stiefmutter war in der Stiftung und kümmerte sich um irgendwelche geschäftlichen Angelegenheiten.

»Ich mache mir Sorgen«, sagte Agathe.

Fabian blickte auf. »Sorgen? Worüber?«

»Um dich.« Sie musterte ihn mit ihren klugen Augen.

»Ist schon okay«, sagte er. »Du weißt ja, dass ich Pech mit den Frauen habe. Ich komme schon darüber hinweg.«

Sie winkte ab. »Es ist etwas anderes. Ich sollte eigentlich nicht darüber reden. Aber du bist mir wichtiger als alles andere, Fabian!« Sie hatte plötzlich Tränen in den Augen.

Er erschrak. Noch nie hatte er eine solche Gefühlsregung bei seiner alten Kinderschwester gesehen. Er wusste, dass Agathe einmal ein ungeborenes Kind verloren hatte und danach nie wieder schwanger geworden war. In gewisser Hinsicht hatte sie ihn wie ihren eigenen Sohn aufgezogen, aber doch immer die Distanz einer Angestellten gewahrt.

»Was ist denn los?«, fragte er besorgt.

»Ich habe etwas mit angehört. Etwas, das ich bestimmt nicht hören sollte.« Sie senkte den Blick. »Ehrlich gesagt war es auch nicht aus Versehen. Ich habe deine Stiefmutter belauscht!« Agathes Geständnis war ein unerhörter Vertrauensbruch gegenüber ihrem Arbeitgeber. Es musste sie eine enorme Überwindung kosten, sich zu offenbaren.

Sie sprach schneller, als wolle sie sich ihre Last von der Seele reden. »Ich glaube, sie heckt etwas aus. Sie hat mit diesem Tomasi von der Stiftung telefoniert. Sie fragte, ob etwas geklappt hat, was, weiß ich auch nicht. Und dann sagte sie so etwas wie: ›Und du bist sicher, dass er verurteilt wird?‹«

»Und du glaubst, damit war ich gemeint? Ich habe doch nichts Unrechtes getan! Und überhaupt, ich mag sie ja auch nicht besonders, aber warum sollte sie mir so etwas wünschen?«

Tränen liefen über Agathes Wangen. »Du ahnst ja nicht, wie schlecht die Menschen sein können, Junge! Da lag etwas auf dem Nachttisch, neben dem Telefon. Ich habe es kurz nach dem Gespräch dort gesehen, als ich Staub wischte. Na ja, ich habe dort Staub gewischt, weil ich wissen wollte, was es war. Es war die Satzung.«

»Welche Satzung?«

»Die Satzung der Familienstiftung, die dein Vater kurz vor seinem Tod gegründet hat.«

»Und? Was ist daran so schlimm, dass sie mit Tomasi über die Satzung der Stiftung spricht?«

»Hast du sie mal gelesen?«

»Wozu? Ich weiß auch so, dass ich nichts machen kann, bevor ich achtundzwanzig bin. Das hat mir der Testamentsvollstrecker damals genau erklärt. Paragraphen langweilen mich zu Tode.«

»Ich verstehe nicht viel von solchen Dingen. Aber mein Neffe ist Anwalt. Der hat es mir erklärt.«

Fabian riss die Augen auf. »Du hast die Satzung mitgehen lassen?«

Sie schüttelte den Kopf. »Ich habe sie nur kurz durchgeblättert, wollte einfach wissen, worüber die beiden gesprochen haben. Ich hatte einfach ein ungutes Gefühl, weißt du. Da war neulich so ein merkwürdiger junger Mann ...«

»Was für ein Mann?«

Agathe lächelte. »Er war ein bisschen verwirrt, glaube ich. Er wollte mich bekehren oder so. Es hatte eigentlich gar nichts mit dir zu tun, aber er hat mich zum Nachdenken gebracht. Und mir ist plötzlich klargeworden, dass in diesem Haus nicht alles mit rechten Dingen zugeht.«

»Das ist dir erst jetzt klargeworden?«

»Na ja, bisher dachte ich, dass deine Stiefmutter selbstsüchtig, eitel und arrogant ist.«

Fabian zuckte zusammen. Solche Worte aus Agathes Mund zu hören, erschreckte ihn, obwohl sie genau seiner eigenen Meinung entsprachen.

»Aber ich habe sie nicht für wirklich böse gehalten«, fuhr sie fort. »Bis ich diesen Passus in der Satzung las. Ich habe ihn nicht genau verstanden, also hab ich ihn abgeschrieben und meinen Neffen gefragt. Und er sagt, wenn du verurteilt wirst, hast du keine Chance, dagegen vorzugehen.«

»Ich habe keine Chance, wogegen vorzugehen?«

»Dass sie alles bekommt!«

»Ehrlich gesagt verstehe ich nur Bahnhof!«

Agathe holte ein Papiertaschentuch hervor und trocknete sich die Tränen ab. Als sie fortfuhr, hatte sie wieder die gewohnt ruhige Stimme, mit der sie ihm früher erklärt hatte, warum es keine gute Idee war, mit dem Spielzeughammer Nägel in die dreihundert Jahre alte Kommode im Esszimmer zu schlagen. »In der Satzung steht, dass nur Mitglieder in den Vorstand und Aufsichtsrat der Stiftung gewählt werden können, die nicht vorbestraft sind. Das bedeutet, dass deine Stiefmutter dich praktisch nachträglich enterben kann, solltest du jemals straffällig werden, und sei es auch nur wegen einer Kneipenschlägerei!«

Fabian erbleichte. Wir haben einen anonymen Hinweis erhalten, dass sich hier ein Hund befinden soll, der als gestohlen gemeldet wurde, hatte der Polizist gesagt. Plötzlich wurde ihm klar, was hier lief. Pamela steckte irgendwie mit Mauser unter einer Decke. Er hatte den Choso Muku entführt, in Fabians Wohnung gebracht und dann die Polizei informiert. Fabian hatte unglaubliches Glück gehabt, dass das Tier sich irgendwie versteckt hatte.

Er war alles andere als ein aufbrausender Mensch, und so wenig er seine Stiefmutter auch mochte, war er doch selten wirklich wütend auf sie geworden. Doch jetzt spürte er, wie ihm die Zornesröte ins Gesicht stieg. Er sprang auf und stieß gegen die Kante des Couchtischs, so dass der Tee aus dem kleinen Porzellankännchen schwappte. »Diese … diese Hexe! Na, die kann was erleben!«

Agathe stand ebenfalls auf. »Warte, Junge! Es hat keinen Sinn, jetzt etwas Unüberlegtes zu tun!«

»Pah! Der werd ich was erzählen!« Ehe Agathe ihn daran hindern konnte, rannte er aus dem Haus und fuhr in das Verwaltungsgebäude der Stiftung, das auf dem Werksgelände der Papenheim Spezialchemie in Frankfurt-Höchst lag.

Er wartete nicht, bis Tomasis Sekretärin ihn anmeldete, sondern stürmte einfach in sein Büro. Dort blieb er stehen. Die Kinnlade klappte ihm herunter.

Seine Stiefmutter saß auf Tomasis Schreibtisch. Ihre Seidenbluse war aufgeknöpft, so dass ihre silikonverstärkten Brüste wie zwei große Glocken sichtbar waren. Tomasis Hemd war ebenfalls aufgeknöpft, und seine Krawatte hing auf halbmast. Die beiden fuhren herum, als sie die Tür hörten.

»Was zum … Fabian! Was fällt dir ein, hier so unangemeldet hereinzuplatzen!«, rief Pamela.

Fabian unterdrückte den spontanen Impuls, sich zu entschuldigen. »So läuft das also!«, sagte er. Plötzlich überkam ihn eine tiefe Ruhe, und die letzten Zweifel daran, dass Agathe recht hatte und die beiden ihn reinlegen wollten, verschwanden.

Tomasi stand auf und knöpfte langsam sein Hemd zu. »Ja, so läuft das«, sagte er. »Deine Stiefmutter und ich lieben uns. Ich glaube, das ist nicht verboten.«

Pamela stand ebenfalls auf und verhüllte ihren halb nackten Oberkörper. Sie sagte nichts, sah Fabian nur mit zusammengepressten Lippen an.

»Mir ist vollkommen egal, ob ihr hier rumvögelt«, sagte Fabian mit ruhiger Stimme. »Aber bildet euch bloß nicht ein, dass ihr mich aus dem Verwaltungsrat der Stiftung drängen könnt! Wenn ich achtundzwanzig bin, werde ich den Vorsitz übernehmen, und dann wird hier erst mal das Management ausgewechselt, das gebe ich euch schriftlich!«

Tomasi wurde blass, doch Pamela setzte ein süßes Lächeln auf. »Wie kommst du denn auf so einen Unsinn? Niemand will dich aus der Stiftung drängen, Fabian! Ich kann verstehen, dass du sauer bist, dass wir beide hier … aber ich versichere dir, dass das zwischen Gerd und mir eine reine Privatangelegenheit ist, die die Stiftungsgeschäfte in keiner Weise berührt!«

Tomasi nickte.

»Ach ja?«, rief Fabian. »Und die Sache mit dem Choso Muku? Ist das auch eure Privatangelegenheit?«

»Was?«, fragte Pamela. Die Überraschung in ihrem Gesicht wirkte recht überzeugend.

»Der Hund!«, sagte Fabian. »Ihr habt Mauser beauftragt, diesen Hund zu stehlen und in mein Apartment zu bringen. Dann hat er die Polizei informiert. Aber ich muss euch enttäuschen: Euer feiner Plan ist schiefgegangen! Der Hund ist abgehauen, und die Polizei hat nichts bei mir gefunden.«

Tomasi schien noch eine Spur blasser zu werden. Er schwieg – im Gegensatz zu Pamela.

»Was ist das denn wieder für ein Unsinn? Was denn für ein Hund? Und wer ist dieser Mauser?«

Wenn Fabian nicht gewusst hätte, dass sie eine ausgebildete Schauspielerin war, hätte er ihr die Verblüffung vielleicht abgekauft. Auch so verunsicherte ihn ihr entschiedenes Leugnen. Er hatte sich keine genauen Gedanken gemacht, was passieren würde, aber irgendwie hatte er erwartet, dass alles klar werden würde, wenn er Pamela mit der Tatsache konfrontierte, dass er Bescheid wusste.

Stattdessen stand sie hier und log ihm ins Gesicht, und Fabian wurde plötzlich klar, dass er nicht den geringsten Beweis für seine Anschuldigung hatte. Agathes Aussage würde vor Gericht wenig taugen – immerhin war in dem Gespräch, das sie gehört hatte, Fabians Name gar nicht gefallen. Mauser würde wahrscheinlich ein ordentliches Schweigegeld kassieren. Er konnte nichts machen.

Pamela bemerkte seine Verunsicherung. Sie lächelte süßlich. »Du hast dich da offensichtlich in etwas reingesteigert, Fabian«, sagte sie. »Ich kann dir versichern, dass Gerd und ich nur in deinem besten Interesse handeln!«

Fabian sagte nichts. Er drehte auf dem Absatz um und knallte die Bürotür hinter sich zu. Tomasis Sekretärin sah ihm mit einer Miene nach, in der Verständnis und Mitleid zu liegen schienen.

Auf dem Weg zu seinem Apartment wurde ihm klar, dass er sich wieder mal wie ein Vollidiot benommen hatte. Statt behutsam vorzugehen, um die Verschwörung gegen ihn aufzudecken, hatte er in grenzenloser Naivität alles offenbart, was er wusste. Jetzt waren Pamela und Tomasi gewarnt, und er hatte keine Chance mehr, seinerseits gegen sie vorzugehen. Möglicherweise würden die beiden jetzt erst recht versuchen, ihm den Diebstahl anzuhängen. Er musste verdammt vorsichtig sein. Auf jeden Fall konnte er von Glück sagen, dass der Hund verschwunden war. Er hoffte, dass das Tier irgendwie zu seinen rechtmäßigen Besitzern zurückfand und Gras über die ganze Sache wuchs. Er hatte einen dummen Fehler gemacht, als er Mauser beauftragt hatte, einen Choso Muku zu besorgen, aber es sah so aus, als sei die Sache noch einmal glimpflich verlaufen.

Als er die Straße erreichte, in der sein Apartment lag, verspürte er plötzlich wenig Lust, nach Hause zu gehen. Er war immer noch zu aufgewühlt von seiner Konfrontation mit Pamela. Außerdem war da noch eine andere Sache geradezurücken. Er hielt an einem kleinen Blumengeschäft in einer Querstraße und fuhr dann weiter in Richtung des nordwestlichen Stadtrands.

24.

Wir haben eine Weile angeregt geplaudert, Luzifer und ich. Dass es der Boss der Anderen höchstpersönlich war, der neben mir auf der Parkbank saß, habe ich erst nach einer halben Stunde gemerkt. Ich muss zugeben, dass ich mich ein wenig geschmeichelt fühlte. Ich meine, hat Er sich vielleicht jemals die Zeit genommen, mir irgendwas zu erklären?

Luzifer jedenfalls hat mir erzählt, wie er sich damals mit Gabriel und Michael gestritten hat. Er war der Meinung, dass der Himmel ein stinklangweiliger Ort voller selbstgerechter, aufgeblasener Bürokraten war. Die selbstgerechten, aufgeblasenen Bürokraten hatten ihn daraufhin rausgeworfen und mit ihm all die anderen, die sich gegen die strengen Regeln auflehnten.

»Dein Verein da oben hat versucht, die Menschen zu aufopferungsvollen, bemitleidenswerten Wesen zu erziehen, die nur am Wohl ihrer Mitmenschen interessiert sind, die sich selbst nie etwas gönnen und für die alles, was Spaß macht, Sünde ist. Wir dagegen haben den Menschen gezeigt, dass sie ruhig auch mal ein bisschen die Sau rauslassen können. Ich gebe ja zu, dass es auch nicht gut wäre, wenn die Menschen nur noch das tun würden, was wir ihnen sagen. Aber wenn sie nur das täten, was wir ihnen sagen, würden wir ihnen ja auch nicht das sagen, was wir ihnen jetzt sagen, verstehst du? Wir tun das, was wir tun, quasi nur zum Ausgleich, damit die Menschen eine Wahl haben und sich zwischen zwei extremen Möglichkeiten entscheiden können. Die meisten wählen dann einen Mittelweg, und der ist eigentlich aus unserer Sicht genau der richtige.«

Ich verstand vollkommen. Ich habe wohl nie ein Gespräch mit jemandem geführt, der seinen Standpunkt klarer und logischer darlegen konnte.

»Aber jetzt haben die da oben einen Weg gefunden, das Gleich-

gewicht der moralischen Kräfte ein für alle Mal zu ihren Gunsten zu verschieben«, sagte Luzifer mit unheilschwangerer Stimme.

»Wieso das?«

»Na, wegen der Prophezeiung, du weißt schon.«

»Ehrlich gesagt kenne ich den Inhalt der Prophezeiung nicht.«

»›Wenn dereinst ein gefallener Engel zurückkehrt in das Himmelreich, so wird das Licht der Liebe im hellsten Glanz erstrahlen, und ewiger Friede wird herrschen auf Erden.‹ So steht es im Evangelium des Claudius. Ewiger Friede auf Erden, kannst du dir vorstellen, was das heißt, Amander?«

Das konnte ich in der Tat. Hosiannasingen von morgens bis abends. Schluss mit lustig, ein für alle Mal.

»Das Evangelium des Claudius?«, fragte ich.

»Na ja, es ist eines der acht verschollenen Evangelien. Solltest du eigentlich wissen. Ist ja nicht meine Baustelle. Aber die Prophezeiung kennen wir natürlich auch. Man muss ja auf dem Laufenden bleiben.«

»Das heißt also, wenn ich in den Himmel zurückkehre, dann …«

Luzifer schüttelte langsam den Kopf. Er lächelte milde. »Nein, Amander«, sagte er und legte mir die Hand auf die Schulter. »Es geht hierbei nicht um dich. Wenn sie nur einen Engel aus dem Himmel zu werfen und ihn dann wieder zurückzuholen brauchten, hätten sie das längst getan! Es muss ein Engel sein, der sich freiwillig entschieden hat, den Himmel zu verlassen und mir zu folgen.«

»Um wen geht es denn dann?«

Luzifers Miene verfinsterte sich. »Es geht um sie. Die Abtrünnige. Die Verräterin!« Er schlug mit der Faust auf die Lehne der Bank. »Sie versuchen, sie auf ihre Seite zu ziehen! Sie wollen sie überreden, ein Engel zu werden!«

Mir war klar, wen er meinte. »Und ich? Was ist mit mir?«

Er sah mich mit einem Blick an, in dem unendliches Verständnis lag. »Tut mir leid, Amander. Du bist kein Teil ihres Plans. Im Gegenteil, du störst nur. Sie versuchen, dich mit irgendwelchen albernen Aufträgen abzulenken, damit du keinen schlechten Ein-

fluss auf Siraxis hast. Jetzt, während wir hier sitzen und quatschen, ist er wieder bei ihr.«

»Er?«

»Maurenus. Du weißt schon, der von dieser Komikertruppe, die sich Geheimagenten gegen die Anderen nennt. Als wenn wir nicht über jeden ihrer Schritte genauestens informiert wären!« Er zwinkerte mir zu, und ein verschwörerisches Grinsen umspielte seinen Mund. »Sie haben ihn auf Siraxis angesetzt, um ihr die Annehmlichkeiten des Himmels schmackhaft zu machen. Es gibt Gerüchte, dass die beiden Sonderprivilegien erhalten, wenn er es schafft, sie zu bekehren.«

»Sonderprivilegien? Was für Sonderprivilegien?«

»Na ja, eine private Dimension zum Beispiel. Uneinsehbar. Wo sie machen können, was sie wollen.«

Uneinsehbar. Wo sie machen konnten, was sie wollen. Und ich, ich war in diesem Spiel nur eine Randfigur. Ich störte.

Ich spürte, wie der Zorn mir die Röte ins Gesicht trieb. »Und wir können nichts dagegen tun?«, fragte ich.

Luzifer lächelte sanft. »Doch«, sagte er. »Wir können etwas tun. Genauer gesagt, du kannst es. Nur du allein, Amander, bestimmst, wie die Sache ausgeht!«

Mafalda betrachtete die Sonne, die langsam hinter dem Schornstein der nahe gelegenen Müllverbrennungsanlage verschwand. Der Wind stand günstig, so dass der Rauch der Anlage nicht herüberwehte.

Du musst ihn vergessen, dachte sie. Jean-Paul, und auch diesen neureichen Schnösel mit seinen goldgefleckten Augen, die dich so nervös machen. Du musst dich auf das Hier und Jetzt konzentrieren!

Sie atmete tief durch. Bis zur Abendvorstellung waren es noch anderthalb Stunden. Normalerweise nutzte sie die Zeit, um sich auf ihren Auftritt vorzubereiten. Natürlich hatte sie all die Übungen schon hundertmal vorgeführt, aber trotzdem waren sie keine Routine. Sie war es sich als Artistin schuldig, bei jedem

Auftritt an ihre eigenen Grenzen zu gehen. Perfektion war es, wonach sie strebte, und sie war alles andere als perfekt, das wusste sie. Selbst wenn niemand im Publikum mitbekam, ob sie kleine Unsicherheiten zeigte, ob ihr Stand auf dem Seil nach dem Salto ein wenig wacklig war – ihr Vater würde es merken, und vor allem sie selbst. Wenn sie Perfektion wollte, konnte sie es sich nicht erlauben, unkonzentriert zu sein.

Heute jedoch war ihr der Gedanke, jetzt in das leere Zelt zu gehen und ihren Auftritt noch einmal zu üben, zuwider. Sie fühlte sich schrecklich. Mit ihrer starrsinnigen Haltung hatte sie die einzige realistische Überlebenschance, die der kleine Zirkus gehabt hatte, zunichtegemacht. Fabian Papenheim war bereit gewesen, ihnen das Geld zu geben, das sie so dringend benötigten, aber Mafalda hatte es einfach ausgeschlagen.

Dabei waren seine Motive wahrscheinlich ehrenhaft gewesen. Sie spürte, dass Fabian nicht so war, wie sie sich Reiche immer vorgestellt hatte. Er ging gedankenlos mit seinem Geld um, aber er tat es nicht aus dem Gefühl heraus, etwas Besseres zu sein. Er wollte andere nicht herabwürdigen oder unterdrücken. Er wollte einfach nur seinen Spaß, und was war daran so verwerflich? Würde sie nicht genauso locker mit ihrem Geld umgehen, wenn sie unbegrenzte Mengen davon hätte? Würde sie nicht auch einfach all das kaufen, was ihr gefiel?

Na schön, er hatte den Zirkus als Spielzeug für seine kleine Schwester kaufen wollen. Aber war ein Zirkus nicht genau zu diesem Zweck da? Kinder glücklich zu machen?

Wenn Mafalda die Zügel ihrer Phantasie ein wenig locker ließ, drängte sich die Vorstellung in ihren Kopf, dass er vielleicht auch ihretwegen an dem Zirkus interessiert war. Hatte nicht aufrichtige Bewunderung in seinen Augen gelegen? War nicht die Bereitschaft, eine beträchtliche Menge Geld für den Zirkus zu bezahlen, eines der größten Komplimente, die er ihr machen konnte?

Nein, die Vorstellung, seine Angestellte zu sein, gefiel ihr immer noch nicht. Außerdem machte sie sich etwas vor: Wenn er wirklich an ihr interessiert wäre, dann hätte er um sie geworben, versucht, sie zu erobern – nicht mit Geld, sondern mit Charme. Ein Mann wie Fabian Papenheim war sicher von Frauen umschwärmt. Er konnte jede haben. Warum sollte er sich ausgerechnet für ein armes Zirkusmädchen interessieren?

Außerdem ging es hier ja nicht nur um sie. Sie musste an ihre Eltern denken, die vor einer traurigen Zukunft standen, in der sie von der Sozialhilfe leben und in irgendeinem Wohnsilo ein tristes Dasein fristen würden. Schon allein ihretwegen hätte sie ihren Zorn und ihren Stolz herunterschlucken müssen.

Das Schlimmste war, dass ihre Eltern ihr keinen einzigen Vorwurf gemacht hatten. Nachdem Fabian Papenheim den Zirkus verlassen hatte, waren sie zur Tagesordnung übergegangen, als gäbe es kein größeres Problem als das, die Tiere vor der Abendvorstellung mit ausreichend Futter zu versorgen. Der Gedanke daran, wie tapfer sie ihr Schicksal ertrugen und wie sehr sie Mafaldas Wohl über ihr eigenes stellten, trieb ihr die Tränen in die Augen.

Sie überlegte zum hundertsten Mal, ob sie zum Haus der Papenheims fahren und Fabian um Verzeihung bitten sollte. Aber die Vorstellung, wie eine Bettlerin vor ihn zu treten, ließ ihren Magen zu einem harten Knoten werden. Und ganz sicher hatte er es nicht nötig, ein einmal abgelehntes Angebot zu erneuern.

Sie riss sich zusammen und verdrängte die Gedanken an Jean-Paul und Fabian Papenheim mit aller Macht. Für Träumereien hatte sie jetzt keine Zeit. Sie atmete tief ein und aus, entspannte ihre Bauchmuskeln, beruhigte ihr flatterndes Herz. Dann betrat sie mit bewussten, langsamen Schritten das Zelt.

Ihr Herz setzte einen Schlag aus, einen zweiten. Sie blinzelte, rieb sich die Augen. Nein, sie träumte nicht.

Alexis kam schwanzwedelnd auf sie zu. Neben ihr war ein zweiter Hund, der dasselbe struppige Fell hatte, denselben leichten Knick im dünnen Schwanz, dieselben tiefgründigen schwarzen Augen. Nur war er nicht pechschwarz, sondern braun, mit einem runden schwarzen Fleck auf der Seite. Auch er wedelte mit dem Schwanz, doch er kroch in unterwürfiger Haltung heran, als habe er ein schlechtes Gewissen, dass er davongelaufen und mehr als vier Jahre fortgeblieben war.

Tränen liefen über Mafaldas Wangen, als sie sich zu ihm hinabbeugte, sein struppiges Fell kraulte, es erlaubte, dass er an ihr hochsprang und ihren Hals leckte. Ihr wurde schwindlig vor Glück. »Jean-Paul!«, rief sie und lachte und weinte gleichzeitig. »Du kleiner Ausreißer! Wo hast du bloß die ganze Zeit gesteckt!«

Alexis sprang ebenfalls an ihr hoch, als sei sie ein wenig eifersüchtig. Mafalda kraulte auch sie, dann rannte sie aus dem Zelt. »Papa!«, rief sie. »Papa! Komm und sieh dir das an!«

Ihr Vater war gerade dabei, wieder mal an dem alten Mercedes herumzuschrauben, den er zum Einkaufen und Abholen der Gemüsereste vom Großmarkt benutzte. Der Wagen war das letzte Überbleibsel eines einst stattlichen Fuhrparks, mit dem der kleine Zirkus durch die Lande gereist war. Er legte den Schraubenschlüssel beiseite und kam zu ihr herüber. Als er Jean-Paul sah, verzog sich sein Mund zu einem Grinsen, das so breit war wie die aufgemalte Maske eines Clowns.

»Das gibt's doch nicht! Jean-Paul! Wo kommst du denn plötzlich her!« Er kniete sich nieder und begrüßte seinen alten Schüler. Dann wurde seine Stimme streng. »Jean-Paul, rund!«, sagte er und machte eine drehende Bewegung mit dem Zeigefinger.

Jean-Paul drehte sich auf der Stelle im Kreis herum.

»Jean-Paul, tot!«

Jean-Paul fiel auf den Rücken, streckte alle viere in den Himmel und ließ sogar seine Zunge aus dem Maul heraushängen. Mafalda und ihr Vater lachten.

»Jean-Paul, Salto!«

Jean-Paul sah ihn mit großen Augen an.

»Na komm schon, alter Junge!«, rief ihr Vater. »Salto, hopp!«

Jean-Paul sprang in die Luft und machte einen Salto rückwärts. Er kam etwas unsicher auf, aber er landete auf allen vier Pfoten.

»Feiner Hund!« Ihr Vater streichelte Jean-Paul, dann lief er zum Wohnwagen und kam mit einem Schweineohr zurück. »Hier, du hast dir eine Belohnung verdient!«

Jean-Paul schnappte sich das Schweineohr und trollte sich. Alexis sah ihm mit missbilligender Miene nach. Mafaldas Vater lachte. »Schon gut, du kriegst auch was!« Er hielt ihr ein zweites Ohr hin. Sie schnüffelte daran, als sei übertriebene Gier unter ihrer Würde, aber dann schnappte sie es doch und trottete in entgegengesetzter Richtung davon.

»Ich glaube, das ist der schönste Tag in meinem Leben«, sagte Mafaldas Vater und gab ihr einen Kuss.

Ihre Mutter, die inzwischen ebenfalls aus dem Wohnwagen gekommen war, räusperte sich. Er fuhr herum. »Na ja, außer dem Tag, an dem ich dich kennengelernt habe, natürlich«, sagte er.

Sie räusperte sich erneut.

»Und dem Tag unserer Hochzeit. Und dem Tag von Mafaldas Geburt. Und dem Tag, als ich zum ersten Mal Dompteur des Jahres geworden bin. Und … na ja, auf jeden Fall ist das auch ein ziemlich schöner Tag heute!«

Alle drei lachten. Ihr Vater legte Mafalda einen Arm um die Schulter. »Ich bin stolz auf dich«, sagte er. »Wie hast du das bloß geschafft?«

Mafalda stutzte. Bisher hatte sie noch gar nicht darüber nachgedacht, wie dieses Wunder hatte passieren können. Sie hatte sich einfach nur über Jean-Pauls plötzliches Auftauchen gefreut. Nun setzte ihr kritischer, vorsichtiger Verstand ein. Dass der Hund ausgerechnet jetzt auftauchte, konnte kein Zufall sein. Sie dachte an die Frau, die hier gewesen war und behauptet hatte, Jean-Paul heiße Oswald und sei ihr Hund, und an den unverschämten Kerl in der Werbeagentur. Plötzlich wurde ihr klar, dass vielleicht doch nicht alles so einfach war, wie es im ersten Moment ausgesehen hatte.

»Ich war das nicht, Papa«, sagte sie. »Ich bin nur ins Zelt gegangen, und da stand Jean-Paul plötzlich vor mir. Ich habe keine Ahnung, wo er hergekommen ist.«

»Wo ist er denn eigentlich schon wieder?«, fragte ihr Vater.

Mafalda sah sich um. Die Hunde waren nirgends zu entdecken. Ein eisiger Schauer lief über ihren Rücken. Es konnte doch nicht sein, dass er schon wieder fortgelaufen war, oder? »Jean-Paul!«, rief sie. »Jean-Paul, wo bist du?«

»Schon gut, beruhige dich, Maffy«, sagte ihre Mutter. »Ich glaube, er sitzt an seinem Lieblingsplatz.«

Mafalda erinnerte sich. Jean-Paul hatte sich immer gern unter einen der Wohnwagen verkrochen, wenn er seine Ruhe haben wollte oder vor der Hitze des Tages Schutz suchte. Und tatsächlich, da lag er, das Schweineohr zwischen den Vorderpfoten, und sah sie an, als verstehe er die ganze Aufregung nicht im Geringsten.

Sie musste grinsen, aber gleichzeitig überlegte sie, was sie tun konnte, um zu verhindern, dass Jean-Paul erneut davonlief. Sie würde ihn nachts anleinen müssen, zumindest für eine gewisse Zeit. Und es war am besten, wenn sie ihn erst einmal eine Weile versteckt hielten. Zumindest, bis die Leute von Fressi einen anderen Hund für ihr Dosenfutter gefunden hatten und diese Frau, die Jean-Paul die letzten Jahre gepflegt hatte, über ihren Verlust hinweggekommen war.

In diesem Moment hörte sie das Dröhnen eines kräftigen Motors. Es war ein dunkelblauer Porsche. Fabian Papenheim stieg aus. Er hatte einen großen Strauß bunter Tulpen in der Hand.

Mafaldas Herz blieb zum zweiten Mal innerhalb kurzer Zeit stehen. Was war denn heute los? Erst tauchte aus heiterem Himmel Jean-Paul auf, und nun kam Fabian Papenheim, den sie so schlecht behandelt hatte, mit einem Strauß Blumen zu ihr! Es war, als hätten die Engel im Himmel beschlossen, ihr all ihre Wünsche auf einmal zu erfüllen. Ihr war, als höre sie ein leises Kichern in ihrem Kopf. Aber wahrscheinlich war das nur ihr überreizter Verstand, der nicht wusste, wie er mit so viel Glück auf einmal umgehen sollte.

Sie spürte die vielsagenden Blicke ihrer Eltern in ihrem Nacken, als Fabian näher kam. Sie hatte keine Ahnung, wie sie reagieren, was sie tun sollte. Deshalb blieb sie einfach stocksteif vor dem Wohnwagen stehen. Ohne dass sie es verhindern konnte, verzog sich ihr Mund zu einem Lächeln, das langsam immer breiter wurde, bis es nur noch Millimeter von einem dämlichen Grinsen entfernt war.

Fabian lächelte schüchtern. Die Sonne ließ die goldenen Flecken in seinen Augen aufleuchten. Mafaldas Kehle wurde trocken, und ihr Kopf fühlte sich hohl und leer an. Ihr Bauch kribbelte wie bei ihrem ersten Auftritt vor Publikum. Hätte sie jemand in diesem Moment nach ihrem Namen gefragt, sie hätte nicht gewusst, was sie antworten sollte.

Er senkte den Blick, als sei ihm die Begegnung mit ihr ein bisschen peinlich. »Äh, hallo!«, sagte er. Er hielt die Blumen in beiden Händen, als wolle er sie auf keinen Fall hergeben.

»Hallo!«, sagte Mafalda.

»Mafalda, äh, ich wollte … also … ich wollte Ihnen sagen, dass es mir leidtut«, sagte er. »Natürlich wollte ich Ihren Zirkus nicht wirklich kaufen. Das heißt, doch, eigentlich schon, aber ich wollte ihn nicht einfach nur kaufen, verstehen Sie?«

Mafalda verstand nur Bahnhof. Sie ließ ihm Zeit, sich weiter zu erklären.

»Also, was ich sagen will, ist, ich wollte Ihren Zirkus nicht einfach nur kaufen, weil er meiner Schwester und mir gefiel. Ich wollte ihn kaufen, weil ich ihn … weil ich Sie einfach großartig finde! Ich glaube, dass Sie eine herausragende Artistin sind und dass Sie, wenn Sie nur ein bisschen mehr Geld hätten, ganz groß rauskommen könnten. Deshalb habe ich gedacht, dass dieser Zirkus eine gute Investition für die Papenheim AG wäre.«

Mafalda wusste nicht, was sie sagen sollte. Ein größeres Kompliment hatte ihr noch nie jemand gemacht.

»Ich kann natürlich verstehen, dass Sie mein Angebot abgelehnt haben. Ich hätte es besser erklären müssen und nicht gleich mit der Tür ins Haus fallen dürfen. Ich hätte …« Er stockte und riss die Augen auf.

»Das … das gibt's doch nicht!«, rief er. Seine Augenbrauen zogen sich zusammen, und plötzlich lag Zorn in seinem Gesicht. »Also so läuft das! Ich werde mal wieder an der Nase herumgeführt! Und ich Trottel falle natürlich darauf herein!«

Bevor Mafalda auch nur ein Wort herausbrachte, warf er ihr die Tulpen vor die Füße. »Da, bitte schön! Ich hoffe, Sie sind zufrieden und ich sehe Sie und Ihren Banditenzirkus nie wieder! Und grüßen Sie mir meine Stiefmutter schön, wenn Sie Ihnen Ihr Honorar auszahlt!« Er drehte sich um und ging schnurstracks zu seinem Porsche zurück.

Mafalda sah ihm mit offenem Mund nach. Ihre Augen füllten sich mit Tränen. Sie hatte das Gefühl, dass ihre Beine unter ihr jeden Moment nachgeben mussten. Diese plötzlichen Wendungen des Schicksals waren einfach zu viel für sie.

Jean-Paul sprang an ihrem Bein hoch, um ihre Aufmerksamkeit zu erregen. Offenbar hatte er das Schweineohr bereits vertilgt. Sie kraulte ihn abwesend. Erst nach einer Sekunde wurde ihr klar, dass es sein Anblick gewesen sein musste, der Fabian Papenheim so wütend gemacht hatte.

Sie löste sich aus ihrer Starre und rannte zu dem Porsche. »Herr Papenheim, bitte warten Sie doch!« Doch bevor sie ihn erreichte, fuhr er mit quietschenden Reifen davon.

»Was sollte das denn?«, fragte ihr Vater, als sie mit gesenktem Kopf zurückkehrte.

Mafalda zuckte mit den Schultern. »Ich verstehe das nicht«, sagte sie. Tränen liefen über ihre Wangen.

Ihre Mutter nahm sie in den Arm. »Mach dir nichts draus«, sagte sie. »Er wird zurückkommen. Verlass dich drauf!«

Mafalda wischte sich die Tränen ab. Sie war sich absolut nicht sicher, ob sie Fabian Papenheim jemals wiedersehen wollte.

25.

Zum ersten Mal seit ZIEMLICH langer Zeit – wir sprechen hier von Jahrtausenden –, vielleicht sogar zum ersten Mal überhaupt hatte ich das Gefühl, wirklich wichtig zu sein. Ich war nicht mehr nur ein Engel, der bedingungslos Seinen Willen ausführte beziehungsweise das, was Gabriel und die anderen Erzengel dafür hielten. Ungeplante Auswirkungen meiner Aktionen waren nicht mehr nur die Folge von Missgeschicken. Ich hatte einen freien Willen, und es KAM DARAUF AN, was ich damit machte!

Ein verdammt gutes Gefühl.

»Was muss ich tun?«, fragte ich. Ich war zu allem bereit, solange sich nur die GAGA darüber ärgerten.

Luzifer lächelte. »Nicht so schnell, junger Freund. Sonst behaupten sie hinterher wieder, ich hätte dich überredet. Ich möchte, dass du dich aus freien Stücken entschließt.«

»Entschließt? Wozu?«

»Mit mir zu kommen.«

»In die Hölle?« Das war schon ein etwas erschreckender Gedanke für mich, auch wenn ich kein Engel mehr war.

Luzifer schüttelte den Kopf. »›Hölle‹ ist ein so hässliches Wort, voll negativer Assoziationen. Sagen wir besser: Es ist ein Ort, an dem es ziemlich heiß hergeht!«

»Warum sollte ich das tun? Ich meine, was habt ihr denn da unten schon zu bieten, außer einer Menge Feuer und Qualm und ein paar Millionen armer, gequälter Seelen?«

Luzifer grinste breit. »Amander, Amander! Du solltest nicht alles glauben, was dir die himmlische Propaganda weismachen will! Wenn bei uns einer gequält wird, dann nur, weil er darauf steht. Und wenn es da unten manchmal ein bisschen qualmt, dann liegt das daran, dass wir nun mal gerne Partys feiern!«

»Partys?«

»Eine einzige Riesenmegaparty, bis in alle Ewigkeit! Da geht höllisch was ab, kann ich dir sagen! Und dann ist da noch etwas …«

Ich war ganz Ohr.

»Sagt dir der Ausdruck ›Schön wie die Sünde‹ etwas?«

»Nun ja, äh, ich hab schon das eine oder andere Mal daran gedacht, wenn ich Siraxis …«

Luzifer winkte ab. »Vergiss Siraxis! Ich hab da was Besseres für dich! Ich würde sogar sagen, was doppelt so Gutes!« Er winkte mit der Hand zwei Blondinen zu, die zufällig gerade Arm in Arm durch den kleinen Park spazierten. Sie kamen näher und lächelten mir zu, und ich wurde auf der Stelle bewusstlos.

Als ich wieder zu mir kam, beugte sich eine der beiden gerade über mich und gab mir mit ihren langen, feingliedrigen Händen zarte Klapse auf die Wange. »Ist mein kleines Engelchen ohnmächtig geworden?«, säuselte sie, während ich in ihr Dekolleté starrte.

Ihre Zwillingsschwester kicherte. »Ich glaube, der Arme muss ein bisschen aufgepäppelt werden!«

»O ja, lass ihn uns ein bisschen aufpäppeln, ja, Chef? Du wirst sehen, in spätestens zwei- oder dreitausend Jahren ist er wieder ganz der Alte!«

»Schluss jetzt!«, sagte Luzifer, und zu meinem unaussprechlichen Bedauern zogen sich die beiden von mir zurück und setzten sich artig auf die andere Seite der Bank, »Ihr beide verdreht dem armen Amander noch den Kopf!«

»Aber er ist doch so süüüß!«, riefen die Blondinen wie aus einem Munde.

»Nein!«, sagte Luzifer mit barscher Stimme. »Wir dürfen Amander nicht beeinflussen! Er muss die Entscheidung, ob er hier auf der unbequemen Erde bleiben und für immer von Manna und Ambrosia träumen oder mit uns auf die megaschärfste Dauerparty im bewohnten Teil der Galaxis kommen will, ganz allein treffen!«

»Oooch!«, seufzten die beiden enttäuscht. Vielleicht war auch ich es, der seufzte.

»Überleg dir in Ruhe, was du willst«, sagte Luzifer. »Aber nicht zu lange, ja? Auch in der Ewigkeit ist die Zeit knapp. Komm zu mir, wenn du so weit bist!«

»Wo finde ich dich?«

»Ich werde da sein, wenn du mich brauchst.« Damit stand er auf, hakte die beiden kichernden Blondinen rechts und links unter und verschwand in einem Gebüsch.

Ich unterdrückte den Impuls, den beiden nachzulaufen. Ein seliges Lächeln auf den Lippen, ging ich mit beschwingten Schritten zurück in unsere Wohnung. Ich hatte meine Entscheidung längst getroffen, aber ich wollte sie Siraxis noch mitteilen, damit sie erfuhr, dass ihr hinterhältiger Plan durch mich zunichtegemacht worden war.

Mein letztes Stündlein auf der Erde hatte geschlagen. Danach … Halleluja!

»Halt endlich die Klappe, du Mistvieh!« Das Gewinsel des Cockerspaniels hinten in seiner Kiste ging Mauser ganz schön auf die Nerven. Er hatte seinen Transporter in einigem Abstand zu Papenheims Porsche am Rand der Nebenstraße geparkt. Der reiche Spinner war ausgestiegen und mit einem Blumenstrauß zu dem kleinen Zirkus gegangen. Was sich dort ereignet hatte, hatte Mauser nicht sehen können, weil das Zirkuszelt das Blickfeld verdeckte. Jetzt jedenfalls rannte Papenheim zu seinem Wagen und brauste mit quietschenden Reifen davon.

Mauser war so überrascht, dass er für einen Moment vergaß, den Wagen anzulassen. Als er endlich den Motor gestartet hatte, war Papenheim bereits außer Sichtweite. Er fluchte und schlug aufs Lenkrad. So, wie der Spinner fuhr, würde er ihn nicht mehr einholen. Mist! Den halben Tag war er Papenheim nachgefahren – umsonst.

Gestern hatte er den Hund mit Hilfe des Zweitschlüssels, den der Detektiv ihm gegeben hatte, auftragsgemäß in Papenheims Wohnung abgeliefert und kurz darauf wie besprochen die Bullen angerufen. Doch dann war dieser Schnüffler wieder bei ihm aufgekreuzt und hatte gesagt, dass die Polizei den Hund nicht in der Wohnung gefunden habe. Mauser hatte Stein und Bein geschworen, den Auftrag erledigt zu haben, aber beweisen konnte er es natürlich nicht. Der Detektiv hatte ihm klargemacht, dass er sein Honorar in den Wind schreiben konnte, wenn die Polizei Papenheim nicht zusammen mit dem Hund erwischte.

Mauser wusste nicht, warum und wieso, aber die Bullen waren offenbar zu blöd gewesen, das Tier zu finden. Vielleicht hatte Papenheim geahnt, was Mausers Auftraggeber mit ihm vorhatte, und es versteckt und dann irgendwo entsorgt. Aber vielleicht hatte er den Hund auch noch, oder er hatte ihn vorübergehend irgendwo untergebracht. Da er keinen besseren Anhaltspunkt hatte, wo der Köter sein könnte, hatte Mauser beschlossen, Papenheim zu beschatten.

Schließlich waren sie hier in dieser kaputten Gegend bei der Müllverbrennungsanlage gelandet. Was Papenheim mit dem heruntergekommenen Flohzirkus zu schaffen hatte, war Mauser unklar, aber vielleicht hatte es ja irgendwie mit dem Hund zu tun. Da er ohnehin keine Chance sah, den Typ noch einzuholen, stellte er den Motor wieder ab und stieg aus. Er ging ein paar Schritte die Straße entlang und versuchte, so auszusehen wie ein Spaziergänger, der sich zufällig an diesen trostlosen Ort verirrt hatte. Dabei warf er verstohlene Blicke zu der kleinen Wiese mit dem Zirkuszelt.

Drei Menschen standen vor einem der bunten Wohnwagen und diskutierten. Die junge Frau sah verdammt gut aus mit ihren langen schwarzen Haaren und ihrer olivbraunen Haut, aber sie wirkte nicht sehr glücklich. Zu ihren Füßen lagen die Blumen verstreut auf dem Boden. Ein älterer Mann und eine Frau, offenbar ihre Eltern, versuchten sie zu trösten.

Mauser schüttelte den Kopf. Er hatte einer von Papenheims sicher zahlreichen Liebesaffären nachgespürt! Bevor er sich in

Richtung seines Wagens umwandte, um unverrichteter Dinge zurück zu seinem Laden zu fahren, warf er noch einen letzten Blick zu dem Zirkus.

Er erstarrte. Da war er! Der Choso ... der Mistköter, den er suchte! Zuvor hatte Mauser ihn nicht sehen können, weil er von den Menschen verdeckt gewesen war, aber jetzt erkannte er ganz deutlich den runden schwarzen Fleck. Deshalb also war Papenheim sauer gewesen – dieses Zirkusgesindel hatte den Köter geklaut!

Mauser grinste. Er beglückwünschte sich selbst dazu, dass er Papenheim gefolgt war – und noch mehr zu einer zweiten Idee, die sich gleich als geradezu brillant erweisen würde!

Der ältere Mann warf ihm einen misstrauischen Blick zu. Mauser wurde klar, dass er viel zu lange hier herumgestanden hatte, um noch wie ein Spaziergänger zu wirken. Er hob die Hand und winkte dem Zirkusmann zu, der verwirrt zurückwinkte. So was half immer – wenn man den Leuten zuwinkte, glaubten sie meistens, sie müssten einen von irgendwoher kennen.

Mit raschen Schritten ging er zu seinem Transporter und öffnete die Heckklappe. Viel mehr musste er nicht tun. Der Geruch einer läufigen Hündin würde jeden Rüden schwach machen.

Oswald sah dem netten jungen Mann verwirrt nach. Er hatte sich doch nur gefreut, ihn wiederzusehen, und mit ihm spielen wollen! Doch der Mann hatte plötzlich zornig ausgesehen, als habe Oswald etwas falsch gemacht. Vielleicht war er immer noch beleidigt, weil Oswald ihm weggelaufen war. Immerhin hatte er etwas zu fressen mitgebracht, obwohl Oswald Blumen eigentlich nur mochte, wenn er sie frisch aus dem Garten gebuddelt hatte.

Oswald sprang an Frauchen – seinem früheren Frauchen, nicht seinem richtigen Frauchen – hoch. Er wusste, dass Menschen Hunde besonders gern und intensiv kraulten, wenn ihnen das Salzwasser aus den Augen lief. Aber Früher-Frauchen beachtete ihn nicht und redete stattdessen mit dem netten Rudelführer, der Oswald so viele lustige Tricks beigebracht und ihm immer Leckerlis gegeben hatte, und dem strengen Muttertier.

Oswald wedelte mit dem Schwanz und leckte seiner Schwester die Lefzen. Du bist sicher, dass du dein Schweineohr nicht selbst fressen willst?

Sie sprang ihn spielerisch an. Du bist genauso verfressen wie früher. Da, nimm es dir schon!

Oswald schnüffelte an der Leckerei, die seine Schwester für ihn schon schön weich gekaut hatte. Was für ein herrlicher Duft!

Er leckte daran, doch plötzlich sträubte sich sein Nackenfell. Etwas stimmte nicht.

Er hob den Kopf und witterte. Da war der Geruch eines Menschen. Eines bösen Menschen.

Oswald knurrte.

Seine Schwester sah auf. Was hast du? Was ist los?

Böse! Böser Mensch ist hier!

Der Rudelführer hörte auf, sein unverständliches Gebrabbel auszustoßen, und sah in Richtung der Straße. Dort stand ein Mensch – ganz eindeutig der Mann, von dem der fiese Geruch ausging. Der Mann sah Oswald an und lief weg.

Oswald schwankte zwischen dem Bedürfnis, sich unter dem Wohnwagen zu verkriechen, und dem Wunsch, den bösen Menschen zu beißen und fortzujagen. Sicherheitshalber beschloss er, in der Nähe dieses Rudels zu bleiben und es gegen den Menschen zu verteidigen. Er wollte auch das Schweineohr nicht unbeaufsichtigt lassen – man konnte nie wissen, ob es sich seine Schwester nicht doch noch anders überlegte.

Oswald wandte sich wieder dem Leckerbissen zu, als ihn etwas erneut innehalten ließ. Diesmal war es nicht der schäbige Gestank eines brutalen Kerls. Diesmal war es der wunderbarste, zarteste, perfekteste Duft der Welt.

Seidenfell! Sie war hier!

Oswald wusste nicht, woher sie so plötzlich kam, aber in der Welt der Menschen geschahen viele unerklärliche Dinge. Er sah sie nicht, aber er konnte sie riechen, und jetzt hörte er auch ganz schwach ihr Gewinsel.

»Jean-Paul! Bleib hier!«

Richtig, das war einmal sein Name gewesen. Früher-Frauchen rief ihn, und jetzt auch der Rudelführer. Der Drang, ihnen zu gehorchen, war stark. Doch Seidenfell brauchte ihn jetzt dringender als diese Menschen.

Oswald rannte weiter. Er hörte, wie die Menschen hinter ihm aufgeregt riefen und ihm folgten, aber sie würden ihn sicher nicht einholen. Menschen waren immer so schrecklich tollpatschig!

Der Geruch und das Gewinsel kamen aus einem Auto. Es roch schrecklich nach dem bösen Menschen. Seidenfell war in Gefahr! Er musste sie retten!

Er bellte wütend und lief zu dem Wagen. Da war sie! Sie saß eingesperrt in einer Holzkiste und winselte. Sie bellte, als sie Oswald sah, gleichzeitig freudig erregt und zur Warnung. Geh weg! Der böse Mann ist hier! Lauf weg, mein lieber Freund!

Oswald knurrte. Die Sache gefiel ihm nicht. Wo war der böse Mann? Er hörte die aufgeregten Stimmen der freundlichen Menschen: »Jean-Paul! Hierher! Sofort!« Dazu das Kläffen seiner Schwester: Mach keinen Unfug, Bruder. Geh nicht in den rollenden Kasten. Gefahr! Gefahr!

Oswald nahm aus den Augenwinkeln eine Bewegung wahr. Er fuhr herum. Da stand der Bösewicht mit gebleckten Zähnen. Oswald wollte ihn anspringen, doch etwas Dunkles fiel plötzlich über ihn, eine alte Decke, die nach Autoblut stank. Er spürte, wie er hochgehoben und in den Wagen geschubst wurde. Die Tür des Wagens krachte zu.

Oswald schüttelte sich und befreite sich aus der Decke. Die Tür war verschlossen. Er konnte nicht hinaus.

Seidenfell winselte: O nein, nicht auch noch du!

Durch den Maschendraht des Käfigs, in dem sie eingesperrt war, versuchte er, ihre Lefzen zu lecken. Mach dir keine Sorgen. Wenigstens bin ich jetzt wieder bei dir!

Ihre wunderbaren Augen blickten traurig. Der böse Mensch wird uns wieder trennen. Es ist alles vergeblich. Ich will zu meinem Frauchen!

Eine Tür klappte. Der Motor des Autos sprang an. Die guten Menschen draußen riefen aufgeregt und schlugen mit ihren Vorderpfoten gegen das Blech des Wagens. Der Wagen setzte sich ruckartig in Bewegung. Die Rufe wurden leiser und verstummten schließlich.

Oswald sprang an der Vorderwand der Ladefläche hoch. Er konnte den bösen Menschen durch ein kleines Fenster sehen, doch er konnte nicht hindurch und ihn beißen. Er kläffte wütend, aber er ahnte, dass es ihm nichts nützen würde. Er saß mal wieder in der Falle.

26.

Ich spaziere also einfach in die Wohnung, sage »Tschüs« und »Siehst du, das hast du nun davon!« – das war's dann.

So ungefähr hatte ich mir das vorgestellt. Aber als ich dann vor ihr stand und in Siraxis' dunkle Augen sah, blieb mir plötzlich die Luft weg.

»Was hast du?«, fragte sie. »Warum bist du so bleich?«

»Bleich? Ich?«

Sie trat ganz dicht an mich heran und sah mir tief in die Augen. »O nein!« Sie machte einen Schritt zurück, als habe sie plötzlich Angst vor mir.

»Was, ›O nein‹? Was soll das heißen?«

»Du hast mit ihm gesprochen, nicht wahr?«

»Gesprochen? Ich? Mit wem soll ich gesprochen haben?«

Nun war sie es, die bleich wurde, und ich muss sagen, dass mir dieser Anblick nicht gefiel. Ich fühlte mich irgendwie ertappt.

»Hat er dir gesagt, wer er ist?«

Ich bemühte mich, die Fassung zu wahren. »Wer wer ist?«

»Luzifer.«

Der Anblick ihrer Augen schnürte mir die Kehle zu, und meine Fähigkeit, zu lügen, war mir irgendwie abhandengekommen. »Ach, den meinst du.«

»Bitte, Amander, hör mir genau zu«, flehte sie. »Wenn er dir gesagt hat, wer er ist, dann bedeutet das, dass er deine Seele haben will! Er hat dir einen Handel angeboten, nicht wahr?«

»Handel? Nein, eigentlich nicht. Er hat mich nur zu einer Party eingeladen.«

Ihre Augen füllten sich mit Tränen. »Bitte, Amander! Du darfst ihm nicht glauben! Er wird nicht umsonst der Prinz der Lügen genannt! Was immer er dir angeboten hat, versprich mir, dass du nicht darauf eingehst, ja?«

Ich wusste nicht mehr, was ich sagen sollte. Plötzlich hatte ich einen dicken Kloß im Hals, und meine Augen brannten so merkwürdig.

Siraxis nahm mich in den Arm. »O Amander!«, sagte sie und strich mir durch das Haar, wie ich es Mütter bei ihren Kindern hatte machen sehen. In diesem Moment begriff ich, dass ich sie liebte, und dass sie mich liebte, und dass ich im Begriff gewesen war, einen schrecklichen Fehler zu machen.

Alles hätte wunderbar werden können, wenn es nicht genau in diesem Moment an der Tür geklingelt hätte.

»Tu doch was, Papa!«, schrie Mafalda, außer sich vor Entsetzen. »Der Typ entführt Jean-Paul!« Doch ihr Vater stand nur sprachlos da und sah dem davonrasenden Lieferwagen nach.

»Schnell! In den Wagen!«, rief sie.

Ihr Vater schüttelte den Kopf. »Tut mir leid, Maffy, aber ich war gerade dabei, die Zündkerzen zu reinigen. Ich muss sie erst wieder einbauen. Bis dahin ist der Kerl über alle Berge.«

»Wir müssen doch was tun, verdammt!« Sie sah sich gehetzt um. Ihr Blick fiel auf Piotrs Einrad, das an seinem Wohnwagen lehnte. Er hatte es schon seit Jahren nicht mehr bei den Aufführungen benutzt, seit er einmal damit in angetrunkenem Zustand gegen die Manegenbegrenzung gefahren und in die vordere Zuschauerreihe gefallen war.

Sie rannte los und schnappte sich das Rad. Sie hatte in einem Alter Einradfahren gelernt, in dem andere Kinder noch mit dem Roller übten.

»Maffy, du willst doch nicht …«, rief ihr Vater. Doch sie beachtete ihn nicht, rannte mit dem Rad auf die Straße, sprang auf und sprintete los. Der graue Lieferwagen bog gerade um eine Straßenecke.

Wie bei einem normalen Fahrrad bewegte man sich auf einem Einrad umso stabiler und sicherer, je schneller man fuhr. Allerdings hatte ein Einrad weder einen Lenker noch Bremsen oder gar eine Gangschaltung. Jede Bewegung der Beine wurde exakt auf das Rad übertragen. Man lenkte, indem man seinen Körper zur Seite neigte. Es war alles andere als das ideale Gefährt für eine Verfolgungsjagd, aber sie war damit immer noch schneller, als wenn sie einfach hinter dem Wagen hergerannt wäre.

Als sie die Straßenecke erreichte, um die der Wagen gebogen war, war er außer Sichtweite. Unbeirrt folgte sie der Straße, die hier kaum Abzweigungen hatte. Mit etwas Glück würde sie den Kerl vielleicht an der nächsten Ampel einholen. Außerdem rechnete er wahrscheinlich nicht damit, dass er verfolgt wurde.

Andererseits war ein Einrad nicht gerade unauffällig. Die Leute an der Tankstelle, an der sie gerade vorbeifuhr, machten große Augen. Eine Frau zog erschrocken ihren Kinderwagen zur Seite, als Mafalda über den Bürgersteig auf sie zuraste. Die entgegenkommenden Autofahrer glotzten sie an. Einer bremste abrupt und erntete dafür ein Hupkonzert seiner Hintermänner.

Mafalda erreichte eine Kreuzung. Sie sah gerade noch, wie der Lieferwagen nach rechts abbog. Die Straße war hier abschüssig. Mafalda nahm die Füße von den Pedalen und schoss mit halsbrecherischer Geschwindigkeit um die Ecke eines schmucklosen Industriegebäudes. Unmittelbar dahinter waren zwei Arbeiter damit beschäftigt, blaue Plastikkisten aus einem LKW zu laden, der auf dem Bürgersteig parkte.

»Aus dem Weg!«, schrie Mafalda.

Einer der Arbeiter fuhr herum und starrte sie mit aufgerissenen Augen an. Vor Schreck ließ er die Kiste fallen, und irgendwelche Eisenteile schepperten zu Boden. Er schaffte es gerade noch, zur Seite zu hechten, doch die Kiste lag genau in Mafaldas Weg.

Sie lehnte sich nach rechts und wich ihr um Haaresbreite aus. Verfolgt von den Verwünschungen des Arbeiters, setzte sie ihre Jagd fort.

Sie holte den Lieferwagen an der nächsten Ampelkreuzung ein, sprang vom Einrad und stürzte zur Heckklappe, doch in diesem Moment musste der Fahrer sie im Rückspiegel gesehen haben. Bevor sie den Türgriff erreichte, fuhr der Wagen an und raste trotz roter Ampel auf die Kreuzung. Autos hupten und Bremsen quietschten, doch der Wagen schaffte es, die Straße zu überqueren, ohne gerammt zu werden.

Mafalda schnappte sich ihr Einrad und nahm erneut die Verfolgung auf. Der Wagen kurvte durch die Straßen eines Vorstadtgebiets. Ein paar Mal kam sie bis auf Rufnähe heran, doch dann erreichte der Transporter die Auffahrt einer Schnellstraße und beschleunigte stark.

Keuchend hielt Mafalda am Straßenrand an. Fahrtwind und Frustration hatten ihr die Tränen in die Augen getrieben. Sie sah dem sich rasch entfernenden Wagen nach, ohne zu wissen, was sie tun sollte.

Schließlich gab sie auf und kehrte traurig um.

»Dieser Schuft!«, schluchzte sie, als sie endlich wieder das Zirkuszelt erreichte. Sie ließ sich von ihrer Mutter in den Arm nehmen. »Dieser elende Mistkerl! Für einen Augenblick habe ich gedacht, alles wird gut. Und dann …«

»Beruhige dich, mein Kleines!« Ihre Mutter strich ihr durch das von der Verfolgungsjagd zerzauste Haar.

»Ich verstehe das alles nicht«, sagte Mafalda, in Tränen aufgelöst. »Erst kreuzt dieser Papenheim hier auf und will unseren Zirkus kaufen. Dann ist plötzlich Jean-Paul wieder da, einfach so. Papenheim kommt mit einem Strauß Blumen und entschuldigt sich, sieht Jean-Paul, rennt wütend weg, und im nächsten Moment lässt er unseren Hund entführen! Das ergibt doch alles keinen Sinn!«

»Woher willst du wissen, dass er es war, der hinter der Entführung steckt?«, fragte ihr Vater.

»Wer denn sonst? Glaubst du etwa, es ist Zufall, dass Jean-Paul genau in dem Moment gestohlen wurde, als dieser Papenheim hier war? Vermutlich war die Sache mit den Blumen nur ein Ablenkungsmanöver!« Allmählich wich Mafaldas Verzweiflung einer aufschäumenden Wut. Wenn dieser reiche Schnösel glaubte, bloß weil er Geld hatte, könnte er so mit ihnen umspringen, hatte er sich geschnitten! »Ich fahre zu ihm«, verkündete sie. »Und wenn er Jean-Paul hat, dann mache ich ihm die Hölle heiß!«

Ihre Eltern sahen sich an. »Ich habe das Gefühl, dass hier Dinge geschehen, die wir nicht verstehen«, sagte ihre Mutter. »Aber wenn du meinst, dass es hilft, fahr ruhig zu ihm. Möglicherweise ist das alles ein Missverständnis.«

»Missverständnis? Dass ich nicht lache!« Mafalda zog sich eine dünne Jacke über und machte sich auf den Weg zur Bushaltestelle.

Eine Dreiviertelstunde später stand sie vor der Tür der Papenheim-Villa und klingelte. Die Haushälterin, die Mafalda vom Kindergeburtstag kannte, öffnete. »Ja bitte?«

»Ich will sofort diesen Mist… ich meine, ich würde gerne Fabian Papenheim sprechen«, sagte Mafalda.

Die Haushälterin musterte sie mit ihren ruhigen, grauen Augen, und Mafalda kam sich plötzlich klein und unbedeutend vor. Diese Leute waren wichtig, und sie besaßen Geld und Macht. Wie konnte sie glauben, dass sie nur hier hereinzuspazieren brauchte, und alles würde sich aufklären?

»Es … es geht um Jean-Paul«, sagte sie verunsichert. »Ich habe Grund zur Annahme … ich meine, es könnte sein, dass Herr Papenheim ihn entfü… also, dass er ihn mitgenommen hat.«

»Jean-Paul? Hier ist kein Jean-Paul«, sagte die Haushälterin.

»Es handelt sich um einen Hund«, erklärte Mafalda.

Die Haushälterin lächelte dünn. »Einen Hund gibt es hier erst recht nicht. Frau Papenheim mag keine Haustiere!« Sie machte Anstalten, die Tür zu schließen.

»Bitte!«, rief Mafalda. »Bitte lassen Sie mich zu Herrn Papenheim!«

Die Haushälterin sah sie lange an. Dann seufzte sie. »Er ist nicht hier.«

»Wo kann ich ihn erreichen? Bitte, es ist wirklich wichtig!«

»Also schön«, sagte die Haushälterin und nannte ihr eine Adresse.

Mafalda bedankte sich und nahm den nächsten Bus, der sie in eine Wohngegend brachte, die fast so vornehm war wie die Umgebung der Papenheim-Villa, aber dichter am Stadtzentrum lag. Kurz darauf stand sie mit klopfendem Herzen vor der Tür des Apartments im obersten Stockwerk eines Luxuswohnhauses und klingelte.

Er öffnete die Tür nur einen Spaltbreit. »Sie?«, fragte er mit deutlich erkennbarem Misstrauen in der Stimme. »Was wollen Sie?«

»Geben Sie mir meinen Hund zurück!«, sagte Mafalda und konnte nicht verhindern, dass ihre Augen sich wieder mit Tränen füllten. »Bitte!«

27.

»Das ist er, nicht wahr?«, fragte ich.

»Amander, bitte, reg dich jetzt nicht auf!«, flehte Siraxis. »Es ist alles ganz anders, als du denkst!«

Den Spruch kannte ich schon. Ich ging zur Tür und öffnete. Statt Maurenus eine reinzuhauen, strafte ich ihn mit einem Blick abgrundtiefer Verachtung. »Bitte, komm ruhig rein. Ihr könnt sie haben. Ich bin nicht mehr interessiert.«

Maurenus hob abwehrend die Hände. »Amander, du verstehst das ganz falsch! Ich bin gekommen, um dir zu sagen …«

»Spar dir deine Worte«, schrie ich. »Ich weiß genau, was hier läuft! Beinahe wäre ich schon wieder auf ihre Heulerei reingefallen! Dabei spiele ich doch nur eine Nebenrolle in dieser Komödie! Aber damit ist jetzt Schluss! Ich lasse mich nicht länger an der Nase herumführen!«

»Amander, bitte, vertrau mir!«, rief Siraxis. Die Verzweiflung in ihrer Stimme klang verdammt echt. »Maurenus und ich haben nicht …«

Den Rest hörte ich mir nicht mehr an. Ich knallte die Tür zu und lief die Treppe hinab. Ich hörte noch einen dumpfen, verzweifelten Aufschrei, dann war ich schon im nächsten Stockwerk und kurz darauf unten auf der Straße.

Ich musste nicht lange warten. Eine weiße Stretchlimousine fuhr heran und hielt genau vor mir am Straßenrand. Ein Chauffeur in schicker Uniform stieg aus und öffnete mir die Tür zum Fond des Wagens. Darin saß Luzifer mit den beiden Blondinen, die mir Kusshände zuwarfen.

Der Teufel lächelte. »Steig ein«, sagte er.

»Tu das nicht«, rief jemand mit heiserer Stimme. »Um Himmels willen, steig nicht in den Wagen!«

Ich wandte mich um. Eine uralte Frau kam auf mich zuge-

stolpert. Sie trug eine Art grünes Nachthemd, und an ihren Handgelenken baumelten Plastikschläuche. »Du bist im Begriff, einen Riesenfehler zu machen!«, krächzte sie.

»Kennen wir uns?«, fragte ich.

»Ich … nun ja, indirekt schon«, sagte die alte Dame. »Du hast mir da einen guten Tipp gegeben, Amander, und da dachte ich …«

»Dir ist schon klar, dass du gerade gegen eine Menge Vorschriften verstößt, Tobias, oder?«, fragte ich. »Dir einfach den Körper eines Menschen unter den Nagel zu reißen …«

Die alte Dame zuckte mit den Schultern. »Ich dachte, ich bin es dir schuldig, Mann«, sagte sie. »Ich fände es schon irgendwie schade, wenn du …«

In diesem Moment kam ein Mann im weißen Kittel angerannt. »Was machen Sie denn, Frau Schuster!«, rief er. »Sie sind nun wirklich nicht in der Verfassung, hier herumzuspazieren!« Er wandte sich an mich. »Sie müssen das entschuldigen. Sie ist etwas verwirrt. Eigentlich dürfte sie gar nicht mehr hier herumlaufen können – sie war schon so gut wie tot. Ich weiß auch nicht, was in sie gefahren ist!« Ehe ich es ihm erklären konnte, nahm er die alte Dame an der Hand und führte sie weg. Sie warf mir einen letzten, flehenden Blick zu.

Ich sah zwischen ihr und dem geöffneten Wagenfond hin und her. Tobias' heroischer Versuch, mich aufzuhalten, rührte mich. Er würde dafür eine Menge Ärger bekommen.

Aber war das wirklich so gewesen, wie es schien? Plötzlich wurde mir klar, dass Tobias vielleicht gar nicht wirklich gegen sämtliche himmlischen Gesetze über den Umgang mit Menschen und die Achtung des freien Willens verstoßen hatte. Wahrscheinlich war auch er nur ein Agent der GAGA, ausgestattet mit der Lizenz zum Manipulieren, und dies war in Wirklichkeit ein letzter, verzweifelter Versuch Gabriels, seinen perfiden Plan durchzusetzen. Je länger ich darüber nachdachte, desto plausibler erschien mir diese Möglichkeit. Ich schüttelte den Kopf. Die GAGA schreckten wirklich vor nichts zurück!

»Nun komm schon, Süßer!«, rief eine der beiden Blondinen und zwinkerte mir zu. »Wir haben noch viel vor mit dir, bevor die Ewigkeit zu Ende ist!« Sie lächelte, und meine Bedenken schmolzen dahin.

Ich stieg in den Wagen. Ich bekam nicht mehr mit, wie der Chauffeur die Tür hinter mir schloss und die Stretchlimousine auf die Straße lenkte – dazu war ich viel zu beschäftigt.

»Kommen Sie herein«, sagte Fabian. Unsicher, was er von diesem unerwarteten Besuch halten sollte, führte er Mafalda in das geräumige Wohnzimmer.

Als er den Choso Muku entdeckt hatte, war er sicher gewesen, dass der kleine Zirkus irgendwie an dem fiesen Komplott seiner Stiefmutter gegen ihn beteiligt war. Aber schon auf dem Weg nach Hause waren ihm Zweifel an dieser Theorie gekommen. Es gab einfach zu viele Ungereimtheiten. Dass Mafalda jetzt plötzlich mit Tränen in den Augen hier auftauchte, passte ebenfalls nicht in das Bild einer Verschwörung. Oder war das wieder nur ein Ablenkungsmanöver? Wollte sie ihn dazu verleiten, etwas zu tun, das ihn später belasten konnte? Er musste auf der Hut sein.

Sie sah sich mit großen Augen um. »Wo ist er?«, fragte sie, aber es klang eher verunsichert als vorwurfsvoll.

»Wo ist wer?«

»Jean-Paul.«

»Sie meinen den Choso Muku?«

»Den was?«

»Den Hund. Das ist doch ein Choso Muku, oder?«

»Ein was?«

»Der … der Zoohändler hat mir gesagt … das wäre ein Choso Muku. Ein indischer Tempelhund oder so.«

Mafalda lachte humorlos. »Ich habe noch nie etwas von einem Schosomuck gehört. Jean-Paul ist jedenfalls eine reinrassige Promenadenmischung. Der Sohn einer Pudelhündin und irgendeines Straßenköters.«

Fabian gab sich innerlich eine Ohrfeige. Mauser hatte ihn reingelegt. Er hatte nie vorgehabt, ihm einen Hund aus Indien zu besorgen. Hatte er von Anfang an mit seiner Stiefmutter unter einer Decke gesteckt? Das war unwahrscheinlich, schließlich hatte Fabian Mausers Laden nur zufällig gefunden. Wahrscheinlicher war, dass Pamela irgendwie von der Sache Wind bekommen und die Chance genutzt hatte. Mauser musste sie angerufen haben.

Zorn flammte in ihm auf. Er hatte langsam wirklich die Nase voll davon, wie ein Trottel herumgestoßen zu werden.

»Wieso fragen Sie mich das? Der Hund ist doch bei Ihnen!«, sagte er und erschrak selbst über die Schärfe in seiner Stimme.

Sie zuckte zurück, und ihre Augen füllten sich erneut mit Tränen. »Tun Sie doch nicht so unschuldig! Jean-Paul gehört mir! Uns, meine ich! Er ist der Sohn unserer Polly, einer berühmten Zirkushündin, die vor ein paar Jahren gestorben ist. Er ist uns weggelaufen. Irgendwer hat ihn gefunden, und jetzt ist er in dieser Werbung. Aber wir brauchen ihn doch!« Sie zog ein zerknülltes Papiertaschentuch hervor und wischte sich eine Träne aus den Augen. »Wenn wir Jean-Paul wiederhätten, könnten wir noch einmal neu anfangen. Mein Vater ist ein guter Dompteur, wissen Sie! Er war drei Mal Dompteur des Jahres. Bitte, geben Sie mir den Hund zurück!«

»Aber ich habe ihn nicht«, sagte Fabian.

Ihre Augen verengten sich. »Sie lügen! Kaum dass sie weg waren, ist Jean-Paul entführt worden. Sie wollen mir doch wohl nicht erzählen, dass das Zufall war?«

Fabian sah sie erstaunt an. »Entführt?«

Ihre Augen versenkten sich in seine, als wolle sie seine Seele durchdringen. Fabian wurde plötzlich heiß und kalt zugleich.

»Sie haben ihn wirklich nicht?«, fragte sie.

»Nein.«

»Und Sie wissen nicht, wo er sein könnte?«

Fabian schüttelte den Kopf. Er brachte es nicht fertig, ihr die Wahrheit zu sagen. Er wünschte sich nichts sehnlicher, als diese

Frau in den Arm zu nehmen und zu trösten. Aber er konnte nichts für sie tun. Hier ging es um mehr. Der Hund musste zurück zu seinem rechtmäßigen Besitzer, zu demjenigen, der ihn als gestohlen gemeldet hatte, sonst war Fabians Erbe in Gefahr. Mafalda konnte sich dann ja mit der Fressi-Firma auseinandersetzen.

»Dann entschuldigen Sie bitte«, sagte Mafalda. »Ich … ich …« Sie konnte einen Augenblick nicht sprechen. Langsam ging sie zur Tür.

»Auf Wiedersehen!«, rief er ihr nach, doch sie drehte sich nicht um und stieg wortlos in den Fahrstuhl.

Was sollte das denn, meldete sich seine innere Stimme zu Wort. Er hatte sie schon fast vergessen.

Was sollte was?

Warum hast du es ihr nicht gesagt? Du weißt doch genau, wer den Hund entführt hat!

Damit hätte ich mich nur noch mehr reingeritten. Ich muss den Hund zu den Fressi-Leuten zurückbringen.

Ja, genau, tu das. Was diese Frau denkt, kann dir doch vollkommen egal sein, oder? Immerhin geht es hier um viel Geld.

Fabian hatte nicht gewusst, dass innere Stimmen so sarkastisch klingen können. Stimmt genau, entgegnete er sich selbst. Es klang ziemlich defensiv.

Mann, heute ist wohl wirklich nicht mein Tag, sagte die Stimme und verstummte.

Fabian wartete einen Moment, dann nahm er den Fahrstuhl in die Tiefgarage und fuhr zu Mausers Laden.

Der Zoohändler empfing ihn mit einem Grinsen, das genauso schmierig war wie sein ganzes Wesen. »Sieh an, Herr Papenheim!«, sagte er. »Leider ist der Choso Muku noch nicht …«

»Lassen Sie den Blödsinn!«, sagte Fabian. »Ich weiß, dass es keine Hunderasse namens Choso Muku gibt!«

Mauser wirkte kein bisschen verlegen. »Oh, dann bin ich wohl falsch informiert worden. In dem Fall kann ich Ihren Auftrag leider nicht …«

»Wo ist das Tier?«, unterbrach ihn Fabian.

Mauser machte sich nicht die Mühe, Überraschung vorzutäuschen. »Ich weiß nicht, was Sie meinen.«

»Hören Sie, Mauser, ich habe die Nase voll von Ihren Spielchen!«, schrie Fabian. »Sie haben den Choso ... den Hund von Fressi im Auftrag meiner Stiefmutter entführt und in meine Wohnung gebracht. Pech für Sie, dass das Tier sich versteckt hat, als die Polizei kam. Dann ist es mir abgehauen. Wahrscheinlich ist der Hund einfach seinem Instinkt gefolgt und in den kleinen Zirkus zurückgekehrt. Von dort haben Sie ihn dann gestohlen, und jetzt wollen Sie mir das Tier wahrscheinlich ein zweites Mal unterjubeln!«

Fabian war einigermaßen stolz auf seine Rekonstruktion der Ereignisse. Aber Mauser zeigte sich unbeeindruckt.

»Herr Papenheim, ich habe wirklich keine Ahnung, wovon Sie reden. Weder ist mir Ihre Stiefmutter bekannt, noch habe ich einen Hund gestohlen. Ich habe lediglich versucht ...«

»Schon gut«, sagte Fabian. »Wie viel wollen Sie?«

»Wie ich schon sagte ...«

»Ich biete Ihnen 20000«, sagte Fabian. Es widerstrebte ihm zutiefst, diesen Gauner auch noch zu bezahlen, aber gemessen an dem Vermögen, das auf dem Spiel stand, war das Kleingeld. Und er wusste, dass er gegen Mauser nichts in der Hand hatte.

Mausers schmale Lippen verzogen sich zu einem dünnen Lächeln. »Nun, ich *könnte* natürlich versuchen, Ihnen den Hund zu besorgen, wenn Ihnen so viel daran liegt. Aber, ehrlich gesagt, wenn man bedenkt, welches Risiko ...«

»Wie viel?«

»200000!«

Die Unverfrorenheit der Forderung raubte Fabian für einen Moment den Atem. Dann stieg Wut in ihm auf, kalte, aber nichtsdestotrotz beherrschte Wut, wie er sie noch nie zuvor gespürt hatte. Es war, als habe etwas tief in ihm lange geschlafen – etwas, das man besser nicht weckte.

Er senkte seine Stimme, bis sie nur noch ein Flüstern war.

»Hören Sie zu, Mauser. Ich gebe Ihnen 10000, wenn Sie mir den Hund sofort übergeben. Wenn nicht, das schwöre ich Ihnen, werde ich das Vermögen der Papenheim Spezialchemie AG verwenden, um Sie fertigzumachen. Ich werde sämtliche Privatdetektive und Anwälte im Rhein-Main-Gebiet auf Sie hetzen, und wenn Sie auch nur das kleinste bisschen Dreck am Stecken haben, werden wir es ans Licht zerren und Ihnen den Rest ihres kümmerlichen Lebens zur Hölle machen. Glauben Sie mir, was immer Ihnen meine Stiefmutter oder ihr fetter Liebhaber angeboten hat, es ist es nicht wert, sich mit mir anzulegen!«

Mauser sah ihn mit großen Augen an. Er war kreidebleich geworden. Fabian wurde klar, dass er zum ersten Mal in seinem Leben die enorme Überzeugungskraft und Entschlossenheit ausgestrahlt hatte, für die sein Vater berühmt gewesen war.

»Ich ... ich verstehe«, stammelte der Zoohändler. »Ja, natürlich, Herr Papenheim. Es tut mir leid, aber ich dachte ... ich wollte ja nur ... ich wusste ja nicht ...«

»Wo ist der Hund?«

»An einem sicheren Ort.«

Fabian beugte sich über den Ladentisch, bis sein Gesicht nur noch ein paar Zentimeter von Mausers entfernt war. »Ich glaube, Sie haben mich noch nicht richtig verstanden, Herr Mauser«, sagte er leise. »Wir fahren jetzt sofort dorthin. Und wehe, Sie versuchen, mich reinzulegen!«

»Schon gut. Folgen Sie mir einfach.«

»Nein, Sie kommen mit mir. Wir nehmen meinen Wagen. Ich fahre, Sie zeigen mir den Weg.«

Mauser lotste ihn durch die Straßen bis in die Hafengegend. Sie fuhren durch Industriegebiete, vorbei an Lagerhallen und Lastkränen, bis sie schließlich einen heruntergekommenen Schuppen erreichten. »Hier ist es«, sagte Mauser. »Hier ist mein, äh, Warenlager ...«

Er stockte. Er stieg aus dem Porsche und ging langsam zu der Tür des Schuppens. Sie war angelehnt. Ein Vorhängeschloss hing an einer durchtrennten Kette herab.

»Was zum ...«, sagte Mauser.

»Mauser, wenn Sie glauben, ich falle auf so einen dämlichen Trick herein, haben Sie sich geschnitten«, rief Fabian, der ihm aus dem Auto gefolgt war. »Sie führen mich jetzt sofort zu dem richtigen Ort, oder ...«

Doch Mauser beachtete ihn nicht. Er öffnete die Tür zum Schuppen und starrte in das Innere, das im Halbdunkel lag. »So eine Sauerei!«, rief er.

Fabian blickte über seine Schulter. Im Inneren des Schuppens stank es ziemlich – offensichtlich waren hier tatsächlich Tiere eingesperrt gewesen. Doch die vielen Käfige und vergitterten Boxen waren leer, ihre Stäbe verbogen, die Türen teilweise aus den Angeln gerissen.

»So eine elende Sauerei!«, rief Mauser noch einmal. »Meine ganze Ware!«

Fabian traute dem schmierigen Zoohändler jede Arglist zu. Aber er hatte nicht den Eindruck, dass Mauser ihm gerade etwas vormachte. Hier schien tatsächlich jemand eingebrochen zu haben.

Er entdeckte einen gelben Zettel, der an einem der Käfige klebte. In krakeliger Handschrift stand darauf: »Diese Tiere wurden befreit von der AKTIONSGRUPPE BAMBI! Freiheit für die Tiere! Nieder mit der internationalen Tierversuchsmafia!« Bevor Mauser den Zettel bemerkte, löste Fabian ihn von dem Käfig ab und steckte ihn ein. Dann wandte er sich um und ging zurück zu seinem Wagen.

»He, warten Sie!«, rief Mauser. »Ich kann nichts dafür! Ehrlich!«

»Machen Sie hier Ordnung, und dann nehmen Sie sich ein Taxi«, rief Fabian ihm zu. Damit ließ er den Motor an und fuhr zurück zu seinem Apartment.

28.

Irgendwie war es dunkel geworden.

Mühsam löste ich mich von den beiden Blondinen, deren Hände, Münder, Beine und Brüste überall um mich herum zu sein schienen. Sie seufzten vor Enttäuschung, als es mir schließlich gelang, sie von mir zu stoßen und mich aufrecht hinzusetzen.

Draußen war es stockfinster. Nur die Innenbeleuchtung des Wagens war zu sehen. Wir mussten in einen Tunnel oder so was gefahren sein – einen Tunnel ohne jegliche Innenbeleuchtung und ohne Gegenverkehr. »Wo sind wir?«, fragte ich. »Wo fahren wir hin?«

Luzifer, der mir gegenüber auf einer breiten, ledergepolsterten Bank saß, grinste. »Nach Hause, alter Junge!«

Plötzlich überkam mich ein mulmiges Gefühl. »Aber ich will lieber auf der Erde bleiben«, sagte ich.

Der Teufel zog eine Augenbraue hoch. »Du bist doch freiwillig in diesen Wagen gestiegen, nicht wahr, Amander? Oder irre ich mich da? Was meint ihr, Jungs?«

Jungs? Ich sah mich erschrocken um. Links und rechts neben mir, wo eben noch die zwei spektakulär geformten Blondinen gesessen hatten, befanden sich nun die beiden Typen vom Finanzamt in ihren zu kurzen Hosen, die Aktentaschen unter die Arme geklemmt. Sie lächelten mir auf eine wenig Vertrauen erweckende Weise zu.

»Ich denke, er ist freiwillig eingestiegen, Boss«, sagte einer der Zwillinge.

»Ganz und gar aus freien Stücken«, ergänzte der andere.

»Niemand hat ihn gedrängt oder geschubst«, sagte der eine.

»Überhaupt nicht«, bestätigte der andere. »Im Gegenteil. Die Gegenseite hat noch versucht, ihn aufzuhalten, aber er hat sich für uns entschieden. Er hatte die freie Wahl.«

»Schön und gut«, sagte ich. »Aber jetzt will ich wieder aussteigen!«

Luzifer schüttelte langsam den Kopf. Seine Augen zeigten aufrichtige Trauer. »Es tut mir wirklich schrecklich leid, Amander, aber wir können hier nicht anhalten. Wir sind sozusagen auf der Autobahn. Du weißt ja, da kann man nicht einfach so aussteigen!«

Das war der Moment, in dem mich zum ersten Mal während meiner gesamten Existenz echte Panik ergriff.

Ich habe auch früher schon Angst gehabt – meistens, wenn ich irgendwas ausgefressen hatte und deswegen zu Gabriel gerufen wurde. Aber nichts, was ich bisher empfunden hatte, war vergleichbar mit dem Gefühl, das mich jetzt befiel.

Ich hechtete nach dem Türgriff, doch sosehr ich auch daran zog und rüttelte, die Tür ließ sich nicht öffnen, und auch die Fensterkurbeln funktionierten nicht. Kalter Schweiß brach aus all meinen Poren, und ich hatte das Gefühl, keine Luft mehr zu bekommen.

Luzifer lächelte, doch sein Lächeln hatte nichts Freundliches mehr an sich. Er schüttelte nur leicht den Kopf.

»Bitte«, rief ich. »Ich habe es nicht so gemeint! Ich kann nicht mit euch kommen. Ich muss auf der Erde bleiben! Bitte, lasst mich gehen!«

»Was hat denn unser Süßer?«, säuselte eine der Blondinen, in die sich die Zwillinge wieder verwandelt hatten. »Warum will er denn nicht bei uns bleiben?«

»Will unser Schatzi denn nicht mehr, dass wir lieb zu ihm sind?«, fragte die andere. Ihre Stimme troff vor Ironie und Spott. Sie streichelte mit ihren langen Fingern durch meine Haare.

Ich rollte mich auf dem Boden der Stretchlimousine zusammen, verdeckte Augen und Ohren mit meinen Händen und Unterarmen und schrie.

»Es lebe die Aksionsgrubbe Bambi!« Gerda streckte abrupt ihren Arm in die Höhe, so dass der Sekt aus ihrem Glas schwappte und eine Ratte benetzte, die gerade an der Lehne von Willis

Sofa hochkletterte. »Nieder mit den interni… der internano … nieder mit der Tierversuchsmafia!« Sie kicherte.

»Nu mach ma halblang«, sagte Bernd. Er hatte Schwierigkeiten, seine Kiefer synchron zu seiner Zunge zu bewegen. »Du erschreggs ja die Viech… die Tiere!«

»Ach, stell dich doch nich so an!«, lallte Gerda. »Das issnuma der grösse Trio … Triumpf in der ganzen Geschiche von der Aksionsgripp… Aksionsgruppe Bambi!« Sie versuchte, Sekt in ihr Glas nachzufüllen, doch die Flasche war längst leer. Enttäuscht warf sie sie zu den beiden anderen, die bereits auf Willis Wohnzimmerteppich herumkullerten.

Dazwischen wuselten die Tiere, die sie mit ihrer triumphalen Aktion vor dem qualvollen Tod in einem Versuchslabor gerettet hatten: Ungefähr zwei Dutzend Ratten und Mäuse, ein paar Kaninchen sowie ein Waschbär, der gerade an Willis Gardine herumturnte. Die beiden Hunde hatten sie ins Badezimmer gesperrt und die vier Katzen in Willis Schlafzimmer untergebracht, um größere Verluste unter den geretteten Nagetieren zu vermeiden.

Willi saß in seinem Lieblingssessel und starrte mit finsterer Miene auf eine Tüte Kartoffelchips, die auf dem Couchtisch hin und her wackelte und aus der der nackte Schwanz einer Ratte herausragte.

»Nu mach doch nich son Gesicht wie drei Tage Regenwetter!«, sagte Bernd. »Nu freu dich doch auch ma!«

»Freuen? Ich soll mich freuen?«, fragte Willi. »Etwa darüber, dass hier zwanzig Ratten alles vollkacken? Oder dass dieser bescheuerte Waschbär meine Lieblings-CD zerkratzt hat? Wer macht denn das alles hier wieder sauber, hä?«

»Wie kannsu nur so hersslos sein!«, rief Gerda. »Die armen Tierchen mussten wir doch irgnwo hintun, oder nich?«

»Ja, ja, ich weiß«, sagte Willi. »Aber doch nicht in meine Wohnung!«

»Und wohin denn dann?«, fragte Bernd. »Du weissdoch, dass das bei mir inner WG nich geht!«

»Und bei mir aunich, wegen meine Alten, die kriegen doch sonst n Anfall!«, sagte Gerda.

»Ich krieg auch gleich nen Anfall!«, rief Willi. »Ich hab allmählich echt die Schnauze voll von dem ganzen Aktionsgruppe-Bambi-Quatsch!« Er sprang auf und fegte mit einer heftigen Bewegung die Chipstüte samt Ratteninhalt vom Tisch. Das Tier kugelte aus der Tüte, sah sich verwirrt um und kletterte dann sofort wieder hinein, um seine Mahlzeit fortzusetzen.

»Echt jetzt?« Bernd war fassungslos. Wie konnte Willi nur so verkniffen sein, gerade jetzt, wo es ihnen endlich gelungen war, der internationalen Tierversuchsmafia eine empfindliche Niederlage beizubringen?

»Nu sei doch nich so!«, sagte Gerda. »Du hast doch Tiere auch lieb, oder?«

»Ja, ja, schon«, sagte Willi. »Ich mag kleine Rehlein und Häschen und so. Ratten ehrlich gesagt eher nicht.«

»Aber das sind doch auch Tiere!«, rief Gerda empört. »Die ham doch auch ein Recht, zu leben!«

»Können sie ja auch«, sagte Willi. »Aber nicht in meiner Wohnung!« Er seufzte. »Ich will jetzt endlich wissen, wohin wir die Viecher bringen, und vor allem, bis wann! Wenn mein Vermieter das hier mitkriegt, dann …«

Er wurde vom Klingeln an der Wohnungstür unterbrochen.

Die drei Tierbefreier erstarrten. Eisiges Schweigen erfüllte den Raum, nur unterbrochen vom Rascheln der Tiere und vom Fiepen der beiden Hunde im Badezimmer.

»O Gott, mein Vermieter!«, sagte Willi.

»Die Tierversuchsmafia!«, flüsterte Gerda.

»Die Bullen!«, sagte Bernd.

»Scheiße!«, sagte Willi.

Einen Moment lang schwiegen alle.

Es klingelte erneut.

»Was machen wir jetzt?«, fragte Gerda.

Willi zuckte mit den Schultern. Er stand auf und ging zur Tür. Er stellte sich auf die Zehenspitzen, um durch den Spion sehen zu können. Nach einer Weile kam er zurück. »Da draußen steht so ein Typ. Kenn ich nicht.«

»Sachich doch«, sagte Gerda. »Tierversuchsmafia!«

Es klopfte an der Tür. »Bitte machen Sie auf!«, rief eine Stimme. »Ich will Ihnen nichts tun. Ich möchte nur einen Hund abholen, den Sie mitgenommen haben.«

Willi und Gerda sahen Bernd an. »Was machenwa jetz?«, fragte Gerda.

Bernd seufzte. Manchmal war es nicht einfach, die Last der Verantwortung zu tragen, die mit dem Amt des Vorsitzenden der Aktionsgruppe Bambi verbunden war. »Wir warten, bis der Typ abhaut!«

»Hören Sie, machen Sie bitte auf. Ich weiß, dass Sie nur in gutem Willen gehandelt haben«, rief der Typ vor der Tür. »Zwingen Sie mich bitte nicht, die Polizei zu holen!«

Willi stand auf. »Also, ich mach jetzt die Tür auf«, verkündete er.

»Tu das nich!«, flehte Gerda.

»Echt jetzt, Willi«, sagte Bernd. »Du kannst doch gar nicht wissen, ob das nicht …«

Aber Willi hatte die Tür bereits geöffnet. Ein junger, gutaussehender Mann in zerschlissenen Jeans kam herein. Er sah sich mit großen Augen in Willis Wohnzimmer um. »Hier sieht's ja vielleicht aus!«, stellte er fest, was von Willi mit einer Grimasse und einem Schulterzucken beantwortet wurde.

»Sie sind also die Aktionsgruppe Bambi!«, sagte der Fremde.

»Un wer willas wissn?«, fragte Gerda.

Der Mann lächelte. »Ich bin Fabian Papenheim.«

Gerda und Bernd versteiften sich. »Etwa von der Papenheim Spezialchemie?«, fragte Bernd, der sich plötzlich ganz nüchtern fühlte.

Der junge Mann zuckte mit den Schultern. »Ja, das stimmt.«

»Ich happsja gewuss!«, sagte Gerda. »Versuchte Tierverfluch… Verfluchte Tierversuchsmafia!«

Papenheim hob die Hände. »Nein, nein, wir machen keine

Tierversuche! Wir stellen Spezialkunststoffe für die Autoindustrie her.«

»Echt jetzt?«, fragte Bernd.

Papenheim sah ihm in die Augen. Bernd merkte, dass mit dem Mann nicht zu spaßen war. Noch war er freundlich, aber er konnte bestimmt auch ziemlich energisch werden, wenn er seinen Willen nicht bekam.

»Bitte, kann ich jetzt den Hund haben?«

Wie zur Antwort erklang ein Kläffen aus dem Badezimmer.

Willi führte Papenheim ins Bad, wobei er vorsichtig darauf achtete, dass die Hunde nicht heraus und die Tiere, die von Hunden gemeinhin als Beute betrachtet wurden, nicht ins Badezimmer gelangen konnten.

»Nanu, das sind ja zwei!«, rief Papenheim aus.

»Von mir aus können Sie die beide mitnehmen«, sagte Willi. »Natürlich nur, wenn Sie versprechen, ihnen nichts anzutun«, ergänzte er, um einem Einwand von Gerda zuvorzukommen.

»Nein, danke«, sagte Papenheim. »Ich nehme nur den mit dem schwarzen Fleck.« Doch als er versuchte, den Hund an der Leine aus dem Bad zu zerren, knurrte dieser und sträubte sich.

»Was hat er denn?«, fragte Papenheim.

Willi zuckte mit den Schultern. »Keine Ahnung!«

»Gans einfach«, sagte Gerda. »Der is verliebt!«

Papenheim warf ihr einen skeptischen Blick zu. Dann betrachtete er mit gerunzelter Stirn die beiden Hunde. Tatsächlich sah es so aus, als wolle der Fressi-Hund die Cockerspaniel-Hündin beschützen und nicht von ihrer Seite weichen. Schließlich zuckte Papenheim mit den Schultern und nahm die Leinen beider Tiere in die Hand. Jetzt ließ sich der Rüde problemlos wegführen.

»Un Sie sinn wirklich nett zu den Tieren?«, fragte Gerda.

Papenheim nickte. »Machen Sie sich keine Sorgen«, sagte er. »Ich will sie nur dorthin zurückbringen, wo sie hingehören!«

29.

Der Wagen verzögerte abrupt. Bremsen quietschten. Ich kugelte über den Boden der Stretchlimousine und blieb vor Luzifers Füßen liegen. Ich zitterte am ganzen Körper und wagte es nicht aufzusehen. Ich wollte nicht noch einmal sein triumphierendes Grinsen sehen.

»Was ist denn los?«, rief der Höllenfürst. »Warum halten wir?«

»Da steht jemand auf der Straße, Boss«, sagte der Fahrer.

»Na und? Gib halt einfach Gas!«

»Tut mir leid, Boss, aber ich kann nicht. Die Spielregeln, Sie wissen schon!«

»Ich pfeif auf die Spielregeln!«, schrie Luzifer. »Fahr endlich, du Holzkopf!« Doch der Wagen rührte sich nicht von der Stelle.

Wenn der Teufel sauer war, bedeutete das vielleicht eine für mich günstige Wendung der Dinge. Ich hob zögernd den Kopf, kniete mich hin und blickte durch das Fenster, das den Fond von der Fahrerkabine trennte.

In der Schwärze des Tunnels stand eine einsame Gestalt, bleich wie eine Motte im Licht der Scheinwerfer.

Ich erschrak. Es war Siraxis!

Luzifer kurbelte die Seitenscheibe herunter, die sich jetzt aus irgendeinem Grund doch öffnen ließ. »Was willst du denn hier?«, schrie er. »Hau ab! Ich will nichts mehr mit dir zu tun haben!«

Siraxis kam näher. Sie beugte sich über das Seitenfenster und lächelte, aber ich konnte sehen, dass ihre Unterlippe zitterte. »Lass ihn gehen!«, sagte sie. »Er hat eine reine Seele. Du hast kein Recht, ihn mitzunehmen!«

»Eine reine Seele? Der? Dass ich nicht lache!«, rief Luzifer. »Hast du eine Ahnung, was der alles angestellt hat? Ohne ihn hätte ich den Dreißigjährigen Krieg niemals …«

»Was er tat, geschah in guter Absicht«, sagte Siraxis. »Du kennst das Gesetz!«

Luzifer verschränkte die Arme und grinste. »Du kennst doch den schönen alten Spruch: Der Weg zur Hölle ist gepflastert mit guten Vorsätzen! Außerdem habe ich ihn nicht gezwungen, mit mir zu kommen. Er ist freiwillig hier!«

»Er war sich über die Konsequenzen nicht im Klaren.«

»Na und? Das sind sich Sünder selten. Ich sehe nicht ein, warum ich ihn gehen lassen sollte!«

»Ich … ich biete dir meine Seele im Austausch für seine«, sagte Siraxis.

Luzifer sah zwischen Siraxis und mir hin und her. Er runzelte die Stirn. »Also schön!«, sagte er. »Aus dem da wäre sowieso kein guter Dämon geworden.« Er öffnete die Tür. »Steig ein!«

»Erst, wenn er ausgestiegen ist!«, sagte Siraxis.

Luzifer grinste. »Du kennst mich zu gut, Kleine! Na schön. Gib mir deine Hand, damit besiegeln wir den Pakt!«

Siraxis machte Anstalten, die Hand auszustrecken. Tränen glänzten in ihren Augen, aber sie verzog keine Miene.

»Nein!«, schrie ich.

»Was hast du denn zu melden?«, fragte Luzifer.

»Ich will nicht, dass sie wieder zurück in die Hölle muss! Lieber komme ich mit dir!«

Bevor Siraxis ihre Hand zurückziehen konnte, packte Luzifer sie. »Tut mir leid«, sagte er. »Deal ist Deal!« Er öffnete die Wagentür. »Steig ein! Und du mach, dass du wegkommst, Engel. Du hast deinen Zweck erfüllt!«

In diesem Moment begriff ich, was ich für ein Idiot war. Na ja, vielleicht begriff ich es nicht wirklich – ich glaube, wie man so dämlich sein kann, wie ich es gewesen war, geht über den Horizont jedes vernunftbegabten Wesens. Aber jedenfalls wurde mir klar, dass ich wieder mal nur benutzt worden war. Luzifer hatte niemals vorgehabt, mich mit in die Hölle zu nehmen. Er hatte Siraxis zurückhaben wollen, die im Begriff gewesen war, die Seite zu wechseln. Ich war nur der Wurm am Haken seiner Angel.

Ich verschränkte die Arme. »Wenn das so ist, komme ich auch mit!«

Luzifer sah mich entgeistert an. »Du spinnst wohl! In der Hölle ist kein Platz für Jammerlappen wie dich! Raus hier, aber ein bisschen plötzlich!«

»Ich denk nicht dran!«

»Bitte, Amander, tu wenigstens einmal das Richtige!«, flehte Siraxis. »Steig aus diesem Wagen aus! Vergiss, dass du mich jemals getroffen hast!«

Etwas krampfte sich in meinem Innern zusammen bei diesen Worten. Ich verstehe jetzt, warum Verliebtsein immer durch einen Pfeil symbolisiert wird, der in einem Herzen steckt. Ziemlich genau so fühlte sich das an.

Meine Kehle war trocken, und so krächzte ich mehr, als dass ich sprach. »Ich werde dich niemals vergessen! Wenn du in die Hölle gehst, dann komme ich eben mit! Ich liebe dich, Siraxis!«

Luzifer bekam einen Tobsuchtsanfall. »Bist du wahnsinnig, dieses Wort in meinem Wagen zu gebrauchen? Du Unglückswurm! Musst du ausgerechnet jetzt den Helden in dir entdecken? Du bringst alles durcheinander!« Er zerrte Siraxis durch die Tür und stieß sie neben mich auf den Boden. »Und jetzt raus hier! Verschwinde, bevor ich es mir anders überlege!«

Ich betrachtete die Tür, die immer noch offen stand. Meine letzte Chance, einem grausamen Schicksal bis in alle Ewigkeit zu entkommen. Ich wandte mich ab und barg Siraxis' Kopf in meinen Armen. Sanft strich ich durch ihr Haar, während sie sich an mich presste. Ihr ganzer Körper zitterte und bebte. »Ich liebe dich!«, flüsterte ich.

Luzifer knallte die Tür zu. »Also schön, ihr Turteltäubchen. Dann kommt ihr eben beide mit. Aber glaubt bloß nicht, dass ihr zusammen im Schwefelbecken planschen dürft!«

Fabian sah ungläubig in den Rückspiegel. Die beiden Hunde saßen brav auf den engen Rücksitzen des Porsche wie zwei gehorsame Kinder. Gelegentlich drehten sie sich die Köpfe zu, als verständigten sie sich durch Blicke. Dann leckte der schwarz gefleckte Rüde, den Mafalda Jean-Paul genannt hatte, die Lefzen der Cockerspanielhündin. Er sah dabei irgendwie unheimlich stolz aus.

Dafür, dass die »Aktionsgruppe Bambi« im Geheimen arbeiten wollte und mit dem Einbruch in Mausers Lager ja immerhin eine Straftat begangen hatte, war sie geradezu erschreckend einfach zu finden gewesen. Eine Suchanfrage im Internet hatte gereicht, um in einem Diskussionsforum über Tierversuche einen Beitrag über die Gruppe zu finden, in dem auch der Name Willi Schüpper auftauchte. Seine Adresse stand im Telefonbuch. Dass Fabian bei ihm richtig war, hatte er schon an den vielen Tiergeräuschen gehört, als er an Schüppers Wohnungstür geklingelt hatte.

Er steckte sein Handy in die Freisprecheinrichtung und rief die Auskunft an, die ihm die Adresse der Highlife Werbeagentur mitteilte. Er fand die Straße auch ohne Navigationssystem.

Die Agentur lag in einer schönen alten Villa im Westend. Fabian stieg aus und zog die beiden Hunde an ihren Leinen aus dem Auto. »So, gleich seid ihr wieder bei euren Herrchen. Na ja, zumindest einer von euch.« Und ich bin meine Sorgen los und habe den Anspruch auf mein Vermögen gesichert, dachte er.

Und ich habe vielleicht die Liebe meines Lebens verloren.

Wo kam dieser Gedanke jetzt wieder her? Er seufzte. Seine innere Stimme meldete sich mal wieder genau dann, wenn er es am wenigsten gebrauchen konnte. Aber das war wohl immer so mit inneren Stimmen. Und irgendwie schien sie diesmal recht zu haben: Bei dem Gedanken an Mafalda krampfte sich sein Herz zusammen.

Was, wenn er den Hund einfach zu ihr brachte? Er würde ihr sicher eine riesige Freude machen. Er stellte sich vor, wie sie ihn glücklich anlächelte und ihm dann spontan einen Kuss gab, der eigentlich nur ganz kurz sein sollte, aber dann blieben ihre Münder irgendwie aneinander kleben, und …

Er schüttelte den Kopf. Tagträumereien brachten ihn nicht weiter. Wenn er den Hund zu Mafalda brachte, würde es seine Stiefmutter bestimmt schaffen, ihm den Diebstahl in die Schuhe zu schieben. Die wahren Eigentümer würden Mafalda den Hund dennoch wegnehmen. Er hätte nichts gewonnen, aber alles verloren.

Trotzdem. Er konnte es wenigstens versuchen.

Aber sein Erbe! Er war im Begriff, sein Erbe zu verspielen, bloß weil ihm ein Zirkusmädchen schöne Augen gemacht hatte. Genau genommen hatte sie das ja nicht einmal. Er hatte nicht den geringsten Grund anzunehmen, dass sie mehr als ein bisschen Dankbarkeit für ihn empfinden würde. Er schüttelte den Kopf. Nein, wie er es auch drehte und wendete, es war das Vernünftigste, den Fressi-Hund hier in der Agentur abzuliefern.

Ihm wurde plötzlich klar, dass diese Art von Vernunft genau das war, was sein Vater immer gepredigt hatte: Geld ist wichtiger als Liebe. Gefühle behindern einen nur auf dem Weg zum Erfolg. Am Ende war die Ehe seiner Eltern daran zerbrochen.

Solche Vernunft war das Letzte, was er jetzt brauchte!

Er ließ die beiden Hunde wieder in den Porsche springen und fuhr los.

30.

Der Fahrer setzte den Wagen in Bewegung, aber nach kurzer Zeit hielt er wieder an. Gleißend helles Licht schien durch die Fenster.

»Was ist denn jetzt schon wieder, zur Hölle!«, schrie Luzifer.

Siraxis und ich setzten uns auf.

»Tut mir leid, Boss«, sagte der Fahrer. »Da ist plötzlich alles voller … voller …«

»Verdammt! Verdammt! Verdammt!« Luzifer hatte einen so roten Kopf, dass es aussah, als habe er eine Lavalampe verschluckt. Seine Augen leuchteten in hellem Gelb.

Jemand klopfte sanft von außen gegen die Scheibe.

Er kurbelte sie ein Stück herunter. »Was willst du?«, fragte er.

Immer noch geblendet, konnte ich das Gesicht der Lichtgestalt, die dort stand, nicht genau sehen. Aber die Stimme erkannte ich natürlich sofort. »Lass die beiden raus!«, sagte Gabriel. »Sie sind reinen Herzens! Du hast kein Recht, sie mitzunehmen!«

»Ach ja?«, rief Luzifer. »Die beiden sind vollkommen freiwillig hier! Stimmt doch, oder?«, fragte er uns.

»Nein!« riefen Siraxis und ich gleichzeitig. Oder vielmehr, wir wollten es rufen. Aber irgendetwas hatte Luzifer mit unseren Kehlen angestellt, und das, was herausdrang, klang eindeutig wie »Ja«. Ich versuchte zu protestieren, aber ich konnte nicht einmal den Kopf schütteln. Es war, als habe eine fremde Macht meinen Körper in Besitz genommen, und das stimmte ja wohl auch.

»Da hörst du's! Und jetzt mach den Weg frei und lass mich nach Hause fahren!«

Gabriel schüttelte sein strahlendes Haupt. »Ts, ts, du glaubst doch nicht im Ernst, dass du mich mit diesen billigen Tricks reinlegen kannst! Wie lange kennen wir uns jetzt schon, Luzifer?«

»Viel zu lange, wenn du mich fragst! Jedenfalls brauchst du nicht zu glauben, ich ließe zu, dass ihr die beiden mitnehmt! Ich

habe einen Deal, verdammt noch mal! Und du weißt, was das heißt!«

Gabriel seufzte. »Ja, ich weiß. Also schön, lass uns verhandeln!«

Luzifer knurrte etwas Unverständliches, aber dann öffnete er die Wagentür und stieg aus. Die Zwillinge folgten ihm. Sie trugen plötzlich ordentliche schwarze Anzüge, hatten gegeltes Haar, ernste Mienen und teure Aktenkoffer unter dem Arm. Die Advokaten des Teufels.

»Ihr beide bleibt hier, bis ich wiederkomme!«, sagte Luzifer zu uns.

Wir versprachen es ihm, aber irgendwie muss er geahnt haben, dass wir es nicht ehrlich meinten, denn plötzlich wuchsen aus dem Boden der Limousine metallene Hände, die unsere Arme und Beine umklammerten.

»Danke!«, sagte ich zu Siraxis. »Ich werde nie vergessen, was du für mich getan hast!«

»Du blöder Vollidiot«, antwortete sie. »Dir werd ich helfen, mit zwei Blondinen rumzumachen! Warte nur, bis wir nach Hause kommen!«

Mafalda saß am Tisch des Wohnwagens und blickte ins Leere. Sie musste sich um die Tiere kümmern, das Sägemehl in der Manege musste geharkt werden, und es war höchste Zeit für ihr Training. Doch sie konnte sich nicht dazu aufraffen, den vielen kleinen Pflichten nachzugehen, die ihr der Zirkus tagtäglich abverlangte. Es hatte ja doch alles keinen Sinn!

Mafalda war von Natur aus Optimistin. Ihre Eltern hatten sie in der tiefen Überzeugung erzogen, dass man alles erreichen konnte, wenn man es nur wirklich wollte und geduldig und ausdauernd war. Nur dank dieses Glaubens an sich selbst war sie zu artistischen Höchstleistungen fähig. Doch jetzt hatte sie der Glaube verlassen. Der Traum vom Erfolg des kleinen Zirkus war ausgeträumt. Gerade die Tatsache, dass Jean-Paul so unvermittelt von selbst hier aufgetaucht und kurz darauf wieder verschwunden war, hatte ihre letzten Illusionen zerstört. Hier waren Kräfte am Werk, die hundert Mal stärker waren als sie selbst. Hier ging es um viel Geld. Niemand würde auf die Wünsche und Bedürfnisse eines kleinen Zirkus Rücksicht nehmen.

Sie hatte ihre letzten Hoffnungen in Fabian Papenheim gesetzt. Irgendwie hatte sie das Gefühl gehabt, dass er ein guter Mensch war. Jemand, dem man vertrauen konnte. Jemand, der sie mochte – das jedenfalls glaubte sie in seinem Blick gesehen zu haben. Aber er hatte den Hund nicht, oder er war ein verdammt guter Lügner. So oder so passten sie nicht zusammen. Er kam aus einer anderen Welt, die von der ihren so weit entfernt war wie der Mars von der Erde.

Sie versuchte sich zusammenzunehmen. Sie musste jetzt endlich vernünftig werden und ernsthaft über ihre Zukunft nachdenken. Ihre Eltern hatten recht: Ihr blieben nur noch wenige Jahre, um als Artistin Karriere zu machen. Sie würde ins Ausland gehen und ihre Chance nutzen müssen. Dann konnte sie wenigstens etwas Geld verdienen und ihre Eltern finanziell unterstützen.

Tränen liefen ihr über die Wangen. Sie wollte hier nicht weg. Dieses armselige Zirkuszelt auf der kleinen Wiese neben der Müllverbrennungsanlage war ihr Zuhause. Vor allem aber wollte sie nicht, dass ihr Vater seinen Beruf aufgab. Es würde ihm das Herz brechen, wenn er nicht mehr in der Manege stehen konnte, selbst wenn nur ein paar Kinder mit ihren gelangweilten Eltern um ihn herumsaßen.

»Nimm es nicht so schwer«, sagte ihre Mutter, während sie das Geschirr abspülte. »Du musst jetzt an dich selbst denken! Wir kommen schon klar. Vergiss nicht, dein Vater und ich, wir haben immerhin uns. Wir sind nicht allein. Das ist mehr, als viele Menschen von sich behaupten können!« Sie lächelte aufmunternd.

Ihre Tapferkeit machte es nur noch schlimmer. Mafalda barg das Gesicht in den Händen.

Die Tür ging auf, und ihr Vater steckte den Kopf in den Wohnwagen. »Hier ist jemand, der zu dir möchte«, sagte er.

Ein Schatten schoss herein, sprang an ihr hoch und leckte ihre Hand. Wie immer hatte ihr Vater ein gutes Gespür dafür, wann sie den Trost der Hündin brauchte.

Mafalda sah nicht auf. Sie wollte nicht, dass er sah, dass sie weinte. Ohne hinzusehen, kraulte sie Alexis' struppiges Nackenfell.

Plötzlich fiel ihr ein, dass Alexis bereits die ganze Zeit zu ihren Füßen gelegen hatte.

Sie riss die Augen auf. Der Hund, der an ihr hochgesprungen war und ihre Hand leckte, hatte braunes Fell und einen schwarzen Fleck. Alexis wuselte schwanzwedelnd in dem engen Wohnwagen herum und beschnüffelte einen dritten Hund – einen Cockerspaniel mit seidigem Fell.

Mafaldas Kinnlade klappte herunter. Sie brachte kein Wort heraus. Mit großen Augen sah sie ihren Vater an, der lächelte, während die drei Hunde aufgeregt umeinander kreisten, aneinander hochsprangen und mit ihrer überschäumenden Fröhlichkeit den Wohnwagen zum Wackeln brachten.

»Was ist hier eigentlich los?«, rief ihre Mutter. »Wie soll ich denn bei diesem Tumult Geschirr spülen?« Aber ihr breites Grinsen und ihre fröhliche Stimme straften ihren Tadel Lügen.

»Hier draußen ist noch jemand, der dich sehen möchte«, sagte Mafaldas Vater.

Panik erfüllte sie. Verheult, wie sie war, konnte sie Fabian Papenheim unmöglich unter die Augen treten! Aber sie konnte ihn auch nicht warten lassen. Sie musste ihm sagen, wie glücklich er sie machte!

Zögernd stand sie auf und trat aus dem Wagen. Da stand er, die Hände in den Hosentaschen, und wirkte ein wenig verloren, wie ein Schüler bei seiner ersten Verabredung. Er lächelte, und ihre Tränen schienen von der Wärme in seinen Augen zu trocknen.

Sie lächelte ebenfalls. Langsam ging sie auf ihn zu, unsicher, ob sie ihren Schritten trauen konnte. »Ich … ich weiß nicht, was ich sagen soll!«, sagte sie.

Er machte ebenfalls einen Schritt auf sie zu. Der dezente Duft seines Aftershaves umfing sie wie eine sanfte Umarmung. Sie hatte das Gefühl, ihre Beine müssten jeden Augenblick unter ihrem Gewicht nachgeben, obwohl sie sich so leicht fühlte wie eine Seifenblase.

»Ich auch nicht«, sagte er.

Sie blieben einen Moment voreinander stehen, wie zwei Menschen, die sich nach vielen Jahren wiedergefunden haben und nicht so recht wissen, wie sie sich verhalten sollen.

Dann nahm er sie in den Arm. Sein Mund näherte sich ihrem, verharrte, als sei er unsicher, ob er die unsichtbare Grenze überschreiten durfte. Sie reckte ihr Kinn empor und küsste ihn. Es hatte nur eine flüchtige Berührung werden sollen, aber irgendwie blieben ihre Lippen aneinander kleben wie starke Magneten, und alle Uhren hörten auf zu ticken.

31.

Ich weiß nicht mehr genau, wie lange es gedauert hat. Es mögen zwei oder drei Stunden gewesen sein, vielleicht auch mehrere Tage. Die Zeit schien jede Bedeutung verloren zu haben. Irgendwann ging die Tür des Wagens auf, und Luzifer stieg ein, gefolgt von den Zwillingen, die jeder einen dicken Stapel Papier unter dem Arm trugen.

»Verschwindet!«, sagte er.

Die metallenen Hände, die uns die ganze Zeit festgehalten hatten, lösten sich auf. Siraxis und ich sahen uns an. So rasch es unsere vom langen Herumliegen wackligen Glieder zuließen, kletterten wir aus dem Wagen. Noch bevor wir die Tür geschlossen hatten, beschleunigte die Limousine und verschwand in der Dunkelheit.

Gabriel kam auf uns zu. Er sah erschöpft aus.

»Danke, Gabriel!«, sagte ich. »Du bist ein echter Engel!«

Er lächelte nicht. »Es ist noch mal gutgegangen«, sagte er. »Armageddon ist erst mal verschoben.« Und dann erzählte er uns die ganze Geschichte.

Ich bin nicht sicher, ob ich alles genau verstanden habe. Es war ganz schön kompliziert. Jedenfalls ging es um diese Prophezeiung und um das ewige Gleichgewicht zwischen Himmel und Hölle. Man kann sich das so vorstellen wie eine riesige Stahlplatte, die auf einer Nadelspitze balanciert. Auf einer Seite stehen sämtliche Engel, auf der anderen Luzifer und seine Truppe. Wenn auch nur einer von der einen auf die andere Seite der Platte läuft, gerät das ganze System aus dem Gleichgewicht und kippt. Rums, haben wir Armageddon, und die Sache ist ein für alle Mal entschieden.

Natürlich haben beide Seiten immer wieder versucht, diesen Effekt für sich zu nutzen. Als ich aus dem Himmel geworfen wurde, weil ich ein paar alberne Vorschriften übertreten hatte, schickte Luzifer stante pede Siraxis zu mir. Ja, er schickte sie. Sie ist nicht etwa aus der Hölle geworfen worden, sondern wurde auf mich angesetzt. Sie sollte mich dazu bringen, die Seite zu wechseln.

Aber sie hat nicht mitgespielt. Scheinbar hat sie sich in mich verliebt. Und, jetzt kommt's, das war genau das, was Gabriel geplant hatte! Er wusste, dass Luzifer jemanden wie Siraxis auf mich ansetzen würde, und er muss wohl geahnt haben, dass so ein Wesen gegenüber meinem natürlichen Charme machtlos ist. Nur deshalb hat er mich aus dem Himmel geworfen – ich war sozusagen ein Köder.

Aber natürlich hatte auch Luzifer mit so was gerechnet. Wenn sich einer mit Trickserеien auskennt, dann er. Deshalb hat er nur darauf gewartet, dass Gabriel diesen Dämlack Maurenus zu Siraxis schickt, um ihr ein Überlaufangebot zu machen. Perfide, wie er ist, hat er meine Eifersucht ausgenutzt. Er wusste, Siraxis würde mir in die Hölle folgen, wenn er mich dazu brachte, freiwillig mit ihm zu kommen.

Das aber war genau das, was wiederum Gabriel vorausgesehen hatte. Denn wenn Luzifer mich mit irgendwelchen Tricks dazu brachte, in die Hölle zu kommen, dann zählte das nicht richtig. Und wenn Siraxis ihre Seele für meine opferte, dann war das eine Heldentat, und irgendwie gehörten wir dann beide in den Himmel.

Natürlich hatte Luzifer das von Anfang an gewusst. Deshalb hatte er ja auch sorgfältig darauf geachtet, dass …

Na ja, an dieser Stelle verlor ich dann den Faden. Das ging noch ein paar Mal so hin und her, dass jeder immer genau das vorausgesehen hatte, was der andere plante, und so weiter. Am Ende ist die Sache irgendwie unentschieden ausgegangen. Gabriel hat so was wie einen moralischen Sieg davongetragen, aber darüber kann der Teufel natürlich nur lachen, und wie es sich gehört, hatte er die gerisseneren Anwälte.

Schließlich haben sie sich geeinigt, dass Siraxis und ich auf der Erde bleiben sollen, damit das Gleichgewicht gewahrt bleibt.

Armageddon ist erst mal für ein paar Jahre verschoben, und in dieser Zeit darf keine der beiden Seiten den Versuch unternehmen, das Gleichgewicht zwischen Himmel und Hölle zu verschieben.

Aber natürlich hatte Luzifer das von Anfang an so geplant. Gabriel übrigens auch.

Fabian hatte das Gefühl, ein kleiner Junge zu sein und auf einem Karussell zu sitzen. Einem Karussell, das ein wenig zu schnell eingestellt war, so dass die Gefahr bestand, dass er jeden Moment herunterfiel. Er löste seinen Mund von Mafaldas und holte Luft.

Sie lächelte. »Danke!«, flüsterte sie.

»Bitte«, sagte er, und dann küsste er sie noch einmal. Noch nie in seinem Leben hatte sich etwas so richtig angefühlt.

Allmählich drängte sich ein Gedanke in sein Bewusstsein. Er versuchte, ihn zu ignorieren, denn das hier war einfach zu gut, um jemals wieder damit aufzuhören. Aber der Gedanke ließ sich nicht abschütteln: Sie waren nicht allein.

Widerstrebend löste er sich von ihr, ohne sie jedoch ganz aus seinen Armen zu lassen. Er hatte irgendwie Angst, sie könne sich in Luft auflösen, wenn er sie nicht weiterhin festhielt.

Mafaldas Eltern standen Arm in Arm am Fuß der kleinen Treppe, die in den Wohnwagen führte. Sie sahen sich an. Zwischen ihnen war eine Vertrautheit spürbar, wie sie nur eine lange, glückliche Ehe schaffen kann.

»Äh, entschuldigen Sie, aber ich …«, begann Fabian, doch dann wusste er nicht mehr, was er sagen sollte. Die beiden lächelten, und ihre Gesichter strahlten vor Liebe und Stolz.

Mafalda betrachtete nachdenklich die drei Hunde, die auf der Wiese herumtollten, als seien sie die besten Freunde. »Wo kommt Jean-Paul plötzlich her? Du hast doch gesagt, du hättest ihn nicht?«

»Na ja, das stimmte ja auch.« Er erzählte ihr, wie er Mauser beauftragt hatte, einen Choso Muku zu beschaffen, wie er den

Hund in seiner Wohnung gefunden hatte und dort von den Polizisten beschuldigt worden war, wie er ihm weggelaufen war und er ihn dann hier erneut gesehen hatte. Die Satzung der Stiftung erwähnte er nicht.

»Ich verstehe das nicht«, sagte Mafalda. »Warum hat dieser Mauser den Hund denn noch einmal gestohlen? Da wusste er doch schon, dass du ihn nicht mehr wolltest, oder?«

Fabian zuckte mit den Schultern. »Vielleicht wollte er mich erpressen. Auf jeden Fall ist der Hund ja jetzt wieder da, wo er hingehört.«

Mafaldas Stirn wurde kraus. »Ja. Aber was ist, wenn sie uns Jean-Paul wieder wegnehmen wollen?«

Fabian lächelte. »Mach dir keine Sorgen. Dazu müssten sie ja erst mal wissen, dass er hier …«

Genau in diesem Moment fuhr ein Polizeiwagen mit Blaulicht heran und hielt mit quietschenden Reifen am Straßenrand neben der Zirkuswiese. Die beiden Polizisten, die Fabian bereits kannte, stiegen aus. Einer der beiden deutete auf die Hunde, die immer noch ausgelassen herumtollten. Beide kamen mit grimmigen Gesichtern näher.

»Wusst ich's doch!«, sagte der Kleinere mit der Föhntolle.

»Der Hund da ist beschlagnahmt!«, sagte der Grauhaarige. »Und Sie müssen mit einer Anzeige wegen Diebstahls rechnen, Herr Papenheim!«

»Was fällt Ihnen ein!«, rief Mafalda. »Das ist unser Hund!«

Die beiden Polizisten sahen sich an. »Dieser Hund wurde als gestohlen gemeldet, von einer gewissen Mara Hegel«, sagte der Grauhaarige. »Wir haben einen Hinweis erhalten, dass er sich hier aufhalten soll. Es tut mir leid, aber wir müssen das Tier mitnehmen, bis die Besitzverhältnisse endgültig geklärt sind!«

»Die Besitzverhältnisse können wir hier und jetzt klären«, sagte Mafaldas Vater. »Ich werde Ihnen beweisen, dass der Hund uns gehört. Jean-Paul, Fuß!«

Der Hund hörte auf, mit den anderen herumzutollen, und kam mit wedelndem Schwanz angelaufen.

»Jean-Paul, sitz!« Der Hund gehorchte. Seine klugen Augen waren auf das Gesicht des Dompteurs gerichtet.

»Jean-Paul, rund!«

Der Hund drehte sich auf der Stelle.

»Jean-Paul, geh!«

Der Hund stellte sich auf die Hinterpfoten und ging ein paar Schritte wie ein Mensch. Dann lief er zu dem Dompteur und ließ sich hinter den Ohren kraulen.

Die Polizisten machten große Augen. »Das ist ja allerhand!«, sagte der mit der Föhntolle.

»Ich glaube, hier liegt ein Fehler vor«, sagte der Grauhaarige. »Es ist offensichtlich, dass das Ihr Hund ist. Jemand muss uns falsch informiert haben. Entschuldigen Sie bitte!«

Fabian konnte sein Glück nicht fassen. Mafaldas Vater hatte gerade eben nicht nur verhindert, dass die Polizisten den Hund mitnahmen. Er hatte auch Fabians Erbe gerettet!

Die Polizisten wandten sich zum Gehen. Doch in diesem Moment hielt ein schwarzer Mercedes vor der Wiese. Eine junge Frau mit braunen Locken stieg aus, gefolgt von einem gutaussehenden Mann mit dunklem Rollkragenpullover und schwarzem Sacko. »Oswald!«, rief die Frau und rannte auf die Wiese. »Oswald, komm her!«

Der Hund, der eben noch auf den Namen Jean-Paul gehört hatte, stürmte schwanzwedelnd auf sie zu.

»Jean-Paul, sitz!« Die Stimme von Mafaldas Vater hallte scharf über die Wiese.

Der Hund gehorchte. Er blieb genau zwischen der Fremden und Mafalda in der Mitte der Wiese sitzen.

»Oswald, komm!«, rief die Frau.

»Jean-Paul, Fuß!«, rief Mafaldas Vater gleichzeitig.

Der Hund blieb sitzen und sah verwirrt zwischen den beiden hin und her.

Der grauhaarige Polizist kratzte sich am Kopf. »Was bedeutet das denn jetzt wieder?«, fragte er. Sein Kollege blickte ebenfalls ratlos.

»Das ist doch ganz einfach«, sagte der Mann im Rollkragenpullover. »Diese Leute haben Oswald entführt!«

»So ist es nicht!«, rief Mafalda. »Das ist unser Hund. Er heißt Jean-Paul und ist der Sohn unserer Polly. Das können wir beweisen!«

»Das ist mein Hund!«, sagte die Fremde. »Ich habe ihn vor mehr als drei Jahren aus einem Tierheim geholt! Vielleicht hat er früher mal Ihnen gehört, aber jetzt gehört er mir! Sie hatten nicht das Recht, ihn zu entführen!«

»Was erlauben Sie sich!«, schrie Mafalda. Sie hatte Tränen in den Augen. »Wir haben Jean-Paul nicht entführt!«

»Also, so wie ich das sehe, sind die Eigentumsverhältnisse an diesem Hund doch nicht so eindeutig«, sagte der grauhaarige Polizist. »Ich denke, wir beschlagnahmen das Tier, bis die Sache gerichtlich geklärt ist.«

»Beschlagnahmen?«, rief der Blonde mit dem Rollkragen. »Aber der Hund gehört uns! Wir haben doch die Anzeige aufgegeben!«

»Das hat nichts zu sagen«, sagte der Polizist mit der Föhntolle. »Solange die Eigentumsverhältnisse einer Sache strittig sind, kann diese von Amts wegen verwahrt werden.«

»Verwahrt werden? Das ist doch kein alter Koffer!«, rief die junge Frau.

Ich habe da eine Idee, meldete sich plötzlich Fabians innere Stimme.

Eine Idee? Was für eine Idee?

Die Stimme erklärte es ihm.

Fabian hob die Hände. »Ich möchte einen Vorschlag machen, wie wir die Sache gütlich regeln können«, sagte er.

»Und wer sind Sie, bitte?«, fragte die junge Frau.

»Mein Name ist Fabian Papenheim.«

»Erheben Sie etwa auch Anspruch auf diesen Hund?«

»Nein. Ich bin der Meinung, dass er hierher gehört, in diesen Zirkus. Aber ich möchte vorschlagen, wir lassen das den Hund selbst entscheiden!«

»Den Hund?«, fragte der Blonde. »Wie soll das denn gehen?« Mafalda und ihre Eltern sahen ihn ebenso fragend an wie die fremde Frau und die beiden Polizisten.

Er erklärte es ihnen.

»Also schön«, sagte die Fremde, die sich inzwischen als Mara Hegel vorgestellt hatte. »Ich bin einverstanden. Wenn Sie es sind.«

Mafalda sah ihren Vater an. »Was meinst du? Sollen wir es riskieren?«

Ihr Vater nickte. »Wir können uns keinen Rechtsstreit leisten, das weißt du. Das kann Monate dauern, wenn nicht Jahre. Und wenn die Polizei Jean-Paul in dieser Zeit in irgendeinen Käfig sperrt, ist niemandem geholfen. Am wenigsten dem Hund.«

Mafalda seufzte. »Also schön!«

Der grauhaarige Polizist führte den Hund an der Leine ein Stück weg, so dass er etwa gleich weit von Mara Hegel und Mafaldas Vater entfernt war.

»Oswald, komm!«, rief Mara Hegel.

»Jean-Paul, Fuß!«, rief Mafaldas Vater.

Der Hund blickte unschlüssig zwischen beiden hin und her. Es wurde totenstill auf der Wiese, denn sie hatten vereinbart, dass jeder den Hund nur ein einziges Mal rufen durfte.

Er stand auf und machte ein paar Schritte auf Mafalda zu, auf deren Gesicht sich ein breites Grinsen zeigte. Fabian hörte Mara Hegel aufschluchzen.

Der Hund blieb etwa zwei Meter vor Mafalda stehen und bellte einmal. Dann kehrte er um und rannte quer über die Wiese zu Mara Hegel. Er sprang an ihr hoch und ließ sich von ihr kraulen. Er hatte sich offenbar nur von der Zirkusfamilie verabschieden wollen.

Mafalda stand da wie vom Blitz getroffen. Ihre Unterlippe zitterte. Tränen liefen ihr die Wangen herab.

Na toll, dachte Fabian. Ganz toll!

’tschuldigung, sagte seine innere Stimme. Ich dachte …

Fabian berührte sanft Mafaldas Unterarm. Er rechnete halb

damit, dass sie ihm eine Ohrfeige geben würde. Doch sie ließ sich von ihm in den Arm nehmen und weinte an seiner Brust.

Mara Hegel kam zögernd näher. »Ich … ich wollte mich bedanken«, sagte sie. »Ich glaube, ich weiß, wie Ihnen zumute ist.«

Mafalda sah auf. »Schon gut«, sagte sie. »Ich weiß jetzt, dass Jean-Paul zu Ihnen gehört.«

»Die Anzeige ziehen wir selbstverständlich zurück«, sagte der Blonde. »Auf Wiedersehen!« Damit wandten sie sich um und stiegen mit dem Hund in ihren schwarzen Mercedes.

»Und jetzt?«, fragte der Polizist mit der Föhntolle. »Wen verhaften wir jetzt?«

»Niemanden, Gansbart«, sagte sein Kollege. »Auf dem Revier schreibst du Protokoll, und die Sache ist erledigt.«

»Wieso denn schon wieder ich? Ich hab doch schon das Protokoll zu der Sache mit dem Spanner geschrieben, der sich nachts im Park rumgetrieben hat, und zu dem Einbruch in dem leeren Lagerhaus. Mir reicht's allmählich mit dem Protokolleschreiben!«

Den Rest der Auseinandersetzung bekam Fabian nicht mehr mit, denn die beiden waren in Richtung ihres Einsatzwagens abgezogen. Er führte Mafalda in den Wohnwagen, wo ihre Mutter ihr einen Tee machte.

»Es tut mir so leid«, sagte er, als sie alle um den Tisch versammelt saßen. »Ich dachte wirklich, der Hund würde zu Ihnen laufen.«

»Schon gut«, sagte Mafaldas Vater. »Es war die richtige Idee. Jean-Paul hat ein Recht auf sein eigenes Leben. Wir werden schon irgendwie einen anderen Hund finden, den ich ausbilden kann.«

Mafalda schüttelte den Kopf. »Wie soll das gehen? Wir können doch nicht mal …« Sie verstummte.

Ich hätte da eine Idee, sagte Fabians innere Stimme. Und diesmal fand Fabian die Idee richtig gut.

32.

Wisst ihr, was das Geheimnis daran ist, ein Buch mit Happy End zu schreiben? Das Geheimnis ist, an der richtigen Stelle aufzuhören.

Hätte ich diese Geschichte zum Beispiel in dem Moment beendet, in dem Mauser Oswald zum zweiten Mal entführt, wäre es eine traurige Geschichte gewesen. Jetzt, wo Fabian mit der Familie Müller im Wohnzimmer sitzt, ist es ein lauwarmes Ende, würde ich sagen. Oswald ist wieder bei Mara, die Anzeige wird zurückgezogen, Fabian darf sein Vermögen behalten. Aber der Hund ist futsch, zumindest aus Mafaldas Sicht, und über die Zukunft des kleinen Zirkus wissen wir nur, dass Fabian diesbezüglich eine Idee hat. Was mit Siraxis und mir geschah, nachdem wir dem Teufel noch mal davongekommen sind, bleibt ebenso offen.

Deshalb erzähle ich noch ein bisschen weiter, bis zu der Stelle, wo alles wirklich gut aussah. Die ganzen Katastrophen, die danach passierten, lasse ich einfach weg. Ich fasse mich kurz, sonst wird's leicht kitschig.

Zunächst mal werdet ihr euch vielleicht gefragt haben, wieso ausgerechnet in dem Moment, als Held und Heldin sich endlich kriegen, die Polizei auftaucht und alles plötzlich wieder offen ist. Das nennt man in der Literaturtheorie »finale Krise«. Aber natürlich ist es nicht aus dramaturgischen Gründen passiert – jedenfalls nicht nur. Schuld war dieser Privatdetektiv (ich habe mich mit seinem Anwalt geeinigt, dass ich den Namen nicht nenne). Er hat Fabian natürlich weiter beschattet. Als er merkte, dass Fabian den Hund hatte, ist er ihm bis zum Zirkus nachgefahren. Unterwegs hat er die Polizei und Leonas angerufen. Er wollte, dass möglichst viel Wirbel entsteht und Fabian zweifelsfrei des Diebstahls überführt wird. Aber dank der Idee meines

Freundes Tobias, die am Ende vielleicht doch nicht so schlecht war, ist das ja gründlich schiefgegangen.

Fabian ist kurz darauf zum Gegenangriff übergegangen. Er hat Mauser dazu gebracht, ein Schreiben aufzusetzen, in dem er zugibt, dass er beauftragt wurde, den Hund zu stehlen und ihn Fabian unterzujubeln. Das reichte nicht, um Pamela ernsthaft in Schwierigkeiten zu bringen – er konnte nicht beweisen, dass sie hinter allem steckt, und sie hat verteufelt gute Anwälte – aber zumindest ist ihr klar geworden, dass Fabian sie ebenso angreifen kann wie sie ihn, und von dem Moment an hatte sie deutlich mehr Respekt vor ihm.

Doch das war noch nicht das Ende der Geschichte, denn etwa einen Monat später klingelten zwei freundliche Herren in Hochwasserhosen an der Tür der Papenheim Stiftung und zeigten ihre Ausweise von der Steuerfahndung vor. Kurz darauf saß Gerhard Tomasi hinter Gittern. Pamela hat sich irgendwie aus der Sache rausgewunden, aber sie musste als Vorsitzende des Aufsichtsrats zurücktreten. Dieses Amt hat jetzt Fabian inne. Die Stiftung zahlt ihr einen monatlichen Betrag als Unterhalt, dessen Höhe der Vorsitzende jährlich neu festsetzt.

Fabian hat inzwischen eine CD mit seiner Gitarrenmusik veröffentlicht. Die Kritiker sind begeistert, was natürlich bedeutet, dass außer ein paar Freaks niemand dieses Geschrammel hören will. Aber das stört ihn nicht weiter, denn seine Frau findet die Musik gut. Sagt sie jedenfalls.

Den Zirkus Quattro Stagioni gibt es übrigens nicht mehr. Stattdessen hat die Papenheim Investment AG ein altes Theater in der Frankfurter Innenstadt gekauft und dort ein Varieté eröffnet. Darin treten Akrobaten, Dompteure und Zauberer auf, und der Laden läuft ziemlich gut. Der Star ist neuerdings Fripp, ein Cockerspanielmischling, der noch als Welpe über die Bühne tapst, aber in den Händen des berühmten Dompteurs Alfons Müller bereits ein erstaunliches Talent entwickelt. Eine Zeitlang hat dort auch Mafalda Papenheim ihren sensationellen Salto auf dem Hochseil mit verbundenen Augen gezeigt und ganz Frankfurt in Erstaunen versetzt. Aber mit ihrem dicken Bauch kann sie das jetzt natürlich nicht mehr.

Mara Hegel hat die Arbeit an ihrem literarischen Roman »Die Insel der Gedanken« aufgegeben. Ihr neues Buch heißt »Das Geheimnis von Schloss Winterlake« und steht auf Platz 5 der Bestsellerliste. Sie und Leonas sind inzwischen mit Mafalda und Fabian befreundet.

Oswald ist nach wie vor in der Werbebranche aktiv. Er macht natürlich weiterhin Werbung für Fressi, aber neuerdings auch für Hundeshampoo und Autoversicherungen, und zwar an der Seite seiner neuen Filmpartnerin. Deren Besitzerin war überglücklich, als sie die Anzeige von Leonas mit dem Titel »Cockerspanielhündin zugelaufen« in der Zeitung entdeckte. Sie war nicht ganz so begeistert, als sie kurz darauf feststellte, dass ihre Hündin trächtig war. Ihre Laune besserte sich wieder, als Leonas ihr anbot, Seidenfell (die nach Meinung ihres Frauchens Susi heißt) in einem Werbespot auftreten zu lassen. Noch besser fand sie, dass Alfons Müller ihr sämtliche Welpen aus der Liaison mit irgendeinem Straßenköter für tausend Euro pro Stück abkaufte.

Um die Aktionsgruppe Bambi war es eine Weile still, nachdem Willi aus seiner Wohnung ausziehen musste und daraufhin nicht mehr mitmachen wollte. Aber Bernd und Gerda haben ihm gut zugeredet, und schließlich hat er zugestimmt, die unterdrückten Elefanten aus dem Frankfurter Zoo zu retten. Die A6 bei Darmstadt war für sechs Stunden gesperrt.

Was mich und Siraxis betrifft, so leben wir immer noch in der Frankfurter Stadtwohnung, die eigentlich Leonas gehört. Nicht, dass wir nicht beide die Möglichkeit gehabt hätten, diesen Umstand zu ändern.

Der Waffenstillstand zwischen Satan und Gabriel hat keine drei Tage gehalten. Dann klingelte das ausgeschaltete Handy, das ich mir auf Bitten von Leonas gekauft hatte, und mein früherer Chef bot mir an, in den Himmel zurückzukehren. Ich hätte ja meinen Teil unserer Abmachung erfüllt, indem ich Satans finstere Pläne durchkreuzt und – in persona Siraxis – eine Sünderin be-

kehrt hätte. Er fühle sich nun an unsere Abmachung stärker gebunden als an die Verträge, die er mit windigen Elementen aus der Unterwelt geschlossen habe. Siraxis hat er ebenfalls ein entsprechendes Angebot unterbreitet, obwohl Maurenus sich nicht mehr in unsere Wohnung traut, nachdem ich ihm beim letzten Mal die Fresse poliert habe. Auch Satan hat uns natürlich zu verlocken versucht und uns den Spaß, den wir zusammen in der Hölle haben könnten, in den glühendsten Farben ausgemalt.

Wir haben alle Angebote dankend abgelehnt. Auch wenn unsere Körper manchmal etwas unbequem sind, haben wir doch die Annehmlichkeiten eines freien Willens zu schätzen gelernt.

Wenn es nach uns geht, kann Armageddon ruhig noch ein bisschen warten.

Kim Edwards
Die Tochter des Fotografen
Roman
Aus dem Amerikanischen
von Silke Haupt, Eric Pütz
540 Seiten
ISBN 978-3-7466-2444-0

»Bezaubernd von der ersten Seite an.« Für Sie

Wie kann eine Frau weiterleben, wenn ihr das Kind genommen wird? Wie kann ein Mann weiterleben, der seiner Frau so etwas angetan hat? Bewegend und fesselnd erzählt Kim Edwards die anrührende Geschichte einer Familie, deren Schicksal sich im Bruchteil einer Sekunde unumkehrbar wendet. Ein Roman über Trennungen, Neuanfänge und die Kraft der Liebe.

»Ein Roman zum Bewundern, Betrauern und am Ende Begeistert sein.« BILD AM SONNTAG

»Jeder muss von der außergewöhnlichen Kraft und Wärme dieses Romans tief beeindruckt sein.« THE WASHINGTON POST

Mehr von Kim Edwards:
Die Tochter des Fotografen (Lesung, 4 CDs)
ISBN 978-3-89813-626-6

Mehr Informationen erhalten Sie unter
www.aufbau-verlag.de oder in Ihrer Buchhandlung

aufbau taschenbuch